河出文庫

古典新訳コレクション

平家物語 3

古川日出男 訳

河出書房新社

目次

八の巻

九の巻

平家物語

3

八の巻

山門御幸《さんもんごこう》――都、源氏で満ちる

後白河法皇《ごしらかわ》がいる。

都にはいないが、いる。あちこちお遷《うつ》りなさっている。まずは寿永《じゅえい》二年七月二十四日の夜半ごろだ。法皇は按察《あぜち》の大納言資賢卿《すけかたきょう》の子息の右馬《うま》の頭資時《かみすけとき》だけをお供にして、ひそかに御所をお出になった。鞍馬《くらま》へ御幸《ごこう》なさった。しかし、鞍馬寺の僧たちが「ここはまだ都に近いので、危ういと思われます」と言った。そこで篠《ささ》の峰《みね》や薬王坂《やくおうざか》などといった険《けわ》しい山道をお越えになった。横川《よかわ》の解《げ》脱谷《だつだに》にある寂場房《じゃくじょうぼう》に入られて、ここを御所とされた。が、衆徒《しゅうと》たちがいっせいに「東塔《とうとう》へこそ御幸あるべきだ。根本中堂《こんぽんちゅうどう》のある東塔へ」と騒ぎ、そこで横川の解脱谷から今度は東塔の南谷《みなみだに》へ、そこにある円《えん》融房《ゆうぼう》へと入られて、御所となさった。

このように推移した。

衆徒も、武士も、円融房をお守りした。

情勢とは、こうだった。後白河法皇は法住寺殿《ほうじゅうじどの》を出て比叡山《ひえいざん》に、安徳《あんとく》天皇は皇居を去って西海《さいかい》に、摂政《せっしょう》の藤原基通《ふじわらのもとみち》殿は吉野の奥かどこかにお逃《のが》れになった。それから八条女院《はちじょうにょいん》などの女院や宮々は八幡《やわた》、賀茂《かも》、嵯峨《さが》、太秦《うずまさ》、西山《にしやま》、東山《ひがしやま》などの辺鄙《へんぴ》な土地に逃れられて身を隠された。平家は都を落ちたのだが、源氏はまだ入れ替わっていない。つまり、都はすでに主《ぬし》なき里になってしまったのだと、こうだった。天地開闢《かいびゃく》以来、このようなことはなかったはずだ。聖徳太子《しょうとくたいし》が将来の出来事を予言して書き残されたというあの未来記《みらいき》には、さて、今日のことがいかに記されているのか、ぜひ見たいものだ。

法皇が比叡山にいらっしゃるとの噂《うわさ》が伝わり、人々も駆けつけられた。貴々《あてあて》しい人々が。そのころ入道殿と呼ばれた前関白松殿《かんぱくまつどの》、すなわち藤原基房《ふじわらのもとふさ》公。当殿《とうどの》と呼ばれた現関白近衛殿《このえどの》、すなわち藤原基通公。そして太政大臣《だいじょうだいじん》、左大臣、右大臣、内大臣、大納言、中納言、参議。さらに三位《さんみ》、四位《しい》、五位の殿上人《てんじょうびと》に至るまで、すべて世間でまともに人として扱われ、官位の昇進に望みをかけ、所領と職務とを持っている人で、漏《も》れた者は一人としていなかった。円融房にはあまりに人が参集しすぎて、その建物の内外も、また門の内外も、隙間もないほどに満ちあふれた。

延暦寺《えんりゃくじ》はここに繁栄を極めた。

座主《ざす》明雲《めいうん》の名誉、ここに尽きると見えた。

同月二十八日、法皇は都へお帰りになった。それを守護したてまつったのは、木曾《きそ》義仲《よしなか》だ。その軍勢は五万余騎。近江源氏《おうみげんじ》の山本《やまもと》の冠者義高《かんじゃよしたか》が白旗を掲げてお供の先頭に立った。この二十余年、都にあったのは平家の赤旗ばかり。源氏の白旗はまったく姿を隠していたというのに、それが都に入る。今日、平治《へいじ》の乱以来初めて入るのだ。まことに珍しいことだった。

入洛《じゅらく》する源氏はこれだけではない。十郎蔵人行家《じゅうろうくろうどゆきいえ》が宇治橋《うじばし》を渡って都へ入った。また陸奥《みちのく》の新判官義康《しんほうがんよしやす》の子、矢田《やた》の判官代義清《ほうがんだいよしきよ》は大江山《おおえやま》を越えて都入りした。摂津《せっつ》と河内《かわち》二国の源氏は雲霞《うんか》のように大挙して都へ乱れ入った。

京都じゅうが源氏の軍勢で埋まった。

白旗だ。

それから勘解由小路《かでのこうじ》家の中納言藤原経房《ふじわらのつねふさ》卿と、検非違使《けびいし》の別当左衛門《べっとうさえもん》の督藤原実家《かみふじわらのさね》《いえ》とが院の御所たる法住寺殿の殿上《てんじょう》の間《ま》の簀子《すのこ》に控え、義仲と行家を召した。木曾義仲は、赤地《あかじ》の錦《にしき》の直垂《ひたたれ》に唐綾威《からあやおどし》の鎧《よろい》を着て、拵《こしら》えも厳《いか》めしい太刀《たち》を佩《は》き、切斑《きりふ》の矢を負い、滋籐《しげどう》の弓を小脇に挟み、脱いだ兜《かぶと》は高紐《たかひも》にかけて伺候《しこう》した。十郎蔵人行家は、紺地の錦の直垂に緋威《ひおどし》の鎧を着て、黄金作《こがねづく》りの太刀を佩き、大中黒《おおなかぐろ》の矢を負い、塗籠《ぬりごめ》籐《どう》の弓を小脇に挟み、やはり脱いだ兜を高紐にかけて、ひざまずいて畏《かしこ》まった。二人には法皇のご命令が下《くだ》った。

前《さき》の内大臣宗盛《むねもり》公以下、平家の一族を追討せよと。

庭さきに畏まり、義仲も行家もこれをお受けした。

源氏の二人が。叔父《おじ》と甥《おい》が。

それから両人ともに宿所のないことを奏上した。木曾義仲は法皇の近臣である大膳《だいぜん》の大夫《だいぶ》業忠《なりただ》の邸《やしき》、六条西洞院《にしのとういん》を賜《たま》わった。十郎蔵人行家は法住寺殿の南殿《みなみどの》と呼ばれる萱《かや》の御所を頂戴《ちょうだい》した。

源氏たちは、洛内に宿所を得た。

そして法皇は。

後白河法皇は。

満ちる白旗に守られて都にいる。しかしお歎《なげ》きになっている。安徳天皇が外戚《がいせき》の平家に囚われなさって、西海の波の上にさまよっておられることを。そこで西国《さいごく》へ院宣《いんぜん》を下された。天皇ならびに三種の神器を都へ返還申せと。

平家はそのお言葉に、従い申さない。

院宣は無視されるのだった。無視されて、お言葉を蔑《ないがし》ろにされて後白河法皇が都にいる。おられるのだった。

当時、亡き高倉院《たかくらいん》の皇子《おうじ》は安徳天皇のほかにお三方おられた。そのうちの二の宮守《もり》貞《さだ》親王は、春宮《とうぐう》にしたてまつろうと平家がお連れ申して、西国に落ちられた。三の宮惟明《これあきら》親王と四《し》の宮尊成《みやたかひら》親王とは都におられた。同じ寿永二年八月五日にこの宮たちを法皇がお呼び寄せになられた。まず、三の宮で五歳になられる方を「こっちへ、こっちへ。朕《ちん》のほうへ」とお招きになったが、三の宮は法皇をご覧になると甚《はなは》だむずかられた。

「そうか、もうよいぞ」

法皇はお帰しになった。

次いで、四の宮で四歳になられる方を「こっちへ。朕がところへ」とお招きになった。四の宮は、すると、少しも躊躇《ためら》われたりせず、すぐに法皇のお膝《ひざ》の上にお乗りになった。いかにも離れがたいというご様子。法皇は涙をはらはらとお流しになって、言われた。

「本当に、ああ本当に。血の繋《つな》がらない者がこの老法師を見て、どうして離れがたいなどというふうにふるまおうぞ。これこそ朕の真《まこと》の孫でいらっしゃるのだ。亡き高倉院の幼いころのご様子にも、本当に、少しも違っておられない。ああ本当に。このような忘れ形見に今まで会わなかったことこそ、法皇であられる自分は残念だぞ」

そう言われて、おん涙をまだ抑えかねておられた。

法皇の御前には浄土寺《じょうどじ》の二位殿《にいどの》がお仕えしておられた。このときはまだ丹後殿《たんごどの》と呼ばれていたのだが、法皇に「それではご譲位は、この宮でいらっしゃるのでございますね」と問われた。法皇は答えられた。

「言うまでもない」

また、内々で御占《みうら》もなさった。すると「四の宮が皇位にお即《つ》きになれば、皇統は遥《はる》かに続き、百王までも日本国《にっぽんこく》のおん主《ぬし》であろう」と吉凶を判断申しての勘状《かんじょう》が出された。

四の宮のおん母君は誰か。七条《しちじょう》の修理《しゅり》の大夫《だいぶ》信隆《のぶたか》卿のおん娘だ。この方は建礼門院《けんれいもんいん》がまだ中宮であられたときに、そのもとで宮仕えの女房をしておられたのだが、高倉天皇がいつもお側《そば》にお召しになっているうち、次々とたくさんの宮をお産みになった。信隆卿には、おん娘というのは幾人もおられた。これらをどうにかして女御《にょうご》や后《きさき》にもお立て申したいものだと願っておられて、あることに手を着《つ》けられた。「白い鶏を千羽飼うと、その家からは必ず后が出る」と聞いて、実際に白い鶏を千羽揃《そろ》えて飼われたのだ。そのためだろう、このおん娘がたくさんの皇子をお産みになったのは。そう思われる。信隆卿は、内心では大変にうれしい、しかし平家にも遠慮し、中宮すなわち後《のち》の建礼門院にも気を遣《つか》われて、その皇子たちを特に大切にお世話することもなさらなかった。ところが入道相国《しょうこく》の北《きた》の方《かた》であられる八条の二位殿《にいどの》が、かの二位の尼殿が「遠慮など要りませぬよ」とおっしゃった。「私がお育てして、春宮にしてさしあげましょう」と。それから皇子たちに、おん乳母《めのと》などを何人もおつけ申し、お育て申しあげたのだった。

なかでも四の宮は、二位殿のおん兄、法勝寺《ほっしょうじ》の執行《しゅぎょう》能円《のうえん》法印の養《やしな》い君《ぎみ》でいらっしゃった。能円法印が平家に伴われて西国へ落ちて行かれたとき、あまりに慌《あわ》て騒いで、北の方のこともこの宮のことも都に置き去りになさって下られたのだったが、その後、西国から急ぎ人を寄越した。北の方へ、「女房と宮をお連れ申して、早く、早くお下《くだ》りなさるよう」と言い遣わされた。女房とはもちろん、四の宮のおん母君、信隆卿のおん娘。北の方はそれはそれは喜んで、養い君たる宮をお誘い申して西七条というところまで出られた。そのときだった。北の方の兄、紀伊《きい》の守《かみ》の藤原範光《ふじわらののりみつ》がこうお留め申しあげた。

「これは物《もの》の怪《け》が憑《つ》かれて、お狂いにでもなったのですか。西国へお連れ申そうとは！　この宮のご運、今にもお開けになろうとしているのがおわかりにならないのですか」

その翌日だった、法皇からのお迎えの車が参ったのは。

一切はそうなるであろう巡りあわせではあったものの、この紀伊の守範光、四の宮のおん為《ため》には功績ある人と思われた。

しかし、四の宮がご即位ののち、その忠義をお思い出しになられることはなかった。

範光は朝廷からの恩賞もないままに歳月を送った。そして、思いつめたその果てにだろうか、二首の歌を詠《よ》み、宮中に落書《らくしょ》をした。

一声《ひとこゑ》は
思ひ出《いで》てなけ
ほとゝぎす
おいその森の
夜半《よは》のむかしを

　一声だけは、せめて
　思い出して鳴いてくださいよ
　ほととぎす様
　あの老蘇《おいそ》の森の、そしてこの老いぼれの
　森の夜のあの囀《さえず》りを、そして私の囀りをも

これが一つめで、次が二つめ。

籠《こ》のうちも
なほうらやまし
山がらの
身のほどかくす
ゆふがほの宿

　籠の内に飼われているのは、狭いとはいえ
　どうにもうらやましいなあ
　山雀《やまがら》は、というか私は、というか私も
　この身を、宮廷ならぬ
　夕顔の粗末な里に、隠しているんだなあ

するとご即位になった四の宮すなわち後鳥羽《ごとば》天皇は、これをご覧になり、おっしゃった。

「これはなんと、なんと気の毒な。それではまだ存命だったのだな。今日まで範光のあれほどの功績、あの囀りのひと言に思い及ばれなかったこと、まことに迂闊《うかつ》であった」

そして範光は恩賞をこうむり、正三位《しょうさんみ》に叙せられたということだ。

名虎《なとら》――いまや天皇はお二人

同じ年の出来事に戻る。同じ年とは寿永《じゅえい》二年、その八月十日に院の御所すなわち法住寺殿《ほうじゅうじどの》の殿上《てんじょう》の間《ま》で除目《じもく》が行なわれた。木曾義仲《きそよしなか》は左馬《さま》の頭《かみ》になって、越後《えちご》の国を賜《たま》わった。のみならず朝日《あさひ》将軍という称号も院宣《いんぜん》によって下《くだ》された。十郎蔵人行家《じゅうろうくろうどゆきいえ》のほうは備後《びんご》の守《かみ》となった。

しかし木曾は越後の国を嫌った。伊与《いよ》の国を改めて賜わった。

十郎蔵人もまた備後の国を嫌った。備前《びぜん》の国を改めて賜わった。

そのほか、源氏の十余人が受領《ずりょう》に、検非違使《けびいし》に、靫負《ゆげい》の尉《じょう》に、兵衛《ひょうえ》の尉にと任じられた。

これが源氏だった。いっぽうで平氏は。同月十六日の出来事を見よ。免官というのがあった。平家一門百六十余人の官職が停《と》められるということがあった。殿上《てんじょう》の間《ま》に掛けてある名札、つまり殿上人《てんじょうびと》としての資格を示した名札だが、それが外された。いっせいに。ただし平大納言時忠《へいだいなごんときただ》とその従弟の内蔵《くら》の頭信基《かみのぶもと》、時忠の嫡子《ちゃくし》である讃岐《さぬき》の中将時実《ときざね》の三人は除名されなかった。それは天皇および三種の神器を都へお返し申しあげるよう、この時忠卿《きょう》のもとに院宣がたびたび下されていたからだった。

その平家は、時忠卿もおられる一門は、おられるとはいえ、さて、いずこか。

福原落ちの後《のち》、この今はいずこか。

同月十七日を見よ。百六十余人が解官《げかん》された出来事の、翌日に目を向けよ。平家は筑前《ちくぜん》の国《くに》の三笠《みかさ》の郡《こおり》、太宰府《だざいふ》にお着きになった。

鎮西《ちんぜい》だ。そうなのだ、九州なのだ。

平家には九州出の武士たちも従っている。そして、ここから、いろいろとある。たとえば菊池次郎高直《きくちのじろうたかなお》とその勢。前の月に肥後《ひご》の守貞能《かみさだよし》とともに上京していたこの軍勢は、都からずっと平家のお供をしてきた。太宰府に着いてから菊池は「私が先に参りまして、大津山《おおづやま》の関を開き、お通しするようにさせましょう」と言って肥後の国へ打ち越えた。以来、そのまま自分の山城に引き籠り、幾度呼び寄せても平家のもとへ参らない。いっしょに落ちた鎮西勢では、岩戸《いわど》の少卿《しょうきょう》こと大蔵種直《おおくらのたねなお》が仕えるばかりという始末になった。また、九州と壱岐《いき》、対馬《つしま》の二島の在地の兵《つわもの》たちは平家に向かって「ただちに参上しますので」と諾《うべな》いはすれども、いまだに現われぬ。

現われぬ。参上などせぬ。

そう、いろいろとある。

平家は安楽寺《あんらくじ》に詣でる。菅原道真《すがわらのみちざね》公の墓所に建立《こんりゅう》された太宰府の寺院に。神仏への奉仕として歌を詠《よ》み、連歌《れんが》をした。本三位《ほんざんみ》中将重衡《しげひら》卿はここで次の一首を詠まれた。

すみなれし　我が平家の住み慣れた
ふるき都の　古い都の、ああ、いかんともしがたい
恋《こひ》しさは　この恋しさというものは
神もむかしに　当寺の祭神であられる道真公も、その昔には
思ひ知るらん　ご経験ございますものね、ええ、おわかりですものね

人々はこれを聞いて全員涙した。

太宰府という鄙《ひな》にいて、平家一門の人々が。

そして都では。

同月二十日、後白河《ごしらかわ》法皇の宣命《せんみょう》で四《し》の宮《みや》が皇位にお即《つ》きになった。高倉院の御所であった閑院殿《かんいんどの》にてだった。摂政は、安徳《あんとく》天皇がご幼少であられるためにその任に就《つ》かれていた近衛殿《このえどの》こと藤原基通《ふじわらのもとみち》公がそのままなられて、継続された。蔵人《くろうど》の頭《とう》や蔵人たちは新たに任命されて、閑院殿に置かれ、そうして人々は退出せられた。四の宮が後鳥羽《ごとば》天皇になられたのだ。

三の宮のおん乳母《めのと》は、泣き悲しみ、後悔した。

しかし、今さらどうにもならない。

それよりも、それよりもだ、後鳥羽天皇がいらっしゃって、安徳天皇もいらっしゃる。「天に二つの太陽はない。国に二人の王はない」という。それなのに、どうだ。平家の悪行《あくぎょう》によって、今、二人の天皇がいらっしゃる。京と田舎《いなか》とに。

これは、いったい、どうなのだ。

昔のことを話すならば、文徳《もんとく》天皇は天安《てんあん》二年八月二十三日にお薨《かく》れになった。御子《みこ》の宮たちは数多くおられて、皇位に望みをかけ、内々にご祈禱《きとう》などをなさっていた。第一皇子《おうじ》の惟喬《これたか》親王は小原《おはら》の皇子ともいった。帝王たるべき才学と器量をつねに心がけて、天下が安泰《あんたい》であるか危機にあるかをたちどころに察して、歴代天皇のそれぞれの御代《みよ》が治まっていたか乱れていたかにも通じておられた。それゆえ賢王聖主《けんおうせいしゅ》として世に讃《たた》えられるに違いない君《きみ》と見えられた。第二皇子の惟仁《これひと》親王はそのころの摂政忠仁《ちゅうじん》公、すなわち藤原良房《ふじわらのよしふさ》公のおん娘たる染殿《そめどの》の后《きさき》のおん腹だった。藤原氏一門の公卿《くぎょう》が揃《そろ》って大切にお世話申しておられたので、これまた決して軽んじられぬ事情があった。

つまり、こうだ。

一の宮は皇位を継承する器《うつわ》であられる。

二の宮は政務万端を輔佐《ほさ》するだろう大臣卿相《けいしょう》を持たれている。だとしたら一の宮を外すのはお気の毒、二の宮を蔑《ないがし》ろにしてもおいたわしい、よって誰もが「どちらの宮様がよいのか」と思い悩んでおられた。

かつまた、ご祈禱のこともあった。一の宮惟喬親王のためのお祈りを行なうのは柿《かきの》本《もと》の紀僧正真済《きのそうじょうしんぜい》、これは東寺《とうじ》の一の長者で、弘法大師《こうぼうだいし》のお弟子だった。いっぽう、二の宮惟仁親王のお祈りは外祖父《がいそふ》たる忠仁公の護持僧《ごじそう》、比叡山《ひえいざん》の恵亮和尚《えりょうかしょう》がおおせつかった。人々は、だから次のように囁《ささや》きあった。

「いずれも劣らぬ高僧たちよ。いやはや、これでは急にはご決定すること叶《かな》うまいよ」

文徳天皇が亡くなられると公卿の評議があったのだが、そこでは、こう議決された。

「そもそも臣下に過ぎない我々のような者たちの思慮によって選び、位に即けたてまつることは、選考に私情を挟むように見える。よって万人の非難を浴びよう。そこで、どうであろうか。競《くら》べ馬《うま》や相撲《すもう》を催して、お二人の宮様のご運を知り、その勝敗によって帝位を授けられるのがよいのではないか。そうだ、よいぞ」

同年すなわち天安二年の九月二日、二人の宮は右近《うこん》の馬場《ばば》へ行啓された。同じこの馬場に皇族と大臣、公卿が華やかな衣裳《いしょう》を纏《まと》い、轡《くつわ》その他の馬具も美しい馬に乗り、雲のように重なり星のように列《つら》なって参られた。世にも稀《まれ》な大事件だったし、同時にこれこそ天下の見物《みもの》だった。日頃、一の宮か二の宮かのどちらかに心をお寄せしていた公卿と殿上人とが両方に分かれた。手に汗を握り、気で気を揉《も》まれた。

そして、かつまた、ご祈禱に関わる者たちのことがあった。こうした高僧たちにもとより疎略はない。真済は東寺に壇を設けた。恵亮は大内裏《だいだいり》の真言院《しんごんいん》に壇を設けた。それぞれにご祈禱を行なった。それればかりではなく、恵亮和尚のほうは自分が死んだと公《おおや》けに発表した。そうすれば真済僧正は油断することもあろう、と考えたのだ。謀《はかりごと》として広く「恵亮は死んだ」と告げ知らせて、その実、一心不乱に祈られるのだった。ひたすらに、ひたすらに。

ただひたすらに。

すでに十番の競べ馬は始められていた。

初めの四番は一の宮惟喬親王がお勝ちになる。

後の六番は二の宮惟仁親王がお勝ちになる。

次は、相撲だ。

惟喬のおん側からは名虎《なとら》の右兵衛《うひょうえ》の督《かみ》という、六十人力の逞《たくま》しい男を出された。いっぽう惟仁親王家からは、能雄《よしお》の少将という、背は小さく、容姿の整った、見たところ名虎の片手でもっても倒されてしまいかねぬ男が出された。ご夢想のお告げがあったといって自ら申し出、この相撲に出場されたのだった。

名虎と能雄は寄りあう。

名虎と能雄は、ぴったりと爪《つま》どりする。

退《の》く。

名虎が。能雄の少将が。左右に分かれる。

しばらくして名虎が能雄の少将を摑《つか》んでさしあげ、二丈ほど投げ飛ばした。しかし、倒れない。能雄はただちに立ち直って、倒れない。それどころか、つっと寄る。能雄がつっと寄って、えいと声をあげて、名虎を摑んで地に伏せさせようとした。しかし、転びはしない。名虎は伏せられはせず、同じように声をあげて、能雄を摑んで倒そうとする。

劣勢は、どちらか。

名虎か。能雄か。

どちらとも見えない。

しかし名虎は大の男であるから相手を圧倒しようとする。すなわち能雄が危なく見えた。気を揉んだのは二の宮惟仁家、そして二の宮のおん母君、染殿の后で、この方はお使いをしきりと恵亮和尚のもとへ走らせた。あたかも櫛《くし》の歯を引くように次から次へと走らせて、「味方はもう負けそうですよ、どうしましょう」とおおせられた。恵亮は大威徳《だいいとく》の法を修《しゅ》しておられたが、「無念、残念!」と言い、それから独鈷《とっこ》で自分の脳髄を突き砕かれた。

それからその脳髄を乳木にまぜて護摩《ごま》を焚《た》かれた。

それから黒煙を立てて、いっそう激しく両手で数珠を揉みあわせて、祈られた。

いっそうの、いっそうの激しい祈禱！

能雄は相撲に勝った。

勝利して、惟仁親王が位にお即きになった。それが清和《せいわ》天皇だ。このお方が。のちには水尾《みずのお》天皇ともいった。

これ以来、山門《さんもん》すなわち延暦寺《えんりゃくじ》ではちょっとしたことにも「恵亮が脳髄を砕いたので、弟君が天皇となられた。尊意が智剣《ちけん》を振るったので、菅丞相《かんしょうじょう》も納受なされた」と言い伝えた。尊意とは十三代めの天台座主、菅丞相とは菅原道真公、その菅丞相の祟《たた》りを尊意が鎮めたのは広く知られているところ。まあ、こうした場合ばかりは法力によったのだろうが、そのほかはみな天照大神《あまてらすおおみかみ》のご裁量であるとうけたまわっている。

昔のことは以上だ。今は、お二人の天皇だ。平家は西国で四の宮即位のことを伝え聞いた。癪《しゃく》だぞ、ああ癪だぞ、と言われた。三の宮も四の宮もお連れして都を落ちるべきであったと悔いられた。言いあわれたのだ。しかし平大納言時忠卿はこう言われた。

「お二人の宮様をお連れしての都落ちか。仮にそうしたとして、木曾義仲《きそよしなか》には主君として仰いでいる高倉の宮の御子《みこ》がいる。この御子とは、ご養育役の讃岐《さぬき》の守藤原重《ふじわらのしげ》秀《ひで》がご出家させ、お連れして北国《ほっこく》へ落ちておられたお方だ。その宮様がご即位なさることになったであろうよ」

「それにしても」と、またある人々は疑問を呈された。「出家された宮様を、どうして帝位にお即けできよう」

「そうしたものではないぞ」

　時忠は言われた。続けられた。

「還俗《げんぞく》して国王となった例は、外国《とつくに》にも先例があろう。それから我が国だが、まず、天武《てんむ》天皇がまだ春宮《とうぐう》のおん時だ。大友の皇子にご遠慮なさって髪を剃《そ》り、吉野の奥に忍んでおられたな。しかし、その後に大友の皇子を滅ぼして、ついには即位なさったな。また、孝謙《こうけん》天皇も仏道への信仰を発《おこ》してご剃髪《ていはつ》なさり、御名《みな》を法基尼《ほうきに》と申したな。けれども再び皇位に即かれて、称徳《しょうとく》天皇と申したな。これらの前例、どうだ。ましてや木曾義仲が主君としたてまつった還俗の宮様が即位なされること、さしつかえあるまいて」

　さて、同年九月二日の出来事を見よ。起点は都だ。後白河法皇から伊勢《いせ》へ、公卿の勅使《ちょくし》が立てられた。勅使は参議藤原脩範《ふじわらのながのり》ということだった。語るまでもないが、伊勢神宮は仏法を忌《い》む。太上《だいじょう》天皇が伊勢へ公卿の勅使を立てられることは、朱雀《すざく》、白河《しらかわ》、鳥羽《とば》の三代の前例があるにはある。しかしながら、これらは全部ご出家以前のこと。ご出家以後の例はこれが最初だ。

そう聞いている。

またもや初例。

日本国《にっぽんこく》は変わりつづけている。

緒環《おだまき》――糸の先には

そのうちに筑紫《つくし》では「内裏《だいり》を造るべきだろう」との話が出た。しかし、まだ都も定められていない。安徳《あんとく》天皇がどこにおられたかというと、岩戸《いわど》の少卿《しょうきょう》大蔵種直《おおくらのたねなお》の宿所だった。そこにご滞在になっていた。人々の家々は野の中にある。田の中にある。麻の衣を打つのではないが、十市《とおち》の里といった具合だった。新古今集に詠《うた》われた十市の、つまり遠地《とおち》の。内裏は山の中なので、あの斉明《さいめい》天皇の仮の御所だった木《き》の丸殿《まるどの》もこうであったかと思われて、かえって優雅な趣きもあったが。

そのまま天皇は宇佐八幡宮《うさはちまんぐう》へ行幸《ぎょうこう》なされた。大宮司《だいぐうじ》公通《きんみち》の宿所が皇居になった。社《しゃ》頭《とう》は公卿《くぎょう》と殿上人《てんじょうびと》の居所にあてられた。回廊には五位、六位の官人がいた。庭には四国と九州の兵《つわもの》どもが甲冑《かっちゅう》をその身に纏《まと》い弓矢をその手に持ちその背に負って、雲霞《うんか》のように居並んでいた。古びた朱色の社《やしろ》の垣根《かきね》がふたたび塗り直されたかのようだった。美しかった。

ご参籠《さんろう》は七日間。

そのお終《しま》いの日の明け方に、前《さき》の内大臣平宗盛《たいらのむねもり》公に夢のお告げがあった。ご神殿の御戸《みと》を押し開いて、尊い、気高いおん声があったのだ。こう詠《よ》んでいた。

世のなかの　　この世の中の
うさには神も　　憂《う》さには、宇佐の神も
なきものを　　どうしてやれもしないのに
なにいのるらむ　　何を懸命に祈っているのか
心づくしに　　心を込めて、ここ筑紫で

宗盛公は、はっと目を覚まされた。

胸騒ぎがし、ある古歌を心細そうに口吟《くちずさ》まれた。この一首だ。

さりともと　　「いや、まだなんとか」と
思ふ心も　　思う私の心も
むしの音《ね》も　　鳴いている虫の声も
よわりはてぬる　　どうやら弱り果てたよ
秋のくれかな　　秋の暮れだよ

そして太宰府《だざいふ》に還幸《かんこう》された。九月も、やがて、中旬となった。荻《おぎ》の葉をひるがえす夕暮れの強い風に、帯も解かずに着物を着たままで仮寝する床《とこ》の上、敷いた片袖《かたそで》が濡《ぬ》れる。涙に濡れる。深まる秋、おのずと哀愁も深《ふ》けて、それはどこも同じとはいうものの旅の空ではとりわけ忍びがたい。

九月十三夜は中秋の名月とも並ぶ名立たる名月だけれども、都を思い出す涙のために、その夜は、人々が自ら曇らせてしまって、どうしても澄《す》んでは見えない。明るくは見えない。幾人もが幾人もが、宮中にあって月を見、歌会を催したのがつい今のことのように思い、順々と、いや、つぎつぎと詠まれた。

たとえば薩摩《さつま》の守忠度《かみただのり》はこうだった。

月を見し　月を、いっしょに見た
こぞのこよひの　去年の今夜の
友のみや　友のみが
都にわれを　都で、私を
思ひいづらむ　思い出しているだろう

それから修理《しゅり》の大夫《だいぶ》経盛《つねもり》はこうだった。

恋《こひ》しとよ　恋しいね
こぞのこよひの　去年の今夜の

夜もすがら　あの一晩じゅう
ちぎりし人の　契りあった女《ひと》のことが
おもひ出《で》られて　思い出されて

皇后宮《こうごうぐう》の亮経正《すけつねまさ》はこうだった。

わけてこし　はるばると踏み分けてきた
野辺の露《つゆ》とも　野辺の草の、その上に置く露とともには
きえずして　消えないでさ、この命が
思はぬ里の　思いもかけなかった異郷の
月をみるかな　月を見ているんだね、なんだろうね

挙げれば、このような三首だった。平家の人々が詠んだ歌は。

豊後《ぶんご》の国は刑部卿三位藤原頼輔卿《ぎょうぶきょうさんみふじわらのよりすけ》の領国だった。子息の頼経朝臣《よりつねあそん》を代官としてこの地に置かれていた。京から頼経のもとへ、「平家は神々にも見放され、法皇にも見限られ、帝都を出て波のうえに漂泊する落人《おちゅうど》となった。それにもかかわらず、九州の者どもがこの一門を迎えとって大切に扱っているという。けしからん。豊後の国内においては従ってはならぬ。みなで結束して、追い出せ。よいな」と言い送られた。そこで頼経朝臣はこのことを同国の住人緒方三郎維義《おがたのさぶろうこれよし》に命じた。

緒方だ。

三郎維義だ。

これは恐ろしい者の子孫だった。由来を具《つぶ》さに語ろう。昔、豊後の国の片田舎《かたいなか》の山里に女がいたのだ。ある人の一人娘で、夫もなかった。その女のところに、母親にも知らせず、男が毎夜通ってきたのだ。そして年月を経るうちに女が孕《はら》んだのだ。母親は、これを怪しんだ。

「いったい何者ですか。お前のところに通ってくる男は」

「来るのは見ますけれども、帰るのは見ないのです。母様《かあさま》」

「ならば標《しる》しを付ける必要がある。男が帰ろうとする時に、付けよ。そして、跡をたどって尾《つ》けるのだよ」

こう教えた。

女は母親の教えに従った。朝帰りをする男は水色の狩衣《かりぎぬ》を着ていたのだが、その狩衣の襟《えり》に針を刺し、倭文《しず》の緒環《おだまき》というものを付けて、つまり糸巻のその糸を付けたのだが、それを追った。男が帰ってゆく跡を、糸を頼りにたどったのだ。そこは豊後の国だったが、どんどん日向《ひゅうが》の国のほうへ進み、国境《くにざかい》にある優婆岳《うばだけ》という山の麓《ふもと》に至った。

大きな岩屋がある。

その岩屋の中に糸は続いている。

女は岩屋の入口に佇《た》ち、耳をすます。

するとだ、呻《うめ》いているのが聞こえる。大きな声で呻いている。

女は言った。

「私はここまで訪ねてまいりましたよ。ええ、私がです。お目にかかれるかしら」

呻いている声が言った。

「俺は、人の姿ではないのだ。この俺の身というのは。お前は俺のそんな姿を見たら、おののいて肝を潰すだろう。魂まで体を離れてしまうだろう。だから、帰れ。さっさと。お前の孕んでいるのは男子だぞ。弓矢と太刀《たち》を持っては九州にも壱岐《いき》にも対馬《つしま》にも並ぶ者はあるまいぞ」

そう言った。

しかし女は帰らず、また重ねて言った。

「たとえどんなお姿であるにしろ、どうして、どうして、これまでの夫婦の好《よし》みを忘れられましょう。お互いに姿を見もし、そして、見せもしたいのです」

「そうか」

返事があった。それから、呻いていた声の主《ぬし》が岩屋の内から這《は》い出てきた。とぐろを巻いて臥《ふ》していれば五、六尺の長さ、その全体をすっかり伸ばせば十四、五丈もあろうかと思われる蛇だった。その姿は、大蛇だった。それが地響きを立てて出てきた。

狩衣の襟に刺したと思った針は、実のところ大蛇の喉笛《のどぶえ》を刺していた。喉笛を！　女はこれを見て、おののいた。肝を潰した。その体から魂が飛んで離れて、消えてしまいそうだった。女が引き連れていた十数人の家来は、もはや足腰も立たない。じたばたした。それでも叫び声をあげながら、どうにか逃げ去った。

それで、女だが、帰ってまもなくお産をした。

男子だった。

母方の祖父の大太夫《だいたゆう》が「育ててみよう」と言って養った。

どのように肥立ったか。まだ十歳にも満たないのに、体が大きい、顔が長い、背が高い。七歳で元服させた。母方の祖父が大太夫というので、大太《だいた》、と名づけられた。夏も冬も手足に大きなあかぎれがいっぱいに出た。いっぱいに皮膚が割れた。それで、あかがり大太と言われた。

かの大蛇は日向の国で崇められている高知尾《たかちお》明神の神体だった。

そして緒方は。

三郎維義は。

あかがり大太の五代の子孫にあたった。そうなのだ、そんな恐ろしい者の子孫だったのだ。だから、国司の命令に拠《よ》って「院宣《いんぜん》だ」と触《ふ》れ、この緒方三郎維義が九州、壱岐、対馬に廻文《めぐらしぶみ》をすると、主《おも》だった武士たちは全員これに従った。

維義についたのだ。

その叛逆《はんぎゃく》に。

太宰府落《だざいふおち》——さすらう平家

昔は昔、今は今。

じきにそんな声がする。

だが平家も、今は、とりあえず今はと求められていた。今は都を定めて、内裏《だいり》を造ることにしようと決定したのだが、そこに維義《これよし》の謀叛《むほん》の報が伝わり、「どうしたことか、どうしようか」と周章狼狽《しゅうしょうろうばい》された。

平大納言時忠卿《へいだいなごんときただきょう》が申された。

「維義か。その者は小松殿《こまつどの》の御家人《ごけにん》だ。小松殿のご子息がお一人、お出かけになって、説得なさるのがよろしいでしょう」

「おお、まことにそうだ」

人々はうなずかれ、亡き重盛《しげもり》公の次男、小松の新三位《しんざんみ》中将資盛《すけもり》卿が五百余騎を率いて豊後《ぶんご》の国へ赴き、緒方三郎《おがたのさぶろう》維義をいろいろと宥《なだ》めすかされた。しかし維義は従いたてまつらないのみならず、こう言った。

「本当ならば、あなたをここで勾留申しあげるべきですが、そのようなことは大事のなかの小事と考え、捕虜にはいたしません。お返ししたところで、どれほどのこともできますまいて。さあ、太宰府《だざいふ》へお帰りあれ。そして平家の他の方々とごいっしょに、お最期《さいご》をお遂げになりなさい」

維義は資盛卿を追い返し申した。

加えて次男の、野尻《のじり》の次郎維村《じろうこれむら》を使者に立て、太宰府に申し送った。

「平家は、私、維義が重恩をうけた主君ではあられます。よって兜《かぶと》を脱ぎ、弓の弦《つる》を外して降参すべきではございます。しかし、でございます。しかしながら、でございます。後白河《ごしらかわ》法皇のご命令には『平家を速やかに九州の内から追い出し申せ』とございます。こうであれば、急いで九州から退《しりぞ》かれるべきかと」

そう申した。

維村に対面なされたのは平大納言時忠卿で、緋緒括《ひおくくり》の直垂《ひたたれ》に糸葛《いとくず》の袴《はかま》、立烏帽子《たてえぼし》というお姿、そしておっしゃった。

「維村殿よ、わかるか。そもそもわが君《きみ》は天孫《てんそん》より四十九世の正統、人皇《じんのう》八十一代の帝《みかど》だぞ。よって天照大神《あまてらすおおみかみ》も正八幡宮《しょうはちまんぐう》も、わが君をこそお守りあろう。それだけではないぞ。特に申したいが、今は亡き太政大臣清盛入道殿《だいじょうだいじんきよもり》は、保元《ほうげん》、平治《へいじ》の二度の叛乱《はんらん》を鎮定したな。そして、九州の者たちを天皇方にお召しになったな。わかるか。わかるか、維村。東国では頼朝《よりとも》に誑《たぶら》かされて、北国《ほっこく》では義仲《よしなか》なぞに言いくるめられて、『しおおせたら国司に任じよう、荘園《しょうえん》を与えようぞ』との口約をまことと信じて、悪人どもが従っているようだが、ここ鎮西《ちんぜい》の者たちもそうするのか。のう、鼻豊後《はなぶんご》の命令に従おうというのは、道に外れようが」

鼻豊後とは、豊後の国司、刑部卿三位藤原頼輔卿《ぎょうぶきょうさんみふじわらのよりすけ》のこと。その鼻がたいそう大きくていられたので、こう言われた。

時忠卿は、鼻豊後と顥でさされて、こう正論を説かれた。

維村は帰って父親にこのことを告げた。

維義に。

緒方三郎に。

「なんと、なんと、なんだと」と、あかがり大太《だいた》の五代の子孫は声を荒《あら》らげた。「言ってくれたものよ。昔は昔、今は今だ。あちらがそういう腹積もりならば、こちらはこうだ。平家の一門、ただちに九州より追い出したてまつれ」

こう言い、追討の軍勢を揃《そろ》えた。

揃えはじめている、との噂《うわさ》が平家側にも伝わった。

ただちに起《た》ったのは亡き入道殿の側近であった平家の侍、源大夫《げんだゆう》の判官季貞《ほうがんすえさだ》と摂津《せっつ》の判官盛澄《ほうがんもりずみ》。「今後、彼らの仲間に及ぼす影響などを考えましても、無礼極まりません。召し捕ってやりましょう」と言って、その勢三千余騎でもって筑後《ちくご》の国の竹野《たけの》の本荘《ほんじょう》へ攻め向かった。一日一夜、攻めた、攻めた。しかし維義のほうの軍勢が雲《うん》霞《か》のように、重なる、重なる、どんどんと集まる。どうにもならなかった、退却した。

そして平家は。

平家は。

緒方三郎維義が三万余騎の軍勢で、今、まさに押し寄せると聞いたので、太宰府を落ちられた。取るものも取りあえず落ちられたのだった。太宰府落ちだ。あれほど頼みにしていた天満天神《てんまんてんじん》のご神前を離れ、そのご加護を当てにできないのであればどれほど心細くいらっしゃるか、しかも御輿《みこし》を担ぐ者もいない。天子専用の葱花輦《そうかれん》や鳳輦《ほうれん》というのは名ばかりで、安徳《あんとく》天皇は腰輿《ようよ》にお乗りになった。なんと粗末な、そのお乗物。しかも国母《こくぼ》すなわち建礼門院《けんれいもんいん》をはじめ高貴な女房たちが、袴《はかま》の裾をたくしあげ、高く摘《つま》んでいる。大臣殿すなわち平家総師の宗盛《むねもり》公以下の公卿《くぎょう》、殿上人《てんじょうびと》は、指貫《さしぬき》の股《もも》立《だ》ちをやはり腰の紐《ひも》に挟んでいる、高く、高く。どうにか少しでも動きやすいようにと。太宰府には外敵来襲に備えての土塁と水濠《すいごう》があったが、一カ所だけその土塁の切れた関《せき》の戸を出る。はだしで、徒歩で、我さきにと、急ぐ、急ぐ。箱崎《はこざき》の津《つ》へと落ちていかれる。

おりしも雨。

それも車軸を流すように降る雨。

吹く風は砂塵《さじん》を巻きあげる。巻きあげようとする。

落ちる涙と降る雨の区別ができない。

移る、移る、移動される。住吉《すみよし》から筥崎《はこざき》、香椎《かしい》、宗像《むなかた》と社々《やしろやしろ》を伏し拝み、ただ天皇が旧都へお帰りになれるように、そうしたことが実現されますようにとばかり祈られる。そして移る、もっと落ちられる。垂水山《たるみやま》などという険《けわ》しい難所をかろうじて越えられて、鶉浜《うずらはま》などという渺々《びょうびょう》とした砂浜へ。誰一人としてお慣れになっていない旅のおん事、すなわちはだしに徒歩なので、おみ足からは血が。

血が。

砂を染める。

紅《くれない》の袴は、さらに色を濃くする。

白い袴であろうとも、その裾はいまや紅《あか》い。

あの唐土《もろこし》の名僧玄奘三蔵《げんじょうさんぞう》は流沙《りゅうさ》や葱嶺《そうれい》をどうにか苦難を忍んで踏破されたというが、それも、今の平家一門の様《さま》には少しも勝るまい。しかも玄奘三蔵の場合は求法《ぐほう》のためだった。自他の利益《りやく》もあっただろう。だがこちらは、平家一門のありさまは。たんに敵軍のせいなのだ。しかも来世にうける苦しみもあろう。それを思えば、あらかじめ悲しいだけだ。

原田《はらだ》の大夫《たいふ》種直《たねなお》というのは前にも触れた岩戸《いわど》の少卿《しょうきょう》大蔵種直のことだが、この種直が二千余騎の軍勢で平家のお供に参った。また、山鹿《やまが》の兵藤次秀遠《ひょうどうじひでとお》も数千騎で平家のお迎えに参った。しかし種直と秀遠とは、並はずれて不和の間柄だった。種直は「いや、これは具合の悪いことになるな」と考えて、途中から引き返してしまった。

すなわち平家のもとに種直の勢二千余騎はいない。

そんな平家が、芦屋《あしや》の津というところを通っていかれる。芦屋だ。これは以前、自分たちが都から福原へ通ったときの里の名と同じだと知り、一門の誰もが「おお、どの里よりも懐かしい」と思われ、今さらながらの郷愁に打たれる。一門は、新羅《しらぎ》でもいい、百済《くだら》でもいい、高麗《こうらい》でも契丹《きったん》でも、雲の果てでも海の果てまででもいい、落ちていこうと思われていたけれども、激しい波風に阻まれてそれも叶《かな》わない。兵藤次秀遠に連れられて、結局、山鹿の城に籠られた。

籠城《ろうじょう》した。

だが、そこにも伝わってくる噂が。敵は山鹿へも攻めて来るという。そうなっては、さらに移るしかない。さらに落ちるしか。落ちられるしか。多くの小船に分乗して、夜《よ》もすがら漕《こ》ぎ進んで、豊前《ぶぜん》の国の柳《やなぎ》が浦《うら》に渡られた。ここに内裏を造るということが評定《ひょうじょう》されたが、しかし、それだけの広さがない。つまり造られない。そうしているうちに、また噂が伝えられた。源氏が長門《ながと》から攻め寄せるという。

一門は海人《あま》どもの小さな漁船に大勢乗り、また海に浮かばれた。平家の一門は、また波の上に漕ぎ出られた。

またもや。

この反復。この流離《さすら》い。

小松殿の三男は左中将清経《きよつね》だが、この人はもともと何事も思いつめてしまうご性格であられた。「都を源氏のために攻め落とされて、九州は維義のために追い出されたぞ。まるで網にかかった魚だ」と考えられた。「どこへ行けば逃《のが》れることができよう。できはしまい。つまり、無事に存《なが》える身ではないのだ。それなら」と考えられた。月の冴《さ》えた夜だった。左中将清経は、心の内から雑念を追い払った。船の屋形に立ち出《い》でた。屋形のそのかたわらに。横笛で音程をとってから、朗詠をなさった。静かに経を読まれた。念仏を唱えられた。南無《なむ》と。南無阿弥陀仏《なむあみだぶつ》と。海に身を投げられた。

一門の男が、女が、これを知り、泣き悲しむ。だが、もうどうしようもないことだった。

長門の国は新中納言知盛《とももり》卿の領地となっている国で、紀伊《きい》の刑部《ぎょうぶ》の大夫《たいふ》道資《みちすけ》という者が目代《もくだい》だった。平家が小船に乗っておられると聞いて、百余艘《そう》の大船を調《ととの》えて献上した。一門はこれに乗り移った。移られて、どうなされたか。四国の地に渡られた。四国には阿波《あわ》の民部《みんぶ》重能《しげよし》がいる。この重能の計らいで、四国じゅうの人々を徴集して、讃岐《さぬき》の屋島《やしま》に形ばかりの板葺《ぶ》き屋根の内裏や御所をお造りになった。それらが完成するまでの間は、もちろん卑しい民家を皇居とするわけにはいかぬから、船を御所と定めた。

　宗盛公以下の公卿《くぎょう》、殿上人《てんじょうびと》は、漁夫たちの暮らす粗末な小屋で日を過ごし、卑賤《ひせん》の者たちの寝所で夜を重ねた。竜頭鷁首《りょうとうげきしゅ》とも言うべき天皇の御座船《ござぶね》を海に浮かべたわけだが、その波の上の仮のご宿所はつねに揺られ、揺られて、一時《いっとき》たりとて静かではない。人々は憂えて、案じ、怨《うら》み、心を痛ませた。月影をひたした潮《うしお》を見て、その潮の深ささながらに深い憂いに沈んだ。霜に覆われた葦《あし》の葉を見て、その葉のように我が命は脆《もろ》いと案じ煩《わずら》った。洲崎《すさき》に騒いでいる千鳥の声を聞いて、暁《あかつき》、怨みを増した。断崖のほうを巡る梶《かじ》の音を聞いて、夜半、心を痛ましめた。遠い浜辺の松に白鷺《しらさぎ》が群がっているのを目に留めると「源氏の旗なのでは。白旗が揚がっているのでは」と疑った。遥《はる》かな海上に野雁《やがん》どもが鳴き渡るのを耳に入れると「兵《つわもの》どもが夜通し船を漕いでいるのでは。攻めてきているのでは」とおののいた。潮風が肌を荒らした。若々しい皮膚の色は衰えた、そして黒々とした美しい眉《まゆ》も。青い波を眺めつづけて、目は落ち窪《くぼ》んだ。こんなにも都から離れた辺土にあって、望郷の涙が抑えがたい。美しい寝室の翠《みどり》の帳《とばり》に代わったのは、みすぼらしい小屋、葦の簾《すだれ》。香炉から立ち昇る薫香の煙に代わったのは、乾《ほ》した葦を焚《た》いている火、貧しい家々の卑しい煙。女房たちの物思いは、それらの一つひとつに喚《よ》び起こされ、歎《なげ》きの涙は尽きず、とめられず、黒い眉《まゆ》墨《ずみ》は乱れてしまい、それらの女性《にょしょう》たちのどの一人をとっても、もはや誰が誰なのか。どのお方なのか、わからぬ。そうなってしまわれた。

征夷将軍院宣《せいいしょうぐんのいんぜん》——鎌倉の頼朝《よりとも》、その威風

西があれば東がある。西国にさすらう平家一門があれば、東国には磐石《ばんじゃく》の構えの源氏の勢力がある。それで、鎌倉の前《さき》の右《う》兵衛《ひょうえ》の佐《すけ》源 頼朝《みなもとのよりとも》のことだ。この人は鎌倉にいたままで征夷《せいい》将軍の院宣《いんぜん》を賜《たま》わった。お使いは左《さ》史生《ししょう》の中原康定《なかはらのやすさだ》であるということだった。十月十四日に関東に到着した。

兵衛の佐は周りの者たちに言われた。

「私、頼朝は長年にわたって天皇のお咎《とが》めをうけてきた。だからこそこの伊豆《いず》配流《はいる》だった。しかしながら今、武勇の誉《ほま》れが高まり、上洛《じょうらく》もせずに鎌倉にいながらにして征夷将軍の院宣を賜わる。どうして私邸でお受けとり申すことができよう。若宮の社《やしろ》でいただこう」

若宮、すなわち治承《じしょう》四年に場所を遷《うつ》された鎌倉の郡《こおり》の八幡宮《はちまんぐう》の名を挙げられた。それから現にそこへ参向された。若宮八幡宮は鶴が岡にお建ちである。地形は石清水《いわしみず》八幡宮さながら。回廊があり、楼門があり、社頭から由比《ゆい》が浜《はま》までの作り道十余町が眼下に見下ろせる。

それから評議があった。

「そもそも院宣は誰の手でお受けとり申すべきか」

「三浦《みうら》の介義澄《すけよしずみ》にお受けとり申さすべきでしょう。というのも、義澄は関東八カ国にその名の聞こえた武士の、あの三浦平太郎為次《みうらのへいたろうためつぐ》の子孫です。かつまた、父の大介義明《おおすけよしあきら》は君《きみ》のおん為《ため》に命を捨てた武人ですから、その義明の亡魂を慰めるためにも」

こう決められた。

院宣のお使い康定は、家の子すなわち血縁のある家来二人と、郎等《ろうどう》すなわち血縁のない従者十人を伴い、院宣を文袋《ふぶくろ》に入れて雑色《ぞうしき》の首にかけさせていた。三浦の介義澄も家の子二人と郎等十人を従えていた。二人の家の子とは、和田三郎宗実《わだのさぶろうむねざね》と比企藤四郎能員《ひきのとうしろうよしかず》。十人の郎等のほうは、大名十人がそれぞれ一人ずつを急いで用意した。大名とはもちろん関東の有力者のことだ。

三浦の介のその日の装束は、褐《かち》の直垂《ひたたれ》に黒糸威《くろいとおどし》の鎧《よろい》を着て、厳《いか》めしげな拵《こしら》えの大太刀《おおだち》を佩《は》き、二十四本差した大中黒《おおなかぐろ》の矢を背負い、滋籐《しげどう》の弓を脇に挟んでいるというもの。そして兜《かぶと》を脱いで高紐《たかひも》にかけ、腰をかがめて院宣を受けとった。

康定が言った。

「院宣を受けとり申す人は、どなたぞ」と訊《き》いた。「お名乗りあれ」

三浦《みうら》の介というのは私称だったから、ここでは口にするのを憚《はばか》った。本名で答えた。

「三浦荒次郎《みうらのあらじろう》義澄」

こう言った。

院宣は覧箱《らんばこ》に入れられてあった。

義澄は、兵衛の佐にそれをたてまつる。

少々の時間が経《た》ってから、覧箱が返される。

重い。

康定がこれを開けてみる。

砂金百両が入れられてあった。

若宮の拝殿では康定に酒が勧められた。賀茂《かも》斎院《さいいん》の司《つかさ》の次官中原親能《なかはらのちかよし》が給仕を務めた。五位の侍が一人、食膳を運んだ。引出物《ひきでもの》は馬三頭。贈られたうちの一頭には鞍《くら》が置いてあった。それを引いているのは「二代の后《きさき》」こと近衛《このえ》河原《かわら》の大宮の侍だった狩《か》野《の》の工藤一臈祐経《くどういちろうすけつね》。

その次に、康定は古い萱屋《かやや》を手入れしたところに迎え入れられた。長持《ながもち》には厚綿の衣がふた重《かさ》ね、小袖《こそで》十重ねが入れられて用意してある。紺藍摺《こんあいずり》と白布千反《たん》が積んである。ふるまわれる酒、料理、どれも豪華だった。豊富だった。

これが院宣のお使い、康定の、鎌倉での初日。

次の日、康定は兵衛の佐の館《やかた》に出向いてゆく。内侍《うちざむらい》と外侍《とざむらい》と、二つの武士の詰め所があった。ともに長さ十六間《けん》の建物だった。外侍には家の子、郎等が肩を並べて、膝《ひざ》を組んで列座していた。内侍には、上座に源氏の一門、末座には大名、小名がずらっといた。康定が置かれたのは、源氏のさらに上座だった。ややあって、寝殿《しんでん》に案内された。広廂《ひろびさし》には赤紫の縁取《ふちど》りの畳が敷かれている。康定はそこに据えられる。

その上座に敷かれているのは、高麗縁《こうらいべり》の畳。

そこの御簾《みす》が上がる。

御簾を高く上げさせて、お出ましになる。

兵衛の佐殿が。

着られているのは無紋の狩衣《かりぎぬ》。かぶられているのは立烏帽子《たてえぼし》。顔は大きい。背は低い。

容貌《ようぼう》は、優美。

その言葉遣いには、いっさい関東訛《なま》りがない。すなわち明晰《めいせき》である。

そうした言葉をもって、まず、現状について一々《いちいち》述べられた。

「平家どもはこの頼朝の威勢に恐れて、都を落ちました。そうです、そうでしょうとも。その後に木曾《きそ》の冠者義仲《かんじゃよしなか》と十郎蔵人行家《じゅうろうくろうどゆきいえ》が都に入り込んで、何をしておりますか。

『こうした形勢は俺たちの手柄だぞ』とでもいった顔つきで、官職位階を思いのままにし、さらに不埒《ふらち》なことには国司に任じられた国を嫌い、我を通すなどしている。どうです、奇怪《きっかい》でございましょう。それと奥州《おうしゅう》の藤原秀衡《ふじわらのひでひら》、これが陸奥《むつ》の守《かみ》となり、佐《さ》竹四郎高義《たけのしろうたかよし》、これが常陸《ひたち》の守《かみ》になったと言って、この頼朝の命《めい》に従いません。こうでありますので、『急ぎ、これらを追討すべし』との院宣を賜わりたいと思うのです」

こうした由《よし》だった。

だが、左史生の中原康定は何を聞いたか。

この院宣のお使いは、まず言った。

「今度、康定も名符《みょうぶ》を進上したいと思っております」と言った。名符とは姓名を記した書き付け、これを提出することは家人《けにん》として帰服しますとの意。すなわち臣属の証し。家来になりたいのだ、と、康定はまず言った。「けれども私はお使いの身でありますので、ひとまず都に帰りまして、それから即時に名符を書き記し、あなた様にさしあげたいと思っております。この私のみならず、弟である史《し》の大夫《たいふ》重能《しげよし》も同様のことを申しております」

兵衛の佐はこれを聞いて、笑《え》まれた。

「ただいまの頼朝の身の上としては」と応《こた》えられた。「おのおの方《がた》の名符を受けとるなど、思いもよらないのだが。とはいえ、まことにそう申されるのなら、頼朝もそのつもりでおりましょう」

それから康定は、今日、すぐにも上洛する旨を口にした。

兵衛の佐は、「いや、今日だけは逗《とど》まられよ」とお引き留めになった。

次の日だ。つまり鎌倉での康定の三日めだ。ふたたび康定は兵衛の佐の館に出向した。すると、いろいろと賜《たま》わった。萌黄威《もえぎおどし》の腹巻を一領、銀《しろがね》作りの太刀をひと振り、滋籐の弓とこれに添えられた野矢《のや》。馬十三頭も下された。そのうち三頭には鞍が置いてあった。康定が都より伴ってきた十二人の家の子と郎等にも、直垂、小袖、大口袴《おおくちばかま》、馬、鞍に至るまでも与えられ、さらに荷を付けた馬が三十頭あった。鎌倉を出た次の宿駅《しゅくえき》から、近江《おうみ》の国の鏡の宿までの間に、宿々には十石《こく》ずつの米が用意されていた。

あまりにも多いので、康定たちはこれを貧窮者への施し物にしたということだ。功《く》徳《どく》のために、仏道結縁《けちえん》のために。南無《なむ》。

猫間《ねこま》——京都の義仲《よしなか》、その野性

康定《やすさだ》は都へ上《のぼ》った。西があれば東があり、西国《さいごく》には平家一門がいて東国《とうごく》には頼朝《よりとも》の源氏が一大勢力を持つが、その間だ。西と東の間にこそ、都はある。康定は院の御所へ参った。そこの中庭にて関東の次第というのを詳細に申しあげた。後白河《ごしらかわ》法皇も感心されたし、また、公卿《くぎょう》や殿上人《てんじょうびと》もみな「会心、会心」と笑みをお浮かべになった。それほどまでに、ご期待に十全に応《こた》えられるほどに、兵衛《ひょうえ》の佐《すけ》頼朝は立派でいらっしゃったということだ。そうなのだ、人々はすでに頼朝に期待されている。なにしろ引き比べられたのが木曾左馬《きそさま》の頭義仲《かみよしなか》。同じ源氏の御曹司《おんぞうし》にして都の警固《けいご》を務める義仲。だが、その立ち居振る舞いの無骨さといったら！　言葉遣いの粗さ、その野卑さといったら！　聞き苦しすぎていかんともしがたい。明晰《めいせき》どころか訛《なま》りに訛った。が、それも無理はない、なんといっても二歳から信濃《しなの》の国の木曾という山里に住み、住み慣れて今や齢《よわい》は三十歳。どうして礼儀を弁《わきま》えられよう。

木曾は、都風の洗練を知らない。

知らないし、すばらしい野人なのだ。

あるとき猫間《ねこま》中納言こと藤原光隆卿《ふじわらのみつたかきょう》という人が、木曾と相談しなければならないことがあって訪ねこられた。郎等《ろうどう》どもは「猫間殿がお目にかかって申すべきことがあるといって、お出《い》でになりました」と取り次いだ。木曾は大笑いをした。

「猫かよ。おい、猫か。猫が人間にお目めにかかって、何を申すって。お目めだぜ、お目め」

「いえいえ、これは猫間中納言と申す公卿でいらっしゃいまして。その猫間とは、お邸《やしき》の所在地かと思われますが」

「ほう、そうかい」と闊達《かったつ》に木曾は言い、「それならば、よいわ。よいぞい」と対面した。

対面したのだが、それでも猫間殿とは、なお言えぬ。舌が回らぬ。

「猫殿が珍《めんずら》しくいらっしゃったのだぜ。者どもよい」と郎等に命じられた。「ほれ、食膳の用意だって。早《はよ》う、しろ」

中納言はこれを聞き、飲食は辞退された。

「今は、食事には及びません」

そうおっしゃられた。

「いやいや、お飯《めし》どきでしょうよ。時間でいえば」と木曾は意に介さなかった。「お飯どきにいらっしゃったのだぜ。それなのに何もお出ししないなど、ありえないでしょうが」

木曾は、塩に漬けない新鮮な魚介を都では無塩《ぶえん》と称しているとは心得ている。が、新しい食材はなんでも無塩と言うのだとも思い違えている。だから続けた。

「ちょうど義仲のところには今、無塩の平茸《ひらたけ》がありましてな。ええ、あるぜ。さあ、者どもよい、猫殿のためにも早々に支度せんかい。早《はよ》うに、こら!」

言いつけて、調理を急がせた。

根井《ねのい》の小弥太《こやた》が給仕をした。

飯を山盛りによそうのに使った椀《わん》は、たいそう大きくて深い、田舎《いなか》風の蓋《ふた》付き椀だった。お菜を三品添え、平茸の汁で食事を勧めた。木曾の前にも同様の食膳を据えた。木曾は箸をとって食べる、が、猫間殿はその椀がどうにもうす気味悪いし、汚ならしいと思えるので召しあがらない。木曾はさらに勧めた。

「なあ猫殿よい、その椀は」と言った。「義仲の精進用の食器なのだぞ。さあ、それをお使いになって、どうぞどうぞ、遠慮はしないで早《はよ》う」

猫間中納言光隆卿は、さすがに食べないのも失礼であろうと思われた。そこで箸をとるだけとって、召しあがる真似《まね》をした。木曾はそれを見て、さらに急《せ》き立てた。

「ほう、猫殿は小食であられるな。世に言われる猫おろしをなさったかい。そうかい。どうぞ、掻《か》っこまれよって」

猫おろしとは、猫が食べ物を残すこと。ここまで猫、猫々、猫々々々また猫々と譬《たと》えられて、中納言はすっかり興が醒め、ご相談するはずであった用件もひと言もお言いだしにならず、そのまま急いで帰っていかれた。

また、こんなこともある。出仕の場面だったのだが、木曾は官位を与えられた者が直垂《ひたたれ》姿で参上することは具合が悪かろうと、初めて狩衣《かりぎぬ》を着た。きちんと正装を心掛けたわけだが、天辺《てっぺん》はその烏帽子《えぼし》のかぶり様《よう》から足もとは指貫袴《さしぬきばかま》の裾に至るまで、どうにも見苦しい。野人ならではの不体裁なのだ。しかし、とにかく身をかがめて車に乗った。鎧《よろい》を着て矢を背負い、弓を持って馬に乗る姿などはじつに凛然《りんぜん》たるものだが、今回、それにはまったく似なかった。乗り込む恰好《かっこう》からして無様《ぶざま》だった。

車というのは、今は屋島におられる前《さき》の内大臣平宗盛《たいらのむねもり》公の牛車《ぎっしゃ》だった。牛飼いも同じく宗盛公の牛飼いだった。世の趨勢《すうせい》にしたがうのは人の常だから、余儀なく使われてはいたけれども、癪《しゃく》であるといえばあまりに癪だった。それまで長いこと車を牽《ひ》かさずに繋《つな》いで飼っておいた牛の、なかでも群を抜いて優《すぐ》れた一頭を出してきて、これに門を出るときにひと鞭《むち》当てた。木曾は牛車の中で仰《あお》のけに倒れた。それも飛ぶように突進しだした。いや、大変だ。逸物《いちもつ》の牛は走りだした。蝶《ちょう》が羽をひろげたように左右の袖をひろげて、起きよう、起きようとする。起きられぬ。どうしても駄目だ。

木曾は、牛飼いに呼びかけようとするのだが、そもそも「牛飼い」という語を知らなかった。そこで雑役《ざつえき》をする足軽《あしがる》や中間《ちゅうげん》を指している「健児《こでい》」という語を用いて、即席の役名を拵《こしら》えて呼ばわった。

「ぬう、やれ子《こ》牛健児《うしこでい》！　やれ子牛健児！」

それが他人《ひと》にはどう聞こえたか。

木曾のほうは、おい牛飼いよ、と言っているつもりなのに、当の牛飼いには、やれ、もっと牛車をやるのだ、お前、走らせよ！　と聞こえた。そう合点したものだから逸物の牛を五、六町も疾走させた。

今井四郎兼平《いまいのしろうかねひら》が跨《また》がった馬に鞭打ち、同時にその馬の腹を蹴り、全速力で走らせて追いついた。

「おいなんだ、なんだなんだお前、おい！」と叱《しか》った。「どうしてお車をこのように走らせるのだ」

「お牛の勢いがあまりにも強すぎまして」

そのために手綱が引けなかったのだと牛飼いは釈明した。それから木曾と仲直りしようと思ったのか、こう言った。

「では、そこにあります手形にお摑《つか》まりください」

「手形って。ああ手形かいな」と木曾はそれにむんずと摑みついた。「こいつは見事な工夫だぜ」と当たり前の設《しつら》いにやたら感心した。「牛健児よ、こいつは自分で発明したのか。それともあれか、平家の大臣殿の、あの宗盛公の流儀か。牛健児よい」

このように尋ねた。

それから院の御所に到着して、さて降りる段になった。車を牛から外させ、それから木曾はなんと、後方から降りようとする。雑色《ぞうしき》として召し使われている京の者がそっと囁《ささや》いた。

「殿、それは流儀に反しまする。車には、お乗りになるときは後ろから乗り込まれますけれども、お降りになるときは前からなされませ」

「すると素通りすることになるぞ。阿呆《あほう》な素通りだ、そうだろって。もしも作法なんだとしても愚かしいわい。いかに車であるからといってだ、俺は痴《し》れたことはやらんぜ」

木曾はそう言い、とうとう後ろ側から降車した。意志をつらぬいた。

そのほか、野性があふれすぎていて滑稽《こっけい》なことはいろいろあった。

しかし、人々がそれを笑ったかといえば、否。

木曾義仲を恐れて誰も、何も、口にしなかった。

水島合戦《みずしまがっせん》——海戦ゆえに木曾《きそ》勢大敗

東国《とうごく》から都を見た。次いでは、都から西国《さいごく》を見る。西を。すると、どうか。平家は讃岐《さぬき》の屋島《やしま》に本拠を置いて、これを動かさずに山陽道《さんようどう》八カ国、南海道六カ国、あわせて十四カ国を討ちとった。すなわち勢いを巻き返していた。都で、木曾左馬《きそさま》の頭義仲《かみよしなか》がこうした次第を聞いた。もちろん聞いた。もちろん、ほうっておける情勢ではなかった。

ただちに討《う》っ手《て》を派した。

西国へ。

都から西へ。

その平家追討軍の大将は矢田《やた》の判官代義清《ほうがんだいよしきよ》、侍大将には信濃《しなの》の国の住人海野《うんの》の弥平《やへい》四郎行広《しろうゆきひろ》。軍勢はあわせて七千余騎。これが山陽道へ馳《は》せ下《くだ》った。備中《びっちゅう》の国水島《みずしま》の瀬戸で船団を準備した。水島こそは軍略上の要衝だ。

そして、屋島にいよいよ攻め寄せんとした。

同じ年の閏《うるう》十月一日。

水島の瀬戸に小船が一艘《そう》現われた。

源氏の者たちは、漁船であろうか、あるいは釣り人が乗っているのか、と見た。木曾の軍勢は最初、そのように見た。

違った。

そうではなくて平家方から書状を届ける使者の船だった。

開戦の通告だった。それは。

こうした正体を見て、源氏はそれまで浜にひきあげて干《ほ》してあった五百余艘の船を、喚《わめ》きながら、叫びながら、どっと海におろした。おろして浮かべた。

そこへ平家が千余艘で押し寄せた。

平家方には二人の大将軍がいた。大手《おおて》のそれは新中納言知盛卿《とももりきょう》。搦手《からめて》のそれは能登《のと》の守教経《かみのりつね》。

その能登殿が言われた。

「おお、我が軍のお前たち、お前たち、お前たち！　なにを怠けている、なにをだらだらと構えている！　これは手を抜いての戦《いく》さか、おい、お前たち！　北国《ほっこく》の奴《やつ》らなんぞに生け捕りにされるのを悔しいとは思わぬのか。もし思うのならば、ほおれ、味方の船と船とを組みあわせよ！」

このように下知《げじ》されて、すると、どうなったか。千余艘のその船尾の綱と舳先《へさき》の綱とが、結ばれて、繋《つな》がれて、舫《もや》い綱をも用いて船と船とが連結されて、さらに歩み板をも後から後から掛けわたされて、すなわち人々が往来できるようになって、船上は平らだった。

この戦法。

海の兵術！

源平両軍はともに鬨《とき》の声をあげている。矢合わせをしている。互いに船を押しあわせている。攻めて、攻めて、戦っている。遠くの敵は弓で射た。近くの敵は太刀《たち》で斬った。熊手《くまで》も操られた。長い柄の先に鉄の爪が並べられているそれで、敵を捕らえた。また、同じように、熊手で敵に捕らえられた。あちら側の船、こちら側の船、組みあって海に落ちる者がいて、刺し違えて死ぬ者がいて、ああ、思い思いだ。南無《なむ》！

心々《こころごころ》に勝負している。なぁむ！

源氏方の侍大将の、海野の弥平四郎は討たれた。それを見て大将軍矢田の判官代義清の主従七人は小船に乗り、真っ先に、真っ先に進んで戦った。先頭で。しかし勢《はず》みというものがある。乗っている七人の動きがあまりに激しすぎた、小船は転覆した、そして全員が、全員が。

死ぬ。

よう！

いっぽうで平家は、いつでも乗れるように鞍《くら》を付けてあった馬をその船の中に用意していたので、陸《おか》のほうに漕《こ》ぎ寄せた、船を寄せられた、馬どもを引き下ろした。

乗った。

乗った！

よほう！

大音声《だいおんじょう》をあげて、駆ける、突進する！

南無、南無、南無。源氏の軍勢はすでに大将軍が討たれてしまっていることもあり、逃げる。我先にと逃走する。南無！

なぁむ、平家は！

水島の合戦に勝利した。初めて、これまでの敗戦の恥辱を雪《すす》いだ。

雪辱だ。これぞ！

瀬尾《せのお》最期《さいご》――あっぱれ剛《ごう》の者《もの》

木曾左馬《きそさま》の頭義仲《かみよしなか》はこの大敗の報に触れて、もちろん「捨ておける事態ではないな。そうした情勢じゃあ、これは全然ないって」とばかり、その勢一万騎で山陽道《さんようどう》へ下《くだ》った。自ら急いで下った。

都から西へ。

このとき、誰がひそかな了見をもって先んじたか。

かつての平家の侍、備中《びっちゅう》の国の住人瀬尾太郎兼康《せのおのたろうかねやす》だった。亡き入道相国清盛公《しょうこくきよもり》の腹心の、西国《さいごく》武士、兼康だった。この者は北国《ほっこく》のあの倶梨迦羅《くりから》が谷《たに》の戦いで、加賀《かが》の国の住人倉光次郎成澄《くらみつのじろうなりずみ》の手にかかり、生け捕りにされていた。その後は成澄の弟、倉《くら》光三郎成氏《みつのさぶろうなりうじ》に預けられていた。首を刎《は》ねられて当然の者だったのにそうされなかった理由は、評判の剛《ごう》の者《もの》であり、大力の持ち主だったからだ。それで木曾殿は、「これほどの惜しむべき男をなあ、殺《あや》めるのはよう、無粋《ぶすい》だぜ」とおっしゃり、斬らなかった。木曾義仲殿は。

敵《かたき》の武勇を惜しむとは、さすがのご英断。

そして惜しまれた兼康は、人の気受けもよかった。気性も優しく、情けがあった。

そういうわけなので、倉光三郎成氏も懇《ねんご》ろに世話した。

しかし、外側にはそう見えるとして、兼康の内側ではどうか。

大陸の武将のことなどを思い出している。漢の蘇武《そぶ》と、李陵《りりょう》とを。蘇武は匈奴《きょうど》に捕らえられた。同じく匈奴と戦った李陵も、やはり捕囚となり、漢国には帰らなかった。自分はそれと同じなのだ、と考えている。兼康の腹の内とはこうだった。

遠い異国に囚われの身となるのは昔の人も悲しんだことだ、と李陵が言っている。

それを兼康は憶《おぼ》えている。

その匈奴の暮らしとは、鞣《なめ》し革《がわ》で作った肘当《ひじあ》てをすること。毛織りの天幕で風雨を防ぐこと。生《なま》の獣《けもの》の肉で飢えを凌《しの》ぐこと。牛、それから羊の乳で作った汁で渇きを癒やすこと。それを兼康は忘れなかった。夜は寝ることがなかった。昼は一日じゅう仕えた。木《き》を伐ったり草を刈ったりなぞこそしないが、それ以外は従順に、なんでもした。そして敵の隙をうかがっていた。隙があれば討つ、討ちとる、討ちとっていま一度旧主にお会いしたい、そう思っているのだから兼康の心の内側は、恐ろしい。

なんという粘り強さか。

あるとき、瀬尾太郎が倉光三郎に向かって言った。

「この兼康、去る五月から生きて甲斐《かい》なき命を助けていただいております。ですから、誰を誰と特別に主人として思うことはございません。今後もし合戦がございましたら、真っ先に戦いまして木曾殿に命をさしあげましょう。ところで、兼康がもともと領地としておりました備中の国の妹尾《せのお》は、馬を飼うのにまこと適した牧草地。どうです、あなたが申し出て、この妹尾を拝領なさいませ」

倉光はこのことを木曾殿に言った。

木曾殿は、言われた。

「それは感心だぜ。いい申し出だぜ。であれば三郎よ、倉光三郎よい、お前が瀬尾を案内人としてな、ひと足先に下れ。で、間違いなく、馬の飼葉《かいば》なども用意させるがいいぜ」

馬こそは合戦の大事。その飼料も大事。倉光三郎は畏《かしこ》まってお受けし、手勢三十騎ばかりを引き連れて、瀬尾太郎を先に立て、備中へと下っていった。

全軍に先んじて。先んじて。

西へ。

瀬尾には平家方に仕えている嫡子《ちゃくし》がいた。小太郎宗康《こたろうむねやす》といった。父が木曾殿に許されて下ってくると聞き、年来の郎等《ろうどう》どもを呼び集めて、その軍勢五十騎ばかりで迎えに上《のぼ》った。播磨《はりま》の国府で父子は行き逢《あ》い、いっしょに下った。備前《びぜん》の国の三石《みついし》の宿に泊まった。瀬尾に親しい者どもが酒を持参してやってきた。当然、その夜は祝福の酒宴だ。しかも夜通しの酒盛りだ。兼康の身柄を預かる武士、倉光三郎とその手勢は、飲まされる、飲まされる、無理強いに飲まされて酔いつぶれる。起きあがることも、もはや、できない。それを一人ひとり、刺す。みな刺し殺す。それから、そこ備前の国は十郎蔵人行家《じゅうろうくろうどゆきいえ》の領国であったから、国府に押し寄せ、そこにいた代官も殺す。

討ちとってしまった。

「兼康こそは、木曾殿よりお暇《いとま》いただいて帰ってきたぞ。平家にお味方しようとの忠義なるお志《こころざ》しを持つ人々よ、この兼康の後に続いて、下ってこられる木曾殿に矢の一つも射かけ申せ!」

こう触れまわった。

すると、どうだ。備前と備中、備後《びんご》三カ国の武士たちが、それも馬だの武具だの主《おも》だった家来だのを平家方へ出陣させてしまって、自分は郷土で隠居して静かにしていた老人たちが、この呼びかけに応じて起《た》った。ある者は柿渋《かきしぶ》をひいただけの直垂《ひたたれ》に括《くく》り紐《ひも》をしっかりと締めて結び、ある者は布の小袖《こそで》の裾をからげて帯に挟み、鎖腹巻《くさりはらまき》を修繕して着、山狩りに用いる靫《うつぼ》や竹製のお粗末な箙《えびら》に少々の矢をさし、てんでに背負い背負いして、集まる。急ぎ集まる。

瀬尾のもとに馳《は》せ集まる。

その軍勢はあわせて二千余人。

瀬尾太郎を先頭にこれら二千余人の老武士たちが備前の国の福隆寺縄手《ふくりゅうじなわて》、篠《ささ》の迫《せまり》を城郭に造った。もともとの地勢を活かして。幅二丈深さ二丈の堀を掘り、茨《いばら》やその他の棘《とげ》のある木を逆さにして結んだ垣を仕込んだ。逆茂木《さかもぎ》だ。高櫓《たかやぐら》を組んだ。さらに一面に楯《たて》を並べた。そして、待った。今か今かと木曾の軍勢が来るのを。木曾殿のそれを待ち構えた。

いっぽう、備前の国から京に上る者たちがあった。下人たちだった。この国に十郎蔵人行家が置いておられた代官の、つまり瀬尾に討たれた代官の、その下人たちだった。逃《のが》れる途中、この者たちは播磨と備前の国境いの船坂《ふなさか》というところで木曾殿と行き逢った。

事の次第をお伝えした。

「おい、おいおい、おいっ！　我慢ならねえって！　斬り捨てるべきだったたってことか、これはよう」

後悔される木曾殿に、乳母子《めのとご》の今井四郎《いまいのしろう》が言った。

「だからこそ申したでしょう。あの瀬尾の面魂《つらだましい》はただ者とは見えないと。この兼平《かねひら》、何度も何度も殿に斬ろうと申しあげましたのに。お助けになってしまわれるものですから」

「とはいえ高が知れてはいるって。だろうよ、なあ」と木曾殿は言われた。「そうであるからには追いかけて、殺《や》れ。討てや」

「まずは兼平が下ってみましょう」

今井四郎は言い、三千余騎の軍勢で急ぎ下った。

福隆寺縄手は、その道の幅は弓一本の長さほど。どの程度の広がりかといえば西国道でいう一里ほど、すなわち六町ほど。左右は深い田で、馬の足も立たない。三千余騎は気ばかりは焦るけれども、どうしようもない、馬の歩みに任せて進んでいった。

そうやって、押し寄せた、見た、急拵《きゅうごしら》えの城郭を。

そして瀬尾太郎兼康を、見た。

櫓に上がっていた。

そこに立ち出《い》でて、瀬尾は、こう大音声《だいおんじょう》を上げた。

今井四郎兼平とその三千余騎は、聞いた。

「去る五月から今まで、生きて甲斐なき命を助けていただいたおのおの方《がた》のご厚意に対しまして」と瀬尾は言った。「これをばお礼に、ご用意しております」

これ、とは数百人の精兵《せいびょう》。強弓《つよゆみ》を引け、当てることにかけても勝《すぐ》れた、選《え》りすぐりの射手ばかり。

これが矢先を揃《そろ》えた。

これが、つぎつぎに射た。

これが、射るそばから矢をつがえた。

つがえたら射た。これが、これが！

今井の三千余騎は面と向かって進むこともできない。あるいは、できそうもないのに、しかし血気に逸《はや》った武者どもは、した。その木曾勢の武者どもは誰かといえば、もちろん今井四郎をはじめとして、楯《たて》、根井《ねのい》、宮崎三郎《みやざきのさぶろう》、諏訪《すわ》、藤《ふじ》沢《さわ》など。兜《かぶと》の錣《しころ》を傾けて、顔面を射られないようにと防御の構えをとり、堀を埋めるにはこれだとばかりに味方で射殺《いころ》されてしまった人や馬をかたっぱしから摑《つか》みあげては、例の幅二丈深さ二丈の堀にひきずり込んで、事実埋め、そうして喚《おめ》き、叫び、攻め入った。攻め戦った。ある者は左右の泥深い田に馬を乗り入れた。馬の草脇《くさわき》まで埋まる。つまり胸《むな》さきまで。それから鞅尽《むながいづ》くしまで埋まる。草脇の上まで。さらに太腹《ふとばら》なども当然埋まる。ずぶずぶと。しかし、物ともしなかった。一団となって、攻める、押し寄せる。ある者は深い谷をも物としなかった。駆け入った。

駆け入った。

その一日、戦い暮らした。

夜になる。瀬尾が駆《か》り集めた二千余人の、老いた、例の駆り武者たちは、みな攻め破られてしまって命の助かる者は少なかった。討たれてしまう者が多かった。篠の迫の城郭を落とされてしまった瀬尾太郎は、退《しりぞ》き、備中の国の板倉川《いたくらがわ》の岸辺に楯を一面に並べ、いわゆる掻楯《かいだて》を設けて、待った。待ち構えた。敵を。じき、今井四郎は押し寄せた。攻め寄せた。

瀬尾のほうの勢は、例の山狩りに使う靫《うつぼ》や粗末な竹の箙《えびら》に矢のあるうちは防いだが、みな射尽くした。

矢種《やだね》がない。

我先にと落ちた。落ちていった。

瀬尾太郎は、ただ主従三騎になるまで討たれてしまった。板倉川の岸に沿い、みどろ山のほうへと落ちる。そのときだ。今井四郎の側の軍勢から、一騎、仲間から抜け出して瀬尾を追う者がある。瀬尾を北国で生け捕りにした倉光次郎成澄だった。思いはこうだった。「俺の弟は討たれた。弟の三郎成氏は、瀬尾の手にかかって。無念だ。瀬尾よ、俺は今度も、お前を生け捕りにするぞ」と、こうだった。

だから追った。

追った。

相手との隔たりが一町ほどに追いついた。そこで叫んだ。

「おう、瀬尾よ、瀬尾殿よ！　敵に後ろを見せるとは、いやはやどうにも見苦しいものだな。引き返せ、引き返せ！」

瀬尾は、それを聞いた。聞こえた。板倉川を西へ渡ろうとしていたが、川中で馬を止めた。倉光を待ちうけた。

倉光は駆けつけた。

馬と馬とを押し並べた。

むんずと組みついた。

どうと落ちた。

瀬尾太郎と倉光次郎、互いに劣らぬ大力だった。上になる。下になる。転びあう。

そうするうちに川岸に近いところにあった淵《ふち》の中に入り込んだ。

倉光次郎は水練の術を知らなかった。泳げなかった。

瀬尾太郎はその逆。巧みな泳ぎ手だった。

水の底で倉光を押さえつけ、鎧《よろい》の草摺《くさずり》を引きあげて、無防備となったその下っ腹へ、刃《やいば》どころか柄《つか》までも通れ、柄を握った拳《こぶし》もまた通れとばかりの勢いで、みたび刀を刺し通した。

首を取った。

自分の馬は乗りつぶしている。瀬尾は、敵の倉光の馬に乗って、落ちる。さらに落ちる。

そして瀬尾には、嫡子がいる。その小太郎宗康は馬には乗らず、徒歩で郎等とともにに落ちていた。落ちて、落ちて、しかし小太郎というのはまだ二十二、三の男であるのに、あまりに太っているので一町とも走れぬ。しかたがない、鎧も兜も脱ぎ捨てて歩いた。それでも進めぬ。父はこれを見捨てて十町余も逃げのびていたのだったが、しかし、郎等に向かって言った。

「なあ、この兼康、千万の敵軍に対峙《たいじ》して戦っても、心はいつも四方が晴れわたるように晴ればれとしていた。だが、どうだ。今日は小太郎を捨ててゆくからだろうか、いまあるのは闇、暗すぎて暗すぎて何も見えぬ。なあ、たとえ兼康のこの命が存《なが》らえ、一度平家のお味方へ参ったとしても、どうなのだろうな。同輩どもに言われるのではないか。今はその齢《よわい》六十を越えているのに、あの兼康、どれほどの命を惜しんで一人しかない子を見捨てて落ちたのか、と。だとしたら、恥だな。恥」

また、郎等たちも言った。

「だからこそ、申したのです」と言った。「ごいっしょに最後の戦いをなさいませと申しあげたのです。さあ、お引き返しを」

「しよう。引き返すぞ」

取って返した。小太郎は、足がすっかり腫れ、もはや立ちあがれずにいた。

父は言った。

「お前が追いつけないので」と言った。「同じところで討ち死にしようと戻ってきたぞ。どうだ」

小太郎は涙で答えた。はらはらと流し、言った。

「私こそはあまりに力不足の者。ただの未熟者。ですから自害すべきですのに、こんな私のために父の、父の、父上のお命を失わせ申すとは。五逆罪《ごぎゃくざい》にも当たりましょう。どうぞ速やかに、父上よ、なにとぞ落ちのびなされませ」

「いや」と瀬尾太郎は言った。「この父はもう、覚悟を決めたからな」

父子は休んだ。そこに、今井四郎が先頭に立って、その軍勢五十騎ばかりが来た。喚声をあげながら。瀬尾太郎は、射残しておいた七、八本の矢を、つぎつぎ射る。つがえ、引き、さんざんに射る。即座に敵の五、六騎を馬から射落とす。命を取ったのか傷つけただけかは不明だが、いずれにしても見事に射落として、矢が尽きた後は刀、まずは鞘《さや》から抜いたそれで小太郎の首を打ち落とす。そのまま、敵の中に割って入る。戦う。さんざんに戦う。敵を数多く討ちとる。

そして。

ついに。

討ち死にする。

瀬尾の郎等は、主人に少しも劣らない。奮戦する。しかし深傷《ふかで》を数々負って戦い疲れ、自害を図るが生け捕りにされてしまう。一日後、この郎等も死んだ。これら主従三人の首は備中の国の鷺《さぎ》が森《もり》に晒《さら》された。

木曾殿もこれを見られた。

首、三つを。

そして言われた。

「あっぱれ剛の者よ。これこそ一人当千《いちにんとうぜん》の兵《つわもの》。これほど惜しい者たちを助けてやれなかったのは、義仲としても、不本意だぜ」

室山《むろやま》――西から都へ、都から西へ

西国《さいごく》がある。東国《とうごく》がある。間に都がある。

都がある。西にいるにせよ、東にいるにせよ、都はある。

さて木曾殿《きそどの》は備中《びっちゅう》の国の万寿《まんじゅ》の荘《しょう》で勢揃《せいぞろ》いした。屋島《やしま》にいざ、攻め寄せんとしていた。しかし、都からの使者が来た。留守役に置かれていたのは樋口次郎兼光《ひぐちのじろうかねみつ》だが、それが西国へ使者を立てたのだ。そして言い送った。

「殿、こちらでは十郎蔵人行家《じゅうろうくろうどゆきいえ》殿が大問題でございます。殿が都にいらっしゃらない間に、後白河《ごしらかわ》法皇様の寵臣《ちょうしん》を介して、どうもいろいろと讒言《ざんげん》しておられるようなのです。西国の戦いはしばらくさしおかれて、急いで上洛《じょうらく》なさいませ」

「俺の中傷だと。堪《たま》らんぜ。そんな次第であるならば」

木曾は夜も昼も休まずに都へ馳《は》せ上《のぼ》った。

十郎蔵人行家は、もちろん「これは、まずい」と思ったのだろう、木曾と顔をあわせまいと丹波路《たんばじ》を通って播磨《はりま》の国へ下《くだ》った。都から西へ。木曾は摂津《せっつ》の国を経て、都へ入った。

西から都へ。

そして、再び、西。言わずもがな西国では平家一門が屋島にその根拠地を構えている。一度、水島《みずしま》にて木曾勢との合戦に勝利した。また木曾義仲《よしなか》を討たんと、大将軍には新中納言知盛卿《とももりきょう》、本三位《ほんざんみ》中将重衡《しげひら》卿、侍大将には越中《えっちゅう》の次郎《じろう》兵衛《びょうえ》盛嗣《もりつぎ》、上総《かずさ》の五郎《ごろう》兵衛《びょうえ》忠光《ただみつ》、悪七兵衛景清《あくしちびょうえかげきよ》、あわせて二万余騎の軍勢が千余艘《そう》の船に乗った。播磨の地に押し渡った。

室山《むろやま》に陣を取った。室《むろ》の津《つ》のその後ろの山だ。

すると、都から西へと落ちていた十郎蔵人行家が、平家と戦って木曾と仲直りしようと思ったのだろうか、五百余騎の勢で室山へ押し寄せた。平家はその陣を五段に構えていた。五つとは、順にこうだった。一陣が越中の次郎兵衛盛嗣、二千余騎。二陣が伊賀《いが》の平内左衛門家長《へいないざえもんいえなが》、二千余騎。三陣が上総の五郎兵衛と悪七兵衛、三千余騎。四陣は本三位中将重衡、三千余騎。五陣は新中納言知盛卿、一万余騎。こうした布《し》き方で固めた。源氏の十郎蔵人行家は、五百余騎を率いて、喚《おめ》き、攻めかけた。一陣、越中の次郎兵衛盛嗣がしばらく応戦する、が、それは見せかけで、陣の中をざっと開けて行家軍を通した。二陣、伊賀の平内左衛門家長も同様に開けて通した。三陣、上総の五郎兵衛も悪七兵衛もともに開けて、通した。四陣は本三位中将重衡卿。これも開けて、行家の軍勢を通し入れられた。一陣から五陣まで前もって取り決めをしていた。だからこそ敵を内側へ内側へと取り籠《こ》めたのだ。そうやって巧妙に包囲し、一度にどっと鬨《とき》の声をあげた。

十郎蔵人は、今は逃《のが》れる術《すべ》もない。

謀《はか》られた、と知った。

そうである以上は、ここが最期《さいご》、脇目もふらず戦った。もちろん命も惜しまずに攻めた。平家の侍たちは言った、「源氏のあの大将に組めや、馬を並べて組みあえや!」と。我先に進む、進みはする、しかし十郎蔵人に馬を押し並べて、その馬上で組み討ちにできる者がさすがに一人もない。それほどの武者は一騎もない。新中納言知盛卿は紀七左衛門《きしちざえもん》、紀八衛門《きはちえもん》、紀九郎《きくろう》などという猛者《もさ》どもを第一の頼みとされていたけれども、それらが全員ここで十郎蔵人に討ちとられた。

討ちとられはしたが。

十郎蔵人の、その五百余騎の軍勢は、事のこうした経過によってわずか三十騎ほどに減っている。十郎蔵人の、四方はみな敵、味方は無勢《ぶぜい》。

どのようにして逃れるべきか、わからぬ、と思った。

だが死んでもよいわ、と思いきった。雲霞《うんか》のような敵の中を、ただなかを、割って通った。

にもかかわらず十郎蔵人は、その当人だけは手傷も負わなかった。二十余騎の家の子、郎等《ろうどう》はあらかた痛傷《いたで》をうけた。それから十郎蔵人行家の一行は、播磨の国の高砂《たかさご》から船に乗り、海上に脱《ぬ》け出、和泉《いずみ》の国に着いた。さらに河内《かわち》の国へ越えて、長野城に立て籠った。

十郎蔵人行家は。

木曾義仲の叔父《おじ》、源 行家《みなもとのゆきいえ》は。

そして平家はといえば、こうして室山と水島の二度の合戦に勝ちを収めた。いよいよ平家は勢いづいた。西で。西国で。

鼓判官《つづみほうがん》——法住寺殿《ほうじゅうじどの》の炎上

都。

そこはどうなっているのか。

軍勢が逗留《とうりゅう》している。木曾義仲《きそよしなか》のそれが、源氏の軍勢が。およそ京じゅうに源氏が充《み》ち満ちているというありさまだった。

何が起きるか。

狼藉《ろうぜき》だ。いたるところで他人《ひと》の土地や家に押し入り、物品を略取していた。木曾の軍兵《ぐんびょう》がだ。賀茂《かも》の社《やしろ》、石清水八幡宮《いわしみずはちまんぐう》のご領地も憚《はばか》らず、青田を刈りとって秣《まぐさ》にしていた。どこぞの倉を押し開けて物を盗《と》っていた。往来する人々の持ち物を奪っていた。衣類を剝《は》ぎとっていた。

軍馬にはそれが必要だったし、北国《ほっこく》の鄙《ひな》の出の軍兵たちには、京じゅうのどの品々も、人々に纏《まと》われるどの着物も、のどから手が出たということだろう。出そうになった途端に、もう出ていた。

「平家が都におられた間は、たとえば六波羅殿《ろくはらどの》といっても、ただなんとなく恐ろしいだけだったが」と誰もが言った。「こちらは着物を剝ぐようなことまでする。平家に源氏が入れ替わって、さらに悪いことになった」

木曾左馬《きそさま》の頭《かみ》のもとへは後白河《ごしらかわ》法皇からお使いがあった。「狼藉を鎮めよ」と命じられた。そのお使いは、壱岐《いき》の守平知親《かみたいらのともちか》の子で、壱岐の判官知康《ほうがんともやす》という者だった。天下にその名の聞こえた鼓《つづみ》の名人で、当時の人々は「鼓判官」と呼んでいた。そのことがあったからだが、木曾は対面すると、大事な返事は後に回して、開口一番こう尋ねた。

「俺はどうしても訊《き》きたいんだが、あなたを鼓判官というのは、なにゆえなのだ。たとえばだ、みんなからぽんと打たれでもなさったのか、あるいはぴんと張られでもなさったのか。どうなんだい」

知康は啞然《あぜん》とし、返答もできない。いや、する気にもなれない。さっさと院の御所に帰り参った。そして後白河法皇に申しあげた。

「義仲というのは馬鹿です。ただの馬鹿者でございました。あれは今にも朝敵《ちょうてき》となるでしょう。ただちに追討あそばされるのがよろしいかと」

「そうであるか。ならば」

法皇はご決断になったが、その後が奇妙だ。然《しか》るべき武士にお命じになるべきなのに、延暦寺《えんりゃくじ》の座主《ざす》や園城寺《おんじょうじ》の長吏《ちょうり》におおせられて、比叡山《ひえいざん》と三井寺《みいでら》の悪僧たちを召集なさった。また公卿《くぎょう》、殿上人《てんじょうびと》が駆《か》り集めた軍勢といえば、たとえば石投げを得意とする「向《む》かえ礫《つぶて》」やその同類の「印地《いんじ》」、とるに足らぬ無頼《ぶらい》の徒に巷間《こうかん》を放浪する乞食《こつじき》の法師といった輩《やから》から成っていた。下賤《げせん》の者たち、あぶれ者たちの軍勢だった。

さて、いずれにしても「木曾左馬の頭に対する院のご機嫌が悪くなったぞ」との噂《うわさ》は立った。すると、さらに何が起きるか。初めは木曾義仲に従っていた五畿内《ごきない》の兵《つわもの》どもが、みな叛《そむ》いたのだ。木曾から法皇方に寝返った。信濃源氏《しなのげんじ》の村上三郎判官代《むらかみのさぶろうほうがんだい》も木曾に叛いて、後白河法皇のもとへ参った。

「これこそもってのほかの一大事でございます、殿」と木曾に進言したのは今井四郎《いまいのしろう》だった。「だからといって十善《じゅうぜん》帝王たる法皇様に向かいたてまつって、どうして合戦をいたすことができましょう。兜《かぶと》を脱ぎ、弓の弦《つる》をはずして、ご降伏なさいませ」

この乳母子《めのとご》の意見に木曾はどう応じたか。

木曾は怒りに震えた。嚇怒《かくど》し、まこと殺気立ったのだった。

「なあ兼平《かねひら》よ。俺の乳母子、今井四郎兼平よい。義仲は納得できねえぜ。この俺は信濃を出てから、麻績《おみ》、会田《あいだ》の戦いをはじめとして、北国では砥浪山《となみやま》に黒坂《くろさか》に篠原《しのはら》、西《さい》国《ごく》では福隆寺縄手《ふくりゅうじなわて》に篠《ささ》の迫《せまり》、板倉川《いたくらがわ》の城郭と攻めたけれどもなあ、いまだ敵に後ろを見せたことはない。一度もだぜ。一度もだ。だからな、たとえ相手が十善帝王でいらせられようとも、兜を脱ぎ、弓の弦をはずして降参するなど、絶対にできねえって。絶対に、絶対に、思いもよらぬわ！　さあ兼平よい、事情をちゃんと考えろよ。都の守護を務めている者がな、馬の一頭ずつも飼って乗らないということがあるかよ。そして、馬はものを食うか、食わないか。幾らでもある田圃《たんぼ》を刈らせて馬の餌にするのを、むやみに法皇がお咎《とが》めになるというのは、おい、なんなのだ。それからな、この軍勢を養う飯のことを考えろよ。兵糧米《ひょうろうまい》もないために俺の郎等《ろうどう》どもが都の郊外へ行き、西山《にしやま》だの東山《ひがしやま》だので時々徴発をするという、そのどこが道理に悖《もと》る。おおよ、悖りはしまい！　大臣家や宮々の御所にでも押し入ったっていうならば、そいつは問題があるだろうよ。しかしそうではないんだぜ。戦陣というのをなんだと考えるのかって話だぜ。ああ、ああそうか。つまりこれは、あれか、全部があの鼓判官の讒言《ざんげん》か。あいつの狡《こす》っ辛《から》い策だってことか、おい！　あの鼓め、ぽんぽんと打ち破って捨ててしまえってわけだ。そういうことだなあ。さあ、今度は義仲の最後の戦《いく》さとなろうぜ。おお、最後の！」

野人が吠《ほ》えた。

「いずれはよ、どういった戦いぶりだったかは頼朝《よりとも》の耳にも入ろうよ。東国《とうごく》にいる俺の従兄《いとこ》の、あの佐殿《すけどの》のな。ゆえに者どもよい、立派に合戦しようぜ。なあ、者どもよ！」

木曾は出発した。

今、北国の軍勢はどの程度の規模か。実はみな自国へ落ち下《くだ》っていて、木曾の麾下《きか》はわずかに六、七千騎だった。木曾は、これこそが自らの経験した合戦における吉例だといって、全軍を七手に分けた。まず樋口次郎兼光《ひぐちのじろうかねみつ》を二千騎で新熊野《いまくまの》のほうに搦手《からめて》として差し向けた。残り六手は、それぞれが今いる市中の町角や小路から河原へ出て、その後《のち》に、七条河原《しちじょうかわら》で合流して一つになれと合図を決めて出発した。

十一月十九日の朝だった。この合戦は。院の御所、法住寺殿《ほうじゅうじどの》にも二万余人の軍兵が参集して立て籠っていると伝わってきた。木曽勢のほうの味方は、その目印として松の葉を兜につけていた。法住寺殿の西門に木曽が押し寄せて、そして見た。鼓判官知康《つづみほうがんともやす》がいた。知康は軍の指揮をうけたまわって、御所の西の築地《ついじ》の上に登り、そこに立っていた。立っていたのだ。赤地の錦《にしき》の直垂《ひたたれ》に、鎧《よろい》はわざと着ていない。兜をかぶるばかり。その兜には、四天王《してんのう》の像を描いて貼りつけてあった。これだけでも異様だが、片手には鉾《ほこ》を持ち、片手には金剛鈴《こんごうれい》を持っている。

その金剛鈴を、打ち振る。打ち振る。

時おりは舞う。

「なんと、みっともない」と若い公卿や殿上人たちが笑われた。「知康には天狗《てんぐ》の霊が乗り移ったわ。見よ、見よ」

その知康、大声をあげた。

「昔はひとたび宣旨《せんじ》を読み聞かせれば、枯れた草木も花が咲いた。実が生《な》った！　悪鬼も悪神も従った！　いかに末代だからといって、どうして、どうして十善帝王に向かいたてまつって弓を引いてよかろうぞ！　お前たちの放つ矢、かえって我が身に当たるぞ！　抜いた太刀《たち》、かえって我が身を斬るぞ！」

狂態のまま罵った。

そして木曾は「者ども、ほざかせるなよ。こっちは木曾だぜ。木曾、木曾！」と言った。木曾の軍勢がどっと鬨《とき》の声をあげた。

そうしているうちに搦手に差し向けていた樋口次郎兼光の二千騎が、新熊野の方面からこの鬨に合わせて新たな鬨の声をあげた。それから矢があった。鏑矢《かぶらや》があった。それも内側の空《うつ》ろに火種を入れた鏑矢だった。それが法住寺殿の御所に射立てられた。風は折りから烈《はげ》しかった。猛火となった。天に燃えあがった。

炎が虚空《こくう》に充ち満ちる。

戦《いく》さの指揮を執《と》っていた知康は誰よりも先に逃げてしまった。指揮官があろうことか逃走したので、二万余人の官軍どもも我先にと逃げだした。あまりに周章狼狽《しゅうしょうろうばい》して、弓を持った者は矢を忘れた。矢を握った者は弓を忘れた。あるいは長刀《なぎなた》をさかさまに突いて、おのれの足を刺し通す者がいる。あるいは弓の弭《はず》を物にひっかけて、外せずに捨てて逃げる者がいる。そして、七条大路の東の端だが、そこは摂津《せっつ》の国の源氏が法皇方として固めていた。この者たちも七条大路を西へ逃げだした。

院の御所からは、前もって「今度の合戦では落人《おちゅうど》があるだろうから、準備しておいて打ち殺せ」とお触《ふ》れが出ていた。そこで土地の者どもは屋根の上に楯《たて》を並べ、葺《ふ》き板《いた》を押さえる石を集めて待ち構えていた。

そこに現われたのが、逃げてきた摂津の国の源氏だった。

「それっ、落人だ！」

石を拾って、さんざんに投げつける。

「待て、これは院のお味方だぞ」と摂津の国の源氏は叫ぶ。「我らに対して過《あやま》ちをいたすな」

「うつけたことを言わせるな。院宣《いんぜん》であるのだぞ、打ち殺せ！　打ち殺せ！　殺せ！」

なおも石は飛ぶ。投げつけられる。摂津の国の源氏は、あるいは馬を捨て、這《は》うようにしてやっと逃げる。あるいは打ち殺される。そして、また八条大路の東の端だが、そこは比叡山の悪僧たちが固めていた。これらは二種に分かれた。名誉を重んじる者は討ち死にした。厚顔無恥な者は逃げだした。

落ちていった。

主水《もんど》の正《かみ》の清原親業《きよはらのちかなり》は薄青《うすあお》の狩衣《かりぎぬ》の下に萌黄威《もえぎおどし》の腹巻を着て、白葦毛《しらあしげ》の馬に乗り、賀茂川《かもがわ》の河原を北に向かって落ちていった。今井四郎兼平がこれを追いかけて、首の骨を射、馬から落とした。親業というのは清大外記《せいだいげき》こと頼業《よりなり》の子だった。人は「明経道《みょうぎょうどう》の博士が甲冑《かっちゅう》を身につけることは、よろしくなかったな」と言った。

木曾に叛いて法皇方に寝返った信濃源氏の村上三郎判官代も討たれた。これをはじめ、後白河法皇のお味方では近江《おうみ》の中将高階為清《たかしなのためきよ》、越前《えちぜん》の守《かみ》の藤原信行《ふじわらののぶゆき》も射殺《いころ》されて首を取られた。伯耆《ほうき》の守の源光長《みなもとのみつなが》、子息の判官光経《みつつね》は父子ともに討たれた。按察《あぜち》の大納言源資賢卿《みなもとのすけかたきょう》の孫の播磨《はりま》の少将雅賢《まさかた》も、鎧に立烏帽子《たてえぼし》のお姿で合戦の陣頭に出られていて、樋口次郎の手にかかり生け捕りにされてしまわれた。

また天台座主《てんだい》の明雲《めいうん》、園城寺の長吏円恵法親王《えんけいほっしんのう》も院の御所に立て籠っておられた。すでに黒煙が迫ってきていたので、お馬に乗られ、急いで河原へお出になった。武士どもはさんざんに射かけたてまつった。明雲大僧正はお馬から射落とされ、お首を取られなさった。円恵法親王も射落とされ、お首を刎《は》ねられなさった。

豊後《ぶんご》の国司である刑部卿《ぎょうぶきょう》の三位藤原頼輔《さんみふじわらのよりすけ》卿も、院の御所に籠っておられ、火がもう近づいてきたので同じように急いで河原に逃げだされた。身分の卑しい武士どもにつかまり、衣裳《いしょう》はごっそり全部剝ぎとられて、なんと素っ裸で立っておられた。十一月十九日の朝のことなのだから河原の風はどんなにか寒かったことだろう。この三位頼輔卿の小舅《こじゅうと》には越前の法眼性意《ほうげんしょうい》という僧があった。法眼性意の召し使っている中間《ちゅうげん》法師が一人、戦さの見物に河原へ出てきていた。そして三位頼輔卿が裸で立っておられるのに行き逢《あ》った。

「うわあ、これはひどい、ひどい!」

走り寄った。この法師は白い小袖《こそで》二枚の上に法衣を重ね着していたが、どうせなら小袖を脱いでさしあげればよいものの、法衣だけを脱いで頼輔卿に投げかけた。三位頼輔卿は、下着もつけずに短い上着の法衣だけを頭からすっぽりかぶって、帯もしない。その後ろ姿、さぞかし見苦しかっただろう。

そして頼輔卿は、法衣を脱いで下着の白小袖だけの姿となった小舅の中間法師をいっしょに連れて、急ぎ足で進まれるのが当然であろうにそうもなされず、やたらあそこ、ここと立ち止まっては「あれは誰の家であるか」だの「これは何者の宿所であるか」だの、「で、ここはどこであるのか」だの道々お尋ねになったので、こんな珍無類なことを目にした人々はみな手を叩《たた》いて笑いあった。

後白河法皇は御輿《みこし》にお乗りになって、法住寺殿から他所《よそ》へ御幸《ごこう》なさった。武士どもがさんざんに矢を射たてまつった。豊後の少将藤原宗長《ふじわらのむねなが》が木蘭地《むくらんじ》の直垂に折烏帽子《おりえぼし》でお供をしておられ、「これは法皇の御幸である。過《あやま》ちをいたすな！」と言われた。武士どもはみな馬から下りて畏《かしこ》まった。

「さて。朕《ちん》は問われるが、お前たちは何者か」

法皇がお尋ねになった。

「信濃の国の住人、矢島《やしま》の四郎行綱《しろうゆきつな》でございます」

こう名乗り申しあげるや、四郎行綱とその郎等はすぐに御輿に手をかけ、担《にな》い申して、後白河法皇を五条の内裏《だいり》に押し込めたてまつって、厳重にご守護申しあげた。

法皇のご幽閉だ。

それでは天皇は。

後鳥羽《ごとば》天皇は法住寺殿の池でお船にお乗りになっていた。武士どもはそれにも頻《しき》りに矢を向けたてまつった。七条家の侍従藤原信清《ふじわらののぶきよ》と紀伊《きい》の守藤原範光《ふじわらののりみつ》がお船にお供をしておられ、「これは主上《しゅじょう》がお乗りなのである。過ちをいたすな！」と言われた。武士どもはみな馬から下りて畏まった。それから天皇を閑院殿《かんいんどの》にお移し申しあげた。その行幸《ぎょうこう》の儀式の歎《なげ》かわしさ、ただただ、ひどい。言葉にならない。

法住寺合戦《ほうじゅうじかっせん》――そして寿永《じゅえい》二年暮れる

法皇のお味方に参っていた近江《おうみ》の守源仲兼《かみみなもとのなかかね》は、その勢五十騎ばかりで法住寺殿《ほうじゅうじどの》の西の門を守り固め、木曾《きそ》軍の攻勢を防いでいた。そこへ近江源氏の山本《やまもと》の冠者義高《かんじゃよしたか》が駆けつけてきた。

「おのおの方《がた》、おのおの方！」と義高は叫んだ。「誰のために戦っておられるのだ！御幸《ごこう》も、行幸《ぎょうこう》も、すでに他所《よそ》へなされたと聞いたぞ。こちらにはおられぬ！」

そして、後白河《ごしらかわ》法皇もおられぬ、後鳥羽《ごとば》天皇もいらっしゃらぬと言及した。

「なに。ならば」

仲兼は言って、敵の大軍の中へ喚声をあげて馬ともども飛び込み、さんざんに戦い、そして駆け破った。通り抜けた。しかし全員が無事なのではない、五十騎ばかりの軍勢は討たれて主従八騎になっていた。

その八騎の中に河内《かわち》の日下《くさか》党に属する加賀房《かがぼう》という法師武者がいた。この加賀房は白葦毛《しらあしげ》の駻馬《かんば》に跨《また》がっていた。

「これなる我が馬」と加賀房は言った。「あまりに荒い気性をしておりまして、乗りこなせるとは思えませぬ」

それを聞き、蔵人《くろうど》仲兼は、馭《ぎょ》せぬか、とうなずいた。

「ではこの馬に乗り替えよ」

仲兼は栗毛《くりげ》の馬で尾の先の白いのを与えた。加賀房はそれに乗り替えた。川原坂《かわらざか》には木曾勢の根井《ねのい》の小弥太《こやた》が二百騎ばかりで控え、防戦していた。主従八騎はそちらへ喚声をあげて飛び込んだ。

そこで、八騎のうちの五騎は、討たれる。

加賀房は「我が馬はあまりに気が荒いので」と言って主君の馬に乗り替えていたけれども、そこで結局は討たれる。

もちろん仲兼は討たれていない。

その源蔵人《げんくろうど》仲兼の家の子に、信濃《しなの》の次郎蔵人仲頼《じろうくろうどなかより》という者がいた。敵に押し隔てられて主人の行方《ゆくえ》を見失ってしまっていた。と、栗毛で尾の先の白い馬が走り出てきたではないか。それを見つけるや下人を呼び、こう口にした。

「この馬、源蔵人の馬と見た。だとしたら主人はもはや討たれてしまったか。死なばもろともにと誓ったのに、別々に討たれることになるのか。なるのかよ！　悔しいほど悲しいぞ。お前は源蔵人がどの陣に乗り込んでいったと見たか」

「川原坂の軍勢に駆け入られました。で、じき、そちらの陣中からお馬が駆け出てきまして」

「そうか」と次郎蔵人仲頼は下人に言った。「そうであるならばお前は、今すぐ、ここから帰れ」

最期《さいご》の様子を故郷に言い送るのだぞと命じた。命じるや、ただ一騎で敵の軍勢の中へ駆け入った。

大音声《だいおんじょう》をあげて、名乗った。

「敦実《あつみ》親王から九代の子孫、信濃の守仲重《なかしげ》の次男、信濃の次郎蔵人仲頼、生年《しょうねん》二十七歳。我こそと思う人々は、寄りあえ！　来い！　お相手いたす！」

名乗った！

そして縦様《たてさま》に、横様《よこさま》に、蜘蛛手《くもで》に、十文字《じゅうもんじ》に駆け破る、駆けまわる！　まさに縦横無尽、まさに四方八方、まさにただ一駆の、奮戦。孤軍の奮闘！　数多《あまた》の敵を討ちとった。そして。

そして。

討ち死にした。ついに。

そうしたひと幕を、主君は知らない。蔵人仲兼はそれを夢にも知らず、河内の守仲《なか》信《のぶ》と郎等《ろうどう》一騎を伴って、主従三騎で南へ、南へと落ちる途中だった。木幡山《こわたやま》で、ある貴人の一行に追いつき申した。それは摂政殿《せっしょうどの》すなわち藤原基通公《ふじわらのもとみち》で、合戦を恐れ、都を後にして宇治《うじ》へ移られようとしていたのだった。

摂政殿は仲兼たち三騎を木曾の一党かとお思いになった。お車をとめ、尋ねられた。

「何者か」

「仲兼でございます」

「仲信でございます」

兄弟が名乗り申した。

「なんということ」と摂政殿はおっしゃられた。「北国《ほっこく》の凶徒かと思ったならば、お前たちとは。よくぞ、やってきた。近くに参って守護せよ」

もちろん仲兼たちは畏《かしこ》まってお受けした。宇治の富家殿《ふけどの》までお送り申し、そのままこの人々は河内の国へ落ちていった。

翌《あく》る二十日。

つまりここからは、法住寺合戦のその後だ。木曾左馬《きそさま》の頭義仲《かみよしなか》は六条河原に立って、昨日斬った首をかけならべて記録した。するとその数、六百三十余人。そのなかには明雲《めいうん》大僧正のおん首もあられる。園城寺《おんじょうじ》の長吏円恵法親王《ちょうりえんけいほっしんのう》のおん首もかけられてある。これを見て涙を流さない者はいない。

そして、木曾はそれから、どうしたか。

まずは鬨《とき》の声だった。木曾の七千余騎の軍勢が、馬の鼻を東へ向け、天も響いて大地も揺らぐばかりに三度の鬨の声をあげた。京じゅう、またも大騒ぎだった。「また合戦なのか!」と慌《あわ》てた。しかしこれは勝鬨《かちどき》というものだったと伝えられた。凱歌《がいか》だと。

ご幽閉の院のもとへは、訪ねる者があった。故少納言入道信西《しんぜい》の子息である宰相藤《さいしょうふじ》原脩範《わらのながのり》が五条の内裏《だいり》に参られた。そこに後白河法皇がいらっしゃるからだ。「私は法皇様に申しあげなければならないことがあるぞ。よって、門を開けて通せ」と脩範は言われたが、そこを守り固める武士どもがお許し申さない。こうなってはしかたがない。脩範は、ある小屋に入り、にわかに髪を剃《そ》り下ろして法師になり、墨染《すみぞめ》の衣と袴《はかま》を着、「見よ、私は出家したぞ。このうえは障《さわ》りはなかろう。通せ」と言われた。武士どもも、ようやくだがお許し申した。脩範は法皇の御前《ごぜん》に参上し、このたびの合戦にてお討たれになった人々のことを逐一、ああです、こうですと申しあげた。法皇はおん涙をはらはらと流された。

「明雲がよもや非業の死を遂げる者だとは、この朕《ちん》は思いも及ばれなかったぞ。今度は最期ともなられるはずであった朕の、法皇であられる自分のこのおん命に、あわれ、代わったのか。身代わりであったか。ああ、だろうとも」

断じられた。おん涙、抑えかねておられた。

そしてまた、木曾だ。

木曾左馬の頭は家の子と郎等を呼び集めて評議した。

「そもそも俺、この義仲は」と語りだした。「かの一天《いってん》の君《きみ》、天下の主たる君、後白河法皇に向かいたてまつって戦《いく》さをし、勝利を収めた。で、どうするか。ついては天皇になってやろうか。いや、法皇にもなってやろうか。天皇になろうとは思うが、しかし、童《わらべ》の姿になるのは好かんぜ。法皇になろうとも思うが、あれだぜ、この義仲が坊主頭になるのはおかしかろうや。そこでだ、だったら関白になろうと思うが、どうだ」

右筆《ゆうひつ》として連れておられた大夫房覚明《だいぶぼうかくめい》がこれに答えた。

「関白には大織冠《たいしょくかん》こと藤原鎌足《ふじわらのかまたり》公のご子孫である藤原氏がおなりになるのが定まり。殿は源氏でましますから、それは叶《かな》いますまい」

「そうなのかよ。ならば諦めるか」

あっさり言った。そして自分から院の御廏《みうまや》の別当《べっとう》となって、また、丹後《たんご》の国を領有した。

情けないことだが、木曾は知らなかった。一つ、上皇がご出家の身となれば法皇と称して、二つ、今の天皇がおん童のお姿でいらっしゃるのはいまだご元服前のおん齢《よわい》四歳であられるからということを。思い込みばかりだった。誤解ばかりだった。そして、それだけだった。情けないにしても、単に情けないだけだった。それから木曾は前《さき》の関白松殿《かんぱくまつどの》すなわち藤原基房《ふじわらのもとふさ》公の姫君を娶《めと》り申して、強引にだがこの方の婿《むこ》となった。

同年十一月二十三日、木曾は三条家の中納言藤原朝方卿《ふじわらのともかたきょう》をはじめとして、大臣、公卿《くぎょう》、殿上人《てんじょうびと》四十九人の官職を解任処分とし、押し込めたてまつった。平家のときには四十三人が解任せられるということがあった。入道清盛《きよもり》公が治承《じしょう》三年十一月にそんな僭上《せんじょう》のふるまいをした。しかし寿永《じゅえい》二年十一月の木曾義仲の、これは。今回のこれは。なんと四十九人。よって平家の悪行《あくぎょう》をも超えていた。

さて、都があれば東がある。東国《とうごく》だ。鎌倉の前《さき》の兵衛《ひょうえ》の佐《すけ》源頼朝《みなもとのよりとも》は、舎弟の二人、蒲《かば》の冠者範頼《かんじゃのりより》と九郎冠者義経《くろうかんじゃよしつね》を都へ向かわせられていた。木曾義仲の狼藉《ろうぜき》を鎮めようとしてだ。しかし、木曾はすでに法住寺殿を焼き払っていた。後白河法皇も後鳥羽天皇もお捕らえ申しあげていた。すなわち天下は暗闇になったとの由《よし》が伝わってきた。となれば軽率な上京はつつしまねばならない、合戦はつつしまねばならないと佐殿《すけどの》の実の弟二人は考えて、まずは、進軍の足をとめて、この地から関東へ詳しい情勢を報《しら》せようと尾張《おわり》の国の熱田大宮司《あつただいぐうじ》のもとにおられた。すると、まさに都でのここまでの事情を訴えようと、院の北面にお仕えしていた宮内判官《くないほうがん》の大江公朝《おおえのきんとも》と藤内左衛門時成《とうないざえもんときなり》とが尾張の国へ急ぎ下《くだ》ってきた。佐殿の舎弟たちに一々《いちいち》何がどのように展開したか、順を逐《お》って申し出た。

耳を傾けられた後、九郎御曹司《おんぞうし》が言われた。

「これは宮内判官ご自身が関東へ下られるべきでしょうね。事情をよく知らない使者であっては、問いただされたときに不審な点が残ることになりましょう。ですから」

こう言われた。九郎義経が言われた。佐殿の末弟、おん年二十五の源氏の御曹子が言われた。

公朝は、そこで鎌倉へ馳《は》せ下った。合戦を恐れて下人どもがみな逃げ失《う》せていたので、十五歳になる嫡子《ちゃくし》の宮内所公茂《くないどころきんもち》を連れていった。関東に参って、今、京都で何が起きているか、いかなる次第で起きたかを申しあげたところ、佐殿すなわち兵衛の佐頼朝は大いに驚かれた。

「なにより鼓判官知康《つづみほうがんともやす》があまりに不届きだ。奇怪なことを法皇に申し出て、あげく御所をも焼かせ申し、高僧ら貴僧らをも死に至らしめ申したのは不埒千万《ふらちせんばん》だろう。すでに天子のご命令に背いた者に等しいぞ。不忠この上ない。もし、法皇が知康をなおもお召し使いになられれば、重ねて一大事が出来《しゅったい》するぞ」

そして、以上と同じことを都へ早馬を立てて申し送られた。狼狽《うろた》えたのは鼓判官で、佐殿に釈明せねばと昼夜兼行で東国へ馳せ下った。

兵衛の佐は「鼓判官めの参向だと。あいつには面会無用。相手にもするな」と言われた。

にもかかわらず、鼓判官知康は兵衛の佐の館《やかた》に日参した。が、結局、弁明の機会などは与えられずに面目を潰して、都へ帰り上《のぼ》った。この知康、後《のち》には伏見《ふしみ》の稲荷《いなり》の辺りに、どうにか命ばかりは繋《つな》いで過ごしたということだ。

が、鼓判官のことなど、どうでもいい。

都に戻れば、さて。

都からは西国《さいごく》をうかがえる。都があれば西がある。

木曾左馬の頭はその西へ使者を遣わした。すなわち平家へ。そして申し入れた。

「方々《かたがた》よ。ご上洛《じょうらく》しませんか、なあ平家の方々よい。そして都においてこの義仲と一つになって、それから東国を攻めましょうぞ。義仲と平家の方々と、ともに」

この申し出に、平家一門の総帥たる前《さき》の内大臣宗盛《むねもり》公は大いに喜ばれた。しかし異論があった。平大納言時忠《へいだいなごんときただ》卿と新中納言知盛《とももり》卿が言われたのだった。

「たしかに世は末でありますが、義仲に声をかけられ、その仲間となる条件でもって都へ帰り入れられることなど、あってはなりません。こちらでは十善帝王たる安徳《あんとく》天皇が三種の神器を帯していらっしゃるのですから、ここは『義仲よ、兜《かぶと》を脱ぎ、弓の弦《つる》をはずし、降伏して平家方へ参れ』とおおせになるべきです」

なるほど、もっともだ、とばかりに宗盛公もそのようにお返事された。

木曾は聞き入れたか。

否。

都と西は、一つにはならぬ。

それから、これも都だ。松殿入道殿とは前《さき》の関白藤原基房公のことだが、自分の屋敷に木曾を呼んだ。そして次のようにおっしゃられた。

「清盛公はあれほどの悪行をなされた人であったけれども、世にも稀《まれ》な善根もまた施していましたよ」と、高野山《こうやさん》の大塔建立《こんりゅう》や厳島《いつくしま》明神の修復などを思い浮かべて、語られた。「そうであったからこそ、世をも平穏無事に二十余年も治めることができたのです。木曾殿よ、悪行ばかりでは世は保てませんよ。さしたる理由もなしにご解任とした人々の官職、みな許すべきですよ」

木曾は、言うまでもないが根っからの荒夷《あらえびす》のような男だ。しかし、それは野人であるというだけ。だから松殿のこのお申し出に、じつに真っ当なご説得に、真っ当に従い申した。解官《げかん》した人々の復任をお許しした。それだけではない。松殿の御子《おこ》の師家《もろいえ》殿はその当時まだ中納言中将であられたのだが、大臣摂政にしてさしあげた。木曾がだ。荒夷のこの木曾義仲の計らいだったということだ。ちょうど大臣の欠員がなかったので、徳大寺《とくだいじ》家の左大将藤原　実定《ふじわらのさねさだ》公がそのころ内大臣であられたのを、その内大臣の地位というのをお借り申しあげて、据えてさしあげた。こうした内情というのは気がつけば人の口の端《は》にのぼるもので、早々に世間の評判となり、新摂政殿はあの古《いにし》えの迦留《かる》の大臣をもじって「借るの大臣」と言われた。

同年十二月十日、後白河法皇は五条の内裏をお出になられて、大膳《だいぜん》の大夫《だいぶ》業忠《なりただ》の邸宅である六条西洞院《にしのとういん》へお移りになられた。同月十三日、歳末の御修法《みずほう》が行なわれた。そのついでに叙位除目《じもく》も行なわれて、人々の官職の任免が勝手になされた。木曾の指示のもとに、木曾の思いどおりに。平家は西国に、兵衛の佐は東国に、木曾義仲は都に、それぞれ勢力を張っていた。天下は三分していた。

三。

それは大陸の前例に照らすところ、ちょうど前漢《ぜんかん》と後漢《ごかん》の間に王莽《おうもう》が世を奪って十八年間治めていたのにも似ている。都の四方の関所は残らず閉じていて、諸国から朝廷へ届けられるはずの貢《みつ》ぎ物《もの》がいっさい来ず、個人すなわち私領への年貢も上って来なかった。京じゅうの人々はその身分の高い低いを問わず、ただ少ない水のなかに棲《す》む魚と同じになった。飢えが迫る。由々《ゆゆ》しく迫る。これほどまでに危なげに年が暮れる。寿永も三年になる。

天下三分の、寿永の三年に。

三!

これを語るのに琵琶《びわ》は二面で足りるか。いま一面、琵琶が要る。こちらも三面、すなわち三。撥《ばち》、三つ!

九の巻

生《いけ》ずきの沙汰《さた》——日本一の名馬

一つ鳴れ。鳴らせ。よ！

また一つ鳴れ。二つめの撥《ばち》、鳴らせ。た！

いま一つ鳴れ。三つめの撥、鳴らせ。は！

それから控えよ。この三面、この撥三つ。琵琶《びわ》と琵琶と琵琶、三分の天下の寿永《じゅえい》の三年。いよいよ戦《いく》さに次ぐ戦さに次ぐ戦さの年は来る。合戦の年は、来る。いや、もう来た。しかしまずは静けさがある。寂しさがある。そこからだ。

寿永三年正月一日。

もはや法住寺殿《ほうじゅうじどの》はない。陥《お》ちてしまっているから、院の御所は大膳《だいぜん》の大夫《だいぶ》業忠《なりただ》の六条西洞院《にしのとういん》にある邸宅だった。後白河《ごしらかわ》法皇はそこに移られている。しかし御所としての体裁が調《ととの》っているかといえば、いない。よって年頭の儀式を行なうのに相応ではない。

このように判断されて、参賀の拝礼も行なわれなかった。院における参賀の拝礼がなかったので、内裏《だいり》での小朝拝《こちょうはい》も行なわれない。この、都の寂しさ、静けさ。惨《みじ》めな正月。いっぽうで鄙《ひな》はどうだ。西は。平家は讃岐《さぬき》の国の屋島《やしま》の磯《いそ》で旧年を送り新年を迎えた。磯辺で。年の初めではある。しかし調わない。元日から三ガ日の儀式が、その手筈《てはず》、どうにも調わない。天皇はいらっしゃる。安徳《あんとく》天皇が。しかし節会《せちえ》も行なわれず、四方拝《しほうはい》もない。大宰府《だざいふ》からの鮑魚《はらか》の献上もない。吉野《よしの》の国栖《くず》も参上しない。平家の人々は言う、たしかに今は乱世だが、我々が都にいたときはさすがにこんなことはなかった、と。互いに言いあっておられる。春は来たし、浦を吹く風も和《なご》んで、日の光ものどかであるというのに、平家の人々はただいつも氷に閉じ込められているような心地がしている。そのありさまは天竺《てんじく》の雪山《せっせん》に棲《す》むという寒苦鳥《かんくちょう》と同じだ。都の春は「柳の芽生えにも川岸の東と西とで遅い早いの違いがあり、梅の花も南の枝と北の枝とでいつ咲きいつ落ちるかを異にする」と詠《うた》われているが、この鄙の春はいったいどうだ。ないものばかりが思い出される。桜の咲いている朝と月の美しい夜、詩歌《しいか》、管絃《かんげん》、蹴鞠《けまり》、小弓《こゆみ》、扇合《おうぎあ》わせ、絵合わせ、草尽くし、虫尽くし、興じられるものはいろいろとあった。いろいろ楽しかった。そうした事を思い出し、平家の人々は互いに語りつづけて、永い春の日を暮らしかねておられる。静けさの中に、寂しさの内に。

哀れだ。

こちらもまた、無惨な正月。

しかし無惨なのは正月だけか。その運命、無惨な人物もまたいるのではないか。いよいよ、いよいよ痛ましいことに。

控えている三面の撥が、鳴りに鳴って奏でられることを必要とするほどに。

同年の正月十一日、木曾左馬《きそさま》の頭義仲《かみよしなか》が院の御所に参上した。木曾は、平家追討のために西国《さいごく》へ出発する旨を後白河法皇に奏上した。木曾軍は、同月十三日にいよいよ出発するのだ、と伝えられた。都から西へ。しかし、東から都への風聞が、報《しら》せがあった。東国《とうごく》から前《さき》の兵衛《ひょうえ》の佐頼朝《すけよりとも》が数万騎の軍兵《ぐんぴょう》をさしむけられた、木曾の狼藉《ろうぜき》を鎮めようと京へ、というものだった。すでに美濃《みの》の国や伊勢《いせ》の国に着いている、というものだった。木曾は大いに驚いた。

驚いて、動いた。

東山《とうさん》と東海の両道から京へ入る要衝の、宇治川《うじがわ》に架かる橋と瀬田川《せたがわ》に架かる唐橋《からはし》のそれぞれの橋板を外した。外すよう指示した。そして軍兵をその二方向に分けて派遣した。

そのころの木曾の軍勢は、少なかった。

もう、だいぶ、減っていた。

瀬田《せた》川に架かる例の勢田の唐橋のほうへは、こちらが東国の軍勢を迎え撃つ正面、すなわち大手《おおて》だからというので、乳母子《めのとご》の今井四郎兼平《いまいのしろうかねひら》に八百余騎をつけて派した。宇治橋《うじばし》へは仁科《にしな》と高梨《たかなし》と山田次郎《やまだのじろう》を五百余騎で派した。また一口《いもあらい》へは、伯父《おじ》の信太《しだ》の三郎先生義憲《さぶろうせんじょうよしのり》が三百余騎をひきつれて向かった。

　これが、木曾軍。

　そして木曾軍は聞いた。東国から攻め上《のぼ》ってくる大手の大将軍は蒲《かば》の御曹司《おんぞうし》範頼《のりより》だと。また搦手《からめて》の大将軍は九郎《くろう》御曹司義経《よしつね》だと。それから主《おも》だった大名は三十余人、その総勢は六万余騎だと。木曾とその軍勢は伝え聞いた。

　噂《うわさ》を。

　報せを。

　さて実際の東は。

　東国の情勢を語るために鎌倉殿《かまくらどの》のことを語る。否、まだ鎌倉殿ではない。この寿永の時代の、佐殿《すけどの》のことを。そして二人の若武者との関わりようを。このころ、佐殿のもとには「いけずき」と「する墨《すみ》」という名馬があった。その前者、いけずきのほうを梶原源太景季《かじわらげんたかげすえ》がしきりに所望した。景季は平三景時《へいぞうかげとき》の嫡子《ちゃくし》で、これが一人めの若武者に当たる。佐殿は、しかし、こうおっしゃった。

「いけずきをか。景季よ、いけずきはな、いざというときにこの頼朝が鎧兜《よろいかぶと》を着けて乗ろうと思っている一頭よ。そこでだ、する墨はどうだ。あれもいけずきに劣らぬ名馬だぞ」

梶原景季にはする墨が与えられた。

二人めの若武者は、佐々木四郎高綱《ささきしろうたかつな》という。この高綱が門出《かどで》の挨拶《あいさつ》に参った。そのとき、佐殿は何かを考えられた。どう考えられたのかはわからぬ。しかし言われたのだ。

「いけずきを所望する者は幾人もいるのだがな、高綱よ、そのことを心得つつ、受け取れ」

佐々木高綱に、いけずきが与えられた。

佐々木は当然ながら畏《かしこ》まった。そして言った。

「高綱はこのお馬で宇治川をまっさきに渡ります。その決心をいたしました。もし、高綱が宇治川で死んだとお聞きになられましたら、『ほう、高綱は先陣を誰かに越されたのだな』とお思いください。もし、まだ生きているとお聞きになられましたら、『ほう、あいつは必ずや先陣したのだ』とお思いになってください」

そして佐殿の御前を退出した。

その場に参集していた大名たち小名たちはみな、「なんたる大言壮語よ、あやつ」と囁《ささや》きあった。

今のが出陣前のことで、それから出立だ。木曾追討の軍勢はそれぞれ鎌倉を発《た》って、足柄《あしがら》越えの道を行く者もあれば箱根を越えて行く者もある。思い思いに都へ向かっていった。その途中、駿河《するが》の国の浮島《うきしま》が原《はら》でのことだったが、梶原源太景季は高いところに上がってしばらく馬を止めた。眼下をつぎつぎと通る数多くの味方の馬を見た。どれも思い思いの鞍《くら》を置いている。鞦《しりがい》とは馬の尾から鞍にかけて渡す飾《かざ》り紐《ひも》のことだが、その鞦も色とりどりだ。引き方もさまざまで、あるいは片側で馬の口に付けた差し縄を取っている。あるいは左右から二人がかりで両側から差し縄を取り、ひっぱっている。幾千頭の馬なのか。幾万頭の馬なのか。数も知れない。それが眼下を、引かれては通り、引かれては通りして、だが梶原はにんまりして思っている、俺が賜《たま》わったする墨に勝《まさ》る馬は一頭もおらんな、と。

そのときにだ。

いけずきと思《おぼ》しい馬が、出てきた。

視界に入った。

その一頭は、金覆輪《きんぷくりん》の鞍を置いている。小総《こぶさ》の鞦をかけている。勇み立ち、口から白い泡を吹いている。幾人もの下人がついているのだが手綱で馭《ぎょ》することができず、躍《おど》りあがっている。躍りあがっている。まさに躍動して出てきた。

梶原源太は、はっとした。

駆けた。跨《また》がる馬を走らせた。

そばに寄った。

「誰のお馬だ、それは」

「佐々木殿のお馬でございます」

「なんと、なんと心外」と梶原はそのとき、つぶやいた。「それでは、同じように召し使われているこの景季から、佐々木へとお心をお移しになられたか。ご信任のお心を。怨《うら》めしい。今までは、この景季、都へ上って木曾殿のご家来衆の、あの四天王《してんのう》と呼ばれている今井や樋口《ひぐち》、楯《たて》や根井《ねのい》と組み討ちして死のうと思っていた。さもなくば西国へ向かい、一人当千《いちにんとうぜん》と言われる平家の武者どもと戦って討ち死にしようと思っていた。それが、こうしたご意向か。忠義立てはお呼びでない、か。よし、俺はここで佐々木を待ち、そして取っ組もう。刺し違えよう。立派な武者が二人ながら死んで、それで損をするのは、誰だ。俺は兵衛の佐殿に損をおかけ申そう。佐殿に！」

梶原は、待った。佐々木が現われるのを待ちうけた。

当の佐々木四郎は、そんなことは露《つゆ》ほども知らない。何心もなく馬を歩ませて登場した。梶原は、自分の馬を佐々木のそれに並べて取っ組もうかと思った。あるいは正面から馬をぶつけ、佐々木を落馬させてやろうかと思った。が、どちらもせず、まずは言葉をかけた。

「これはこれは、佐々木殿。いけずきを頂戴《ちょうだい》なすったそうだなあ」

ぞんざいな口吻《こうふん》だった。佐々木四郎は、はっとした。そういえばこの御仁《ごじん》も、と思い出した、内々いけずきを所望したと聞いているぞ。こう、はっと思い出した。そして応じた。

「ああ、そのことでしたら、実は伝えておいたほうがよいでしょう。この天下の一大事に高綱も都へ上ります、が、必ずや宇治と勢田の橋は取り払われているはず。となると、乗って川を渡れるような良馬が高綱にはない、いけずきを所望したい、と、こう思ったのですけれど、いやはや、梶原殿がお願いなされてもお許しはない、なかったぞと聞き及び、それでは高綱が申し出たところで、無理だ、無理無理、いただけはしまいと考えまして。そこでです、後日どのようなお咎《とが》めがあっても、ええい儘《まま》よ、とばかりに、翌《あく》る朝には出発しようというその前夜、廏《うまや》の番をしている下人と諜《しめ》しあわせまして、さしもご秘蔵の名馬、いけずきをば、まんまと盗みおおせまして。こうして上京の途にあるのですが、梶原殿、こうした首尾は、さて、いかが」

こう言った。

梶原の憤懣《ふんまん》は、この言葉におさまった。

「ほう、妬《ねった》ましいわ。だったら景季も盗むのであったたわ。佐々木殿、なあ」

言って、豪放に梶原は笑い、ひき退《さ》がった。

宇治川先陣《うじがわのせんじん》——先駆けの名誉

佐々木四郎《ささきしろう》の賜《たま》わったお馬は黒栗毛《くろくりげ》で、たいそう肥えている。逞《たくま》しい。そして馬であろうと人であろうと、側《そば》にいるものには見境いなく嚙《か》みついた。だから、生きているものに食いつく、生食《いけずき》と名づけられた。その背丈、四尺八寸の馬だということだった。

梶原《かじわら》が頂戴《ちょうだい》したする墨《すみ》も、たいそう肥えていて、逞しい。そして毛色は、あまりに黒い。そのために、磨墨《するすみ》と名づけられた。

どちらも劣らぬ名馬だった。

二人の若武者が手に入れた、二頭は。

佐殿《すけどの》が都に派された軍勢にいる、二人の、それら二頭は。

そして軍勢は。

尾張《おわり》の国から二手に分かれた。木曾《きそ》追討の大軍は大手《おおて》と搦手《からめて》に分かれて都に攻め上《のぼ》った。大手の大将軍は蒲《かば》の御曹司《おんぞうし》範頼《のりより》。これに従う人々は、武田《たけだ》の太郎信義《たろうのぶよし》、加賀美《かがみ》の次郎遠光《じろうとおみつ》、一条《いちじょう》の次郎忠頼《じろうただより》、板垣三郎兼信《いたがきのさぶろうかねのぶ》、稲毛《いなげ》の三郎重成《さぶろうしげなり》、榛谷《はんがえ》の四郎重朝《しろうしげとも》、熊《くま》谷次郎直実《がえのじろうなおざね》、猪俣小平六則綱《いのまたのこへいろくのりつな》をはじめとして、総勢は三万五千余騎。それが近江《おうみ》の国の野路《のじ》、篠原《しのはら》に到着した。搦手の大将軍は九郎《くろう》御曹司義経《よしつね》で、同じくこれに従う人々は、安田三郎義定《やすだのさぶろうよしさだ》、大内太郎維義《おおうちのたろうこれよし》、畠山《はたけやま》の荘司次郎重忠《しょうじじろうしげただ》、梶原源太景季《かじわらげんたかげすえ》、佐々木四郎《ささきしろう》高綱《たかつな》、漕屋《かすや》の藤太有季《とうたありすえ》、渋谷《しぶや》の右馬《うま》の允重資《じょうしげすけ》、平山武者所季重《ひらやまのむしゃどころすえしげ》をはじめとして、総勢は二万五千余騎。伊賀《いが》の国を経て宇治橋《うじばし》のたもとに押し寄せた。

宇治橋の。

橋の！

宇治も勢田《せた》も、橋板をすっかり外し、川底には乱杭《らんぐい》を打ち込んで、これに太い綱を張りわたし、逆茂木《さかもぎ》すなわち棘《とげ》のある木の枝や尖《とが》らせた木の枝などを束にしたものを結びつけて、流しかけてあった。

物々しい、荒々しい、川の砦《とりで》！

頃は一月の二十日過ぎだった。比良《ひら》の高嶺《たかね》や志賀《しが》の山や、昔ながら、旧年ながらに降り積もっている長等山《ながらやま》の雪も消えて谷々の氷も解けはじめて、宇治川の水嵩《みずかさ》は増している。折りも折り、折りも折り！　白波が立ち、あふれて流れ下《くだ》る。早瀬の川床はさながら滝が落ちるように轟《とどろ》いている。水が逆巻いている、渦巻いている、その凄《すさ》まじさ、速さ！　そんな一月下旬の、宇治川！

もう夜はほのぼのと明けているのに、川霧は深く、深く立ち籠めている。馬の毛色も、鎧《よろい》の縅毛《おどしげ》の色目も見定めがたい。

そんななか、大将軍が歩み出た。

九郎御曹司が川岸に進み出た。源 九郎義経《みなもとのくろうよしつね》が。

義経が。

水面《みなも》を見渡した。

何かを思われた。配下にある軍兵《ぐんぴょう》の、その心を試してみようと思われたのか。戦意を確かめてみようと思われたのか、こう口にされた。

「さて、どうしようか。もちろん迂回《うかい》策もあるぞ。淀《よど》や一口《いもあらい》へ回るのだ。あるいはここに佇《た》ち、時節《とき》が変わり、水嵩の減るのを待つか」

待つか、と言われた。鋭く、切れるように。

と、畠山が、そのころはまだ二十一歳だったが、進み出た。

「鎌倉にてじゅうぶんにこの宇治川についての軍議はございましたはず」と言った。「これまではご存じなかった海や川が急に行く手に出現でもしたのなら、それはしかたありますまい。しかし、この宇治川は違います。琵琶湖《びわこ》から流れ出ているのがこの川、それゆえに待っても待っても水が引くはずもないのがこの川。ゆえに宇治川は干上がりなどしません。また、橋を再び架けてくれる何者かというのも、決しておりません。治承《じしょう》のあの合戦のとき、足利又太郎忠綱《あしかがまたたろうただつな》は鬼神ででもあったから渡河できた、とはゆめゆめ思いませんよ。この重忠は思っておりませんから、さあ、瀬踏みをいたしましょう」

自ら川に入り、浅瀬を踏んで確かめる、と畠山の荘司次郎重忠は言い、この宣言に丹《たん》の党を主力とする五百余騎が応じた。丹の党は武蔵《むさし》七党の一つ、その武士《もののふ》たちがびっしりと馬首を並べた。一団となる密集隊形をとった。そう、あの足利忠綱の、あの馬筏《うまいかだ》を思わせる陣形を。

そのときだった。

平等院の北東の、橘《たちばな》の小島が崎から、武者二騎が。

若武者二騎が。

駆け出てきた。互いに馬を駆けに駆けさせて出てきた。一騎は梶原源太景季、一騎は佐々木四郎高綱。

梶原、その乗る馬は、する墨！

佐々木、その跨《また》がる馬は、いけずき！

他人《ひと》の目にはそうとは映らないにしても、両者とも、心中では先陣を争っていた。梶原は佐々木より一段《たん》ほどの距離を前を行っていた。そして佐々木四郎が梶原に、後ろから声をかけた。

「梶原殿！　この川は西国一の大河です。馬の腹帯《はるび》がゆるんで見えますぞ。お締めあれ！」

する墨の腹に巻きつけた帯を指して、さも助言という体《てい》で言った。言われた梶原は

「む、迂闊《うかつ》」と思ったか、左右の鐙《あぶみ》を踏み開いて馬の腹から離した。手綱を、する墨のたてがみに投げかけ、腹帯を解いてしっかりと締め直した。その間に佐々木は、いけずきに騎乗する佐々木は、駆け抜けた。

つっと。

そこを。

川へ馬を乗り入れる！

ざっと！

抜け駆けされた梶原は「む、謀《はか》られた」と思ったか、即座に、続いて馬を乗り入れる。

川へ！

そして言う、声をかける！

「おい佐々木殿！　手柄を立てようと焦るな、失敗なさるなよ。宇治川の底には、太い綱があるぞ。張りわたされているぞ。綱！」

実際、打ち込まれた乱杭にそうした大綱《おおづな》は張ってあるから、助言ではあった。佐々木は太刀《たち》を抜いた。馬の足にかかった大綱を、ぶつり、ぶつりと斬った。

斬って進んだ。

斬って！

いけずきで！

そのいけずきこそは日本一の馬。宇治川の急流をこの名馬は困難だと思ったか。

否！　一文字に、この障害を、渡った、渡った！

ざっと乗りあげる！

向こう岸に！

それでは梶原は。する墨は。宇治川の半ばで、撓《たわ》められた矢竹のような形になって、押し流される、斜めに押し流される。対岸にあがりはした、が、それは遥《はる》か下流でのこと。

佐々木が鐙を踏んばる。

佐々木が馬上に立ちあがる。

佐々木が、大音声《だいおんじょう》で、名乗りをあげる！

「宇多《うだ》天皇から九代の子孫、佐々木《ささき》三郎《さぶろう》秀義《ひでよし》の四男、佐々木四郎高綱、宇治川の先陣なり！　我こそと思う人々あらば、来い。この高綱と組めや！」

佐々木は喚声をあげた。

進撃した、敵中に！

よ！　た！　は！

南無《なむ》や、南無や、南無や！

三面の琵琶、絃《げん》の数ならば、あわせて十二！

撥《ばち》三つ！

佐々木に畠山が続いた。畠山の率いた五百余騎が。その陣形、馬筏の五百余騎が。佐々木四郎といけずきに続いて、渡った。対岸から山田次郎《やまだのじろう》が矢を放つ。木曾軍の山田が。その矢が、畠山の荘司次郎重忠の、馬の額を射る、深く射る！　馬が弱るや、畠山は川の中でそれを捨て、弓を杖《つえ》のごとく突いて立つ、降り立つ！　岩に当たって砕ける波が、畠山の、兜の錣《しころ》の先端に襲いかかる。ざっと！　しかし、それがどうしたとばかり、畠山は水の底を潜《くぐ》る、底を！　向こう岸に着き、上がろうとし、しかし後ろから摑《つか》まれた。何者かに。むずとしがみつかれた。

「誰だ」

尋ねた。

「重親《しげちか》です」

答えがあった。

「ということは大串《おおぐし》か。大串の次郎か」

「さようでございます」

大串の次郎重親は、武蔵七党の一つ、横山党の武者。畠山はこの重親が元服する際に、烏帽子親《えぼしおや》すなわち加冠《かかん》させて名乗りを与える仮親《かりおや》の役を務めた。重親は畠山の烏《え》帽子子だった。

その烏帽子子が、言った。

「あまりに流れが速いので、馬を押し流されてしまいまして、それで、やむをえませんので、ついてまいりました。その、とりついて」

「いつでもお前たちのような奴は、のう」と畠山は答えるのだった。「この俺のような者に助けられるわけだ」

畠山は烏帽子子の大串をひっつかんだ。

畠山は大串を、岸の上に放りあげた。

大串は投げあげられて、即、まっすぐ起き直って、それから大声で言った。

「武蔵の国の住人、大串の次郎重親、宇治川の先陣をいたした！」

この名乗りを聞いて、敵も味方も一度にどっと笑った。

哄笑だった。

畠山が、その後、乗り替えの馬に乗って岸にあがる。すると、敵が。木曾軍の武者が。魚綾の直垂に緋威の鎧を着て、金覆輪の鞍を置いた連銭葦毛の馬に跨がっている。

それが敵、まっさきに駆けてきた敵。畠山は、言う！

「ここに突進して来るのは、何者。名乗られよ」

そう言う！

「木曾殿の家の子の」と名乗る。「長瀬《ながせ》の判官代重綱《ほうがんだいしげつな》」

そう答える！

畠山は「そうか。では今日の軍神《いくさがみ》への捧《ささ》げ物《もの》に、なあ。してやるぞ」と言い、馬を押し並べる。むんずと組みつく。地面に引き落とす。首を捩《ね》じ切る。斬る！　それから郎等《ろうどう》である本田次郎《ほんだのじろう》の鞍の取付《とっつけ》にこの首をつけ、まさに血祭り、軍神を祝う斬血《ざんけつ》の祭り！

南無！

南無や、南無や、南無や！

よ！

た！　は！

なぁむ！

これらが緒戦。宇治川の、寿永《じゅえい》三年一月の合戦の。そして木曾殿の命《めい》で宇治橋を守らんがために派されていた軍勢は、しばらくは持ちこたえ、しばらくは防ぎ、しかし東国の大軍が続々と渡る、渡る、みな宇治川を渡って攻めた、するとと防戦のしようもない、ちりぢりになる、木幡山《こわたやま》や伏見《ふしみ》をさして逃げた。逃走した。

いっぽう、宇治川ならぬ瀬田川《せたがわ》は。

勢田《せた》の唐橋《からはし》の方面は。

こちらは畠山の従兄弟《いとこ》である稲毛《いなげ》の三郎重成《さぶろうしげなり》の計略で、田上供御《たなかみのくご》の瀬を渡った。唐橋のずいぶん下流を。

こちらも、突破された。

河原合戦《かわらがっせん》——今日を最後と

木曾《きそ》方の敗北となった。その宇治《うじ》での合戦の経緯は、飛脚をもって鎌倉へ報告された。鎌倉殿《かまくらどの》へ、否、鎌倉の佐殿《すけどの》へ。佐殿は経緯の記録を携えた使者を前にするや、まず「佐々木《ささき》はどうであった」と尋ねられた。使者は「宇治川、一番乗りでございました」と答えた。佐殿はそれから合戦日記を開いてご覧になった。すると書かれていた、「宇治川の先陣、佐々木四郎高綱《ささきしろうたかつな》。二陣、梶原源太景季《かじわらげんたかげすえ》」と。

これが、東。

東の、前《さき》の兵衛《ひょうえ》の佐源頼朝《すけみなもとのよりとも》。

そして、都。

都にいる源氏の総帥は、木曾左馬《きそさま》の頭義仲《かみよしなか》。

木曾は宇治も敗れたし勢田《せた》も討ち破られたとの報を得た。こうなっては後白河《ごしらかわ》法皇には最後のお暇《いとま》を申しあげるしかないと、院の御所、六条殿に馳《は》せ参じた。六条殿、すなわち六条西洞院《にしのとういん》にある大膳《だいぜん》の大夫《だいぶ》業忠《なりただ》の邸《やしき》に。そこでは法皇をはじめ、公卿《くぎょう》たちが、殿上人《てんじょうびと》たちが、「この世は終わる、今、終わる。どうしよう、どうしたらよかろう」と両手を緊《きつ》く握りあわせ、あらゆる願《がん》を立て、要するにあらゆる神仏に祈られていた。ご祈禱《きとう》、ご祈禱、ただ、ご祈願。木曾は院の御所のその門前まで参った。そして思った。俺は東国《とうごく》の軍勢が、早《はや》、賀茂川《かもがわ》に、賀茂の河原にまで攻め入ったと聞いている。俺は、それで、法皇に何を申しあげるのか。俺には、法皇に奏聞することが、ないぜ。

とりたててないぜ。

俺には。

この義仲には、ない。

木曾は引き返した。俺は、俺は、とつぶやいて。

引き返す途中に六条高倉というところがあった。そこには木曾が近ごろ通いはじめた高位の女房がいらっしゃった。木曾は、そこへ立ち寄った。最後の名残《なご》りを惜しもうとした。だから、すぐには出てこなかった。木曾を待っている新参の家来に越後《えちご》の中太家光《ちゅうたいえみつ》という者がいた。その家光が、言った。

「殿、殿。殿！　なにをのんびりとしていらっしゃるのですか。敵軍はすでに賀茂の河原へ攻め入りました。このままでは犬死にを遂げてしまわれます。殿！」

しかし、依然として木曾は出てこない。

中太家光は、俺は、俺は、という声を聞いていない。

「それでしたら」と中太家光は言う。「私がまず、お先に参りますよ。さあ、死出《しで》の山でお待ち申しましょう、殿を。殿！」

家光は腹をかき切った。

死んでいった。

木曾殿は、それから、言った。

「俺を励ますための自刃《じじん》かよ」と言われた。「そうした死、そうした自害かよい。家光よ」

出《い》で立った。木曾殿は、すぐに。兵《つわもの》たちを従えたが、その軍勢というのは上野《こうずけ》の国《くに》の住人那波《なは》の太郎広純《たろうひろずみ》をはじめとした百騎ばかりに過ぎなかった。六条河原に進み出る。いる、何者かがいる。東国勢と思われて、まず三十騎ほどが現われた。そのなかから武者二騎が先に出た。一騎は塩谷五郎維広《しおやのごろうこれひろ》、一騎は勅使河原五三郎有直《てしがわらのごさぶろうありなお》。この二人は木曾勢と対峙《たいじ》しながら、次のように語りあった。

「俺たちは、後陣の軍勢を待つべきか。それとも」

塩谷が相談した。

「木曾の第一陣は敗れている。宇治川で。されば残党は浮き足立っているはず。ただ攻めかけるに如《し》かず、だ」

勅使河原が意見を述べた。

そうして決まった。塩谷と勅使河原の二人は、喚声をあげながら突進した。木曾はこれを迎え撃ち、今日が最後と戦う。木曾に率いられた百騎ばかりが。もちろん東国勢は、塩谷と勅使河原のその二騎に続き、我こそは、我こそは討ちとらんと進んでいる。すでに攻め進んでいる。

これが河原の、木曾。

木曾左馬の頭義仲。

そして都には、もう東の、あの御曹司《おんぞうし》が。

宇治川を討ち破った東国勢の源氏の御曹司が。

洛中《らくちゅう》に攻め入っている。もちろん入ってきていた。だから塩谷五郎維広も勅使河原五三郎有直もいたのだ。しかし大将軍たる九郎義経《くろうよしつね》は軍兵《ぐんぴょう》どもに戦《いく》さを任せていた。九郎御曹司が案じたのは院の御所だった。その安否だった。お護《まも》り申しあげなければだぞ！　甲冑《かっちゅう》でその身を固めた五、六騎を伴い、自ら六条殿へ馳せ向かった。

その六条殿のほうでは、誰かが御所の東の築地《ついじ》の上に登っている。もともとの邸宅の主《あるじ》、大膳の大夫業忠だった。一帯を見回している、わななきわななき見廻《みめぐ》らしている。すると、白旗をさっと掲げて、激戦を経たのであるらしい武士ども五、六騎が、来るではないか。源氏の白旗、兜《かぶと》は後ろに傾けたままの阿弥陀《あみだ》かぶり、鎧《よろい》の左袖がみな、風に靡《なび》いている。土煙を黒く、黒く蹴立《けた》てて、馳せてくる。向かってくる。

業忠は急ぎ報告した。「おお、なんとなんと、またもや木曾が参りました」と告げた。「これは大変だ。どうにもなりませぬ」と。

報《しら》せをうけて法皇もその近臣たちも驚き騒がれた。「終わる、今度こそ、この世が」と。

業忠が重ねて報告した。「今こちらに参ります武士ども、笠印《かさじるし》が妙です。木曾とは違っております。もしや、これは本日、都に入った東国勢ではないかと思われまする!」

そう業忠が言いも終わらないうちに、九郎義経は門前に駆け参った。九郎義経は馬から下り、門を叩《たた》かせ、それから大音声《だいおんじょう》をあげた。

「東国より、前《さき》の兵衛の佐頼朝の舎弟が参りました」と告げるのだった。「ここに私《わたくし》、九郎義経が参りました。この門、お開けくださいませ」

業忠は驚喜した。あまりの喜びに、築地から急いで飛び下りて尻餅《しりもち》をつき、しかしうれしさのほうが勝《まさ》っているので痛さも感じない。そのまま、這《は》うようにして後白河法皇の御前に参った。この由《よし》を申しあげた。法皇は大いに喜ばれ、ただちに院の御所のその門を開けさせた。

九郎義経とその供の数騎をお入れになった。

九郎御曹司たちを。

その日の九郎義経の装いは、赤地の錦《にしき》の直垂《ひたたれ》に紫裾濃《むらさきすそご》の鎧《よろい》を着て、鍬形《くわがた》を打ちつけた兜の緒を締め、黄金《こがね》作りの太刀《たち》を佩《は》いているというものだった。切斑《きりふ》の矢を負い、滋籐《しげどう》の弓のその上端から少し下、湾曲する鳥打《とりうち》のところに広さ一寸ほどに切った紙を左巻きに巻いていた。それこそ今日の戦いの大将軍の目印と見えた。

法皇は中門《ちゅうもん》の櫺子《れんじ》窓《まど》からそれをご覧になられた。「朕《ちん》が見るに、あの者ども、なんと雄々《おお》しい」とおっしゃられた。「全員に名乗らせよ」とおおせになった。

そこで、まず大将軍九郎義経が名乗る。続いて安田三郎義定《やすだのさぶろうよしさだ》が。畠山《はたけやま》の荘司《しょうじ》次郎《じろう》重忠《しげただ》が。梶原源太景季が。佐々木四郎高綱が。渋谷《しぶや》の右馬《うま》の允重資《じょうしげすけ》が。名乗る、名乗る！　義経をその数に入れて六人の武士、鎧の縅毛《おどしげ》の色合いはさまざまだったが、顔つきの不敵さはいずれも劣らない。骨柄《こつがら》、いずれも劣らない。どの者も雄々しい。

法皇のご命令をおうけした大膳の大夫業忠が、九郎義経を広廂《ひろびさし》の間《ま》の際《きわ》に召した。その庭先に呼び寄せた。合戦がどのような次第であったか、詳細にお尋ねになった。

義経は、畏《かしこ》まり、奏上された。

「義仲の謀叛《むほん》のことを聞きまして、頼朝はたいそう驚き、範頼《のりより》、義経をはじめとしまして主《おも》だった武士は三十余人、総勢六万余騎となる軍を東国より上《のぼ》らせました。範頼のほうは勢田から回りましたが、まだ都にはその姿が見えません。私、義経は宇治の義仲勢を攻め落とし、まずはこの御所をばお守りせねばとそうした一心にて馳せ参じました。さて義仲ですが、賀茂の河原を、北へ、北へと落ちております。しかし我が手の兵《つわもの》どもに追わせておりますので、そうですね、今ごろはもう、討ちとられたかと」

事もなげに奏上した。

法皇はひじょうなお喜びようだった。

「その働き、讃《たた》えよう」とおっしゃられた。「義仲の残党などは再び参って狼藉《ろうぜき》をするやもしれん。お前たち、この御所をよくよく守護せよ」

こう命じられた。義経は謹《つつし》んでうけたまわった。義経たちは、四方の門を固めて待った。続々、武士たちが駆けてくる。駆け集まる。九郎義経のもとに。ほどなく一万騎ばかりに。

九郎御曹司義経の警固《けいご》する、そこに、早《はや》一万騎ばかりが。

それでは木曾のもとには。

木曾左馬の頭義仲には。

河原の木曾はいかに。

木曾は万一のことがあったならば後白河法皇をお連れして西国《さいごく》へ落ち下《くだ》り、平家と和睦して一つになろうと考えていた。合流して、頼朝という東国の敵に当たろうと。そのために法皇の御輿《みこし》を担がせる力者《りきしゃ》法師を二十人用意して、御所に配していた。しかし、その御所にはすでに九郎義経が馳せ参っている。すでに義経勢が守護したてまつっている。そのような報《しら》せが届いている。ならば、それは諦めるしかない、手《て》段はこれしかない、とばかりに木曾は数万騎の敵の大軍のなかへ駆け入る。喚《おめ》いて駆け入った。幾度も、幾度も、もう少しで討たれそうになった。そのたびに駆け破り、また駆け破り、突破した。木曾は涙を流していた。木曾は言った。「こうなると前もって知っていたならば、俺は乳母子《めのとご》の今井《いまい》を勢田へはやらなかったぜ」と言った。「ともに竹馬に乗って遊んだ幼き昔から、俺たちは、死ぬならば同じところでと約束してきた。俺と今井はよ」と言った。「それが別々のところで討たれるのか。俺は、俺は、俺はよ！」と言った。

「今井の行方を尋ねる。今井よい、どこだ！」

　賀茂の河原を北に馬を走らせる。途中、六条河原と三条河原のあいだで敵が襲いかかる。馬を引き返し、引き返し、わずかな小勢で、木曾は雲霞《うんか》のごとき敵の大軍を五、六度までも追い返す。木曾は、賀茂川をざっと渡る。木曾は、粟田口《あわたぐち》にさしかかる。それから松坂《まつざか》へ。去年信濃《しなの》を出たときには木曾の軍勢は五万余騎と言われていた。今日、山科《やましな》の四宮河原《しのみやがわら》を通るときには主従七騎になっている。七騎に。木曾は、死は覚悟している。その死への旅路となれば、七騎どころか俺一人かよ。
霊魂となって闇をさ迷う四十九日は、俺ただ一人か。
寂しいだろうや。木曾は思う。

木曾最期《きそのさいご》——お終《しま》いの二騎

木曾殿《きそどの》は信濃《しなの》での出陣以来、巴《ともえ》、山吹《やまぶき》という二人の下女を連れておられた。食事などのお世話をする女たちだ。山吹は病《やま》いのために都にとどまった。この二人のうち、なかでも巴は色が白く、髪の毛が長く、まことに美しい容貌《ようぼう》をしていた。しかも弦の張りがとんでもなく強い剛弓《ごうきゅう》も引きこなせ、しかも射る技に長じていた。いわゆる強《つよ》弓《ゆみ》、いわゆる精兵《せいびょう》だ。騎馬での戦いでも徒歩での戦いでも、刀を持っては鬼にも負けぬ。神にも負けぬ。まさに一人当千《いちにんとうぜん》の兵《つわもの》だ。女武者。荒馬をしっかりと乗りこなせ、どんなに足場の悪い難所でも巧みに馬を操り、乗り下ろせる。だから戦《いく》さとなれば、頑丈な鎧《よろい》を与えられて、大太刀《おおだち》と剛弓とを持たされて、まず一方の軍勢の大将として敵にさしむけられた。たびたびの勲功では並ぶ者もない。それで今度も、巴は、討たれなかった。この女武者は、多くの者が落伍《らくご》して、また討たれる中、首をとられはしなかった。残り七騎になって、しかし、まだ巴はいた。

東国勢《とうごく》の聞いている噂《うわさ》では、木曾は長坂《ながさか》を経て丹波路《たんばじ》に向かう、と言われていて、また、竜花越《りゅうげご》えをして北国《ほっこく》に落ちる、とも囁《ささや》かれていた。もっともなことだった。しかし木曾は、木曾殿は、「今井《いまい》の行方《ゆくえ》を尋ねる。今井よい！」と言われたのだった。ゆえに木曾殿のその主従七騎は、勢田《せた》のほうへと落ちられたのだった。

今井はどうしていたか。

八百余騎で勢田を守っていた今井四郎兼平《いまいのしろうかねひら》は、今ではわずか五十騎ばかりに討ち破られていた。そこで自軍の旗を巻き納めさせた。いったん「敗軍である」と宣言し、とにかく主君の安否が気がかりなので都へと取って返しつつあった。そして、大津《おおつ》の打出《うちで》の浜でのことだった。木曾殿と行き逢《あ》われた。

ばったりと。そこで。

否、互いに一町ほど隔てたところからそれと見知った。だから今井が馬を急がせるのとともに木曾殿も速められた。

駆け寄りあった。

寄りあわれた。

木曾殿は今井の手をとり、こう言われた。

「俺は六条河原で最期《さいご》を遂げるつもりだった。しかし俺は、この義仲《よしなか》は、お前の行方が恋しいと思ってよ、わんさかいる敵のなかを駆け破り、ここに来たぜ。ここまで逃《のが》れて、来たぜ」

今井四郎は、言った。

「お言葉、忝《かたじけな》いばかりで。この兼平も勢田で討ち死にいたすべきでしたが、殿のお行方がどうにも案じられ、ここまで逃れて、はい、参りました」

「俺たちには契《ちぎ》りがある」と木曾殿が続けられた。「それは廃《すた》れてなかったなあ。さあ、俺の軍勢は敵に押し隔てられなんぞしてよ、山林に馳《は》せ散ったりしてよ、で、今この辺りにもいるに違いない。旗だ、今井。お前が巻いて持たせている我が軍の旗、あれを揚《あ》げさせせよ」

揚がった。

今井の旗が。高く。

すると、来る、来る、都の方面から落ちてきた軍勢ということもなく、勢田の方面から逃げてきた者ということもなく、今井の旗を見つけて三百余騎が。馳せつどった。木曾は大いに喜んだ。

「おい、これだけの勢力があるならば、義仲が最後の一戦というのをしないでいられるかって。いられまい。いられるはずがあるまいぜ！　今井よう、あそこに密集して見えるのは誰の手勢だ。わらわらと黒ずんでいるあの軍団はよう」

「甲斐《かい》の国一条《いちじょう》の次郎《じろう》忠頼《ただより》殿とうけたまわっております」

「兵力はどれほどだ」

「六千余騎とも」

「よき敵だなあ。同じ死ぬなら、よき敵と合戦したいわなあ。そして大軍のなかなんぞで討たれてよ、死ぬのが、最高だわ！」

木曾は言い、まっさきに進軍した。

先頭となって。

木曾左馬《さま》の頭《かみ》のその日の装束は、赤地の錦《にしき》の直垂《ひたたれ》に唐綾威《からあやおどし》の鎧を着て、鍬形《くわがた》を打った兜《かぶと》の緒を締め、拵《こしら》えも厳《いか》めしい大太刀を佩《は》き、その日の戦《いく》さに射て少々残った、大将軍の証したる石打ちの矢を肩のうえ高く矢筈《やはず》が突き出るように身につけ、滋籐《しげどう》の弓を持つというもの。そして、「木曾の鬼葦毛《おにあしげ》」という音に聞こえた駿馬《しゅんめ》に、金覆輪《きんぷくりん》の鞍《くら》を置いて乗っていた。鐙《あぶみ》を踏んばり、馬上に立ちあがり、木曾は大音声《だいおんじょう》をあげて名乗った。

「昔は噂に聞いていたであろうぞ、木曾の冠者《かんじゃ》という者を。そして今は、目《ま》のあたりに見るであろうぞ、左馬の頭兼伊予《いよ》の守《かみ》の朝日《あさひ》将軍を。おお、源《みなもとの》義仲《よしなか》、ここにあり！　さぁてそちらは甲斐、一条の次郎忠頼と聞いたが、相違ないか。相違なければ、よいぞ、互いによき敵だぜ！　この義仲を討って、どぉれ、兵衛《ひょうえ》の佐《すけ》に見せてみよ」

喚声をあげ、木曾は突進した。

敵将、一条の次郎忠頼は言った。

「ただいま名乗った奴《やつ》こそは北国の大将軍だわ。そうだわいて。よしよし、討ち残すなよ者ども、討ち漏《も》らすなよう、若造ども。討てや！」

これを号令に数多《あまた》の武者たちが木曾を囲んだ。包み囲んだ。我こそは討ちとらんとばかりに攻め進んだ。木曾の三百余騎は六千余騎もの敵軍の内側にいて、しかし縦様《たてさま》に動いた。横様《よこさま》に駆けた。蜘蛛手《くもで》に、十文字《じゅうもんじ》と駆けまわって、敵陣を踏み破った。後ろへ、つっと出た。抜け出た。

五十騎ばかりが残っている。

その五十余騎をもって一条の次郎勢をさらに破り、進む。進む。

土肥次郎実平《といのじろうさねひら》が二千余騎で布陣している。

そこにぶつかる。

破る。

よう！

撃破してさらに進めば、よほう！　さらに四、五百騎があちらに。さらに二、三百騎がこちらに。駆ける。駆けて、破る。百四、五十騎の敵軍がある。よ！　は！　百騎ばかりの敵軍がある。た！　それらの中を、破り、破り、そのたびに味方も討たれて。

討たれて。

木曾の、主従は。

五騎。

しかし五騎になってもあの女武者は討たれていなかった。巴は残っていた。

木曾殿が言われた。

「巴よ。お前はただちに、どこへでも行け。落ちのびろ。お前は女であるのだからよう。いいか、俺は討ち死にしようと思い定めてる。あるいは自害だ、もし人手にかかって討たれるような様《ざま》になるならばな。だからよう、そういう覚悟であるのに、『木曾殿は最後の戦《いく》さにまで女人《にょにん》を連れておられたよ』などと言われるのだとしたら、なあ、憾《うら》みが残るぜ。わかるか」

巴は、しかし、離れなかった。

逃げようとはしなかった。

そんな巴に、木曾殿はさらに言われる。なあ行けよ、と。ここより離れろ、巴、と。落ちろ！　だから巴は、「無比の敵よ、どうか現われよ」と願う。「剛力《ごうりき》無双の者が現われ、そうした輩《やから》と最後の合戦をし、これを殿にお見せできるものなら」と乞う。それならば、それならば、諦念も、と心中に思う。

それで巴は、待った。

手綱をわざと引いて馬をとめ、待ち構えた。

来た、敵は。

武蔵《むさし》の国ではその名を知らぬ者もいない大力の、御田八郎師重《おんだのはちろうもろしげ》が、三十騎ばかりで。来た。巴は、駆けた。その三十騎ばかりの中に駆け入った。御田八郎に馬を押し並べる。馬上でむんずと組む。御田八郎を鞍から引きずり落とす。それから巴は、自分が跨《また》がった馬のその鞍の前輪《まえわ》に押しつける。少しも身動きをさせない。そして御田八郎の首を。

捩《ね》じ切る。

棄《す》てる。

それを殿に、木曾殿にお見せした。この最後の戦いぶりを。その後に巴は鎧兜を脱ぎ捨てた。「殿！」

巴は、落ちていった。東国のほうに。

それから木曾に付き添いつづけた手塚太郎光盛《てづかのたろうみつもり》が、討ち死にした。同じように付き添いつづけた光盛の叔父《おじ》、手塚の別当《べっとう》が落ちていった。

木曾殿と今井四郎の主従二騎になる。

いま、木曾殿の、主従は。

二騎。

木曾殿とその乳母子《めのとご》は、語る。

「今井よ」と木曾殿は言われる。「日ごろはどうとも感じぬ鎧が、なんだかよう、今日は重いぜ」

「殿」と今井四郎が返す。「お体はまだお疲れになっておられませんよ。お馬もまた。その鬼葦毛、弱ってはおりません。わずか一領の大将用の鎧、どうして重いはずがございましょう。たしかにお味方の軍勢はありません。そのために心が怯《ひる》まれて、重いなどとお感じになるのです。どうでしょう、殿。乳母子のこの兼平一騎をさながら他の武者千騎とお思いくださっては。矢は七、八本ございますよ。これで兼平がしばらく防ぎ矢をいたしましょう。そして、殿」

今井は言った。同じ乳を吸って育った乳兄弟《ちきょうだい》が言った。

「あそこに見えますのは粟津《あわづ》の松原《まつばら》と申します。あの松の中で、殿、ご自害なされませ」

二人は馬に鞭《むち》打った。

主従は進んだ。そこに。

また新手の武者が、五十騎ばかり。

現われる。

「殿は、どうぞあの松原に」と今井四郎兼平が言う。「お入りなされませ。この敵は兼平が防ぎます」

「なあ今井よい、俺は」と木曾殿が言われる。「都で最期を遂げるつもりだった。この義仲はな。当然ながらな。それをここまで逃れてきたのは、今井、お前と同じところで死ぬためにだった。そうなんだぜ。どうだ、別れ別れに討たれるよりも同じところでよう、討ち死にといこうぜ」

木曾殿は馬の鼻を並べて駆けようとなさった。

今井四郎は馬から飛び下りた。

主君の馬、鬼葦毛の口にとりついた。

「殿、殿！　武人というものは」と言った。「年ごろ日ごろ、どんなに高名を立てておりましても、最後の瞬間に不覚をとれば永遠の辱《はじ》となるものです。殿、お体はお疲れになっておられます。そしてまた、後に続きますお味方の軍勢というのもございません。結果、大勢の敵に取り囲まれてしまい、とるに足らない人の郎等《ろうどう》に組まれてしまって、馬から落とされなさってお討たれになったりしたら、『あれほど日本国《にっぽんこく》にその武名を轟《とどろ》かせられた木曾殿を、やれ、誰それの郎等風情《ふぜい》が討ちたてまつったぞ』などと申されることとなって口惜しい限りです。ですから殿、あの松原へ」

今井は言うのだった。

「あの松原へ、ただ、お入りに」

木曾は、そして、応《こた》えられるのだった。

「そうか。そうだな」

そして、鬼葦毛は、粟津の松原へ。

駆けた。

すると今井がいる。今井四郎ただ一騎が、残り、防ぎ、いや、ただ一騎なのに五十騎ばかりの敵勢のなかに駆け入る。鐙を踏んばる、立ちあがる、大音声をあげる。名乗る！

「日ごろは噂に聞いたか。聞いたろう！　今はその目に見なされや。見ろや！　木曾殿のおん乳母子、今井四郎兼平、生年《しょうねん》三十三歳。それが、俺だ！　そうした者がいるとは鎌倉の佐殿もご存じだろうよ。なあ、だろうが！　ならばこの兼平を討って、さあ、佐殿のお目にかけい！」

今井は、射残した八本の矢を弓につがえ、引き、つがえ、引き、射る。さんざんに。即死かあるいは傷を負わせただけか、いずれにしても敵八騎をたちどころに射落とす。すると矢はない。射尽くした。刀を抜いた。あちらに駆け、斬る。こちらに駆け、斬る。斬ってまわる。誰も正面から立ち向かおうとしない、できない。何人も何人も何人もの首を討ちとる。分捕《ぶんど》り首《くび》をした。敵はただ「射ろ、射殺《いころ》せ！」と言い、今井を取り囲んで雨のように射かける、矢を。それだけだ。しかし矢は、今井に傷を負わせない。今井が着る鎧は頑丈で、その裏にまで矢は貫通しない。

串《つらぬ》けぬ。

鎧の隙間はどうか。そこを狙えたか。

当てられぬ。

どの矢も、今井四郎兼平を串刺しになど、できぬ。

そして、木曾殿は。

ただ一騎で粟津の松原に駆け入られている。時は、正月二十一日だった。頃は日没だった。そこには深田《ふかだ》があったが薄い氷が張っている。だから泥深い田があることなど気づけない。木曾殿はさっと馬を乗り入れる。馬は、沈む、めり込む、はまり込む。馬の頭も見えなくなる。鐙で馬の腹を蹴っても、蹴っても、動かない。鞭で打っても、打っても、動かない。木曾殿の馬は。あの木曾の鬼葦毛は。

そして、木曾殿は思われる、「乳母子よ。今井よい」と。

思われる、「今井よい、お前、どうなったのだ。お前の行方」と。

それを案じて、ふり返られた兜の内側を、矢が射た。額のあたりを。木曾殿を追いかけてきた三浦の石田次郎為久《いしだのじろうためひさ》の、弓をじゅうぶんに引き絞って射た一本が、風を切って飛び、そして。

もう刺さっている。木曾殿に。

深傷《ふかで》が。木曾殿、木曾殿、木曾殿！

兜の前面を馬の首に押しあてて、俯《うつぶ》し、そこに石田の郎等二人が駆けつけ、木曾殿の首を、斬る。首を、とる。太刀の先に串《つらぬ》いて、高くさしあげる。大音声をあげる。「ここ最近、日本国にその名も高かった木曾殿を、三浦の石田次郎為久がお討ち申したり！」

名乗る。それを今井四郎が聞いている。戦いつづけながら聞き、しかし即時に、言う。叫ぶ。「今はもう、その人を庇《かば》って戦う必要は失《う》せた。よって、ご覧になりなさいよ、東国の皆さんよ。これが日本一の剛の者がする自害の、お手本――」今井は太刀のその切っ先を口に含んで、馬から逆《さか》さまに飛んで、落ちる。太刀に貫通される。自らの刀に、串刺しにされている。死んでいる。

粟津の合戦はこの瞬間に失せる。終結している――消えている。

樋口被討罰《ひぐちのきられ》――木曾《きそ》軍消失

今井《いまい》には兄がいる。樋口次郎兼光《ひぐちのじろうかねみつ》がいる。樋口は十郎蔵人行家《じゅうろうくろうどゆきいえ》を討つために河内《かわち》の国の長野城へ向かっていて、しかしそこでは討ち漏《も》らした。続いて、行家は紀伊《きい》の国の名草《なぐさ》にいると聞き、ただちにその方面へ出向いた。樋口が都で戦《いく》さがあると聞いたのはそのときだった。都で戦さあり。ならば急いで戻らなければならない。樋口の軍勢は京都に駆け上《のぼ》る。淀《よど》の大渡《おおわたり》の橋まで上ったところで、樋口は弟、今井の下人にばったりと会う。「なんと――」と下人は言う。「これからどちらへ行かれるおつもりでしょうか。われわれの主君義仲《よしなか》殿はもう討たれておしまいになりました」と下人は言う。「そして今井殿は、自害を」

樋口次郎は涙をはらはらと流す。

「聞かれたか、みなよ。殿ばらよ」と言う。「だとしたら主君に忠誠をお誓いになっている方々は、落ちよ。今からいずこへでも落ちゆき、出家入道して乞食頭陀《こつじきずだ》の行脚《あんぎゃ》をもし、義仲殿の後世《ごせ》をお弔いなされよ。そして私、この兼光だが」

　樋口は、はっきりと言う。

「都へこのまま上る。討ち死にする。そして冥途《めいど》で殿にお目通りし、『おう、樋口次郎か』とも言われ、弟の今井四郎《いまいのしろう》にもいま一度会う。そう思うぞ」

　樋口の軍勢は五百余騎いた。大将のこの言葉を聞いて、途中のあそこで隊伍《たいご》を離れ、ここで離脱し、が繰り返されて、鳥羽《とば》の離宮の南門を過ぎるころには軍勢はわずかに二十余騎になっていた。

　噂《うわさ》が東国の者たちに伝わった。樋口次郎が、今日、都へ入る。諸党の武士たちも家柄の特に優《すぐ》れる坂東《ばんどう》の名族の武者たちも、急いで七条朱雀《しちじょうすざく》のほうへ、それから四塚《よつづか》のほうへと駆け向かった。鳥羽から都へと上る者はここに来る。ここを押さえれば迎え撃てる。だから、迎え撃つ。

　樋口のもとには茅野太郎《ちののたろう》という者がいた。四塚に続々と参集する敵軍の中にこの茅野太郎は駆け入った。そして大音声《だいおんじょう》をあげて「こちらの軍中に、甲斐《かい》の国一条の次郎《いちじょうじろう》忠頼《ただより》殿の手勢であられる方は、おられるか！」と尋ねた。起こったのは哄笑《こうしょう》だった。「どうして一条の次郎殿の手の者以外とは戦わぬのだ」と言い、みな大笑いした。「誰とでも戦え、誰とでも」

　茅野は名乗った。

「こう申しているのは信濃《しなの》の国諏訪《すわ》の上《かみ》の宮《みや》の住人、茅野大夫光家《ちののたいふみついえ》の子、茅野太郎光《みつ》広《ひろ》だ。必ずしも一条の次郎殿の手勢であられる人を、ぜひとも相手に、と訴えているのではない。我が弟、茅野七郎《ちののしちろう》がその次郎殿の軍勢に属するのだ。わかるか！　この光広は二人の子供を信濃の国に残してきた。子供らは、問うであろうよ、歎《なげ》くであろうよ。ああ、父は立派に死んだのであろうか、と。あるいは見苦しい死に方であったのだろうか、と。だから弟の七郎の前で討ち死にして、子供らに確かなところを聞かせたい！　我が最期《さいご》の！　これは敵の選《え》り好みでは、ないぞ」

名乗った茅野は、駆けた。あちらに駆けては渡りあい、こちらに駆けては渡りあい、敵三騎を斬って落とし、四人めとなる相手に馬を並べ、組みあい、地面にどっと落ち、刺し違え、死んだ。

樋口はまた一人、手の者を失った。その一方、武蔵《むさし》七党の一つである児玉《こだま》党の坂東武者たちが寄り集まって談義していた。樋口次郎にはこの児玉党との間に結ばれた縁故があったためだった。「武士の習わしとして、誰も彼も広く人と交わろうとするのは——」と話しあった。「万一の事が起こったときに備えてだ。そうではないか。交わりを頼ってその場を凌《しの》ぎ、しばしの命をも助かろうと、そう思うからではないか。あの樋口がわれわれ児玉党と縁を結んだのも、やはりそのため。そのように思ったため。だから、今度の勲功の賞として、樋口の助命を願い出よう。——どうだ」

結論は出た。児玉党は樋口のもとに使者を送った。

「木曾殿のお身内でつねづね武名高らかであられたのは、今井、そして樋口。けれども木曾殿はもうお討たれになりました。どうです、もはや障《さわ》りはない、こちらに降伏なさい。我らの戦功の賞に代えて、お命だけはお助けします。出家入道して、主君の木曾殿の後世を弔われるのがよろしい」

樋口次郎はもちろん高名な勇士ではあった。しかし、武運に見放されたとも見えた。

結局、児玉党に投降した。

児玉党はこのことを九郎御曹司《くろうおんぞうし》義経《よしつね》に申しあげる。九郎義経はこのことを院の御所に奏上される。後白河《ごしらかわ》法皇はお許しになる。樋口はいったん罪を許される。しかし法皇の側仕《そばづか》えの公卿《くぎょう》が、殿上人《てんじょうびと》が、局《つぼね》の女房たちが、「木曾が法住寺殿《ほうじゅうじどの》へ攻め寄せて鬨《とき》の声をあげ、法皇様をもお悩まし申し、火を放ち、数多《あまた》の人々を殺《あや》めましたときに――」とそれぞれに申される。

「あちらでも、こちらでも、『今井だ！』『樋口だ！』と声があがりましたのよ。そうした者の罪を許されますのは、口惜しくはございますが」

結果、樋口はまた死罪と定められる。

公卿の、殿上人の、局の女房たちの怨《うら》みは深すぎた。

同月二十二日に新摂政殿《しんせっしょうどの》こと藤原師家《ふじわらのもろいえ》公が解任され、以前の摂政藤原基通《ふじわらのもとみち》公が返り咲かれる。わずか六十日の間に替えられなさった。師家公は夢を終《しま》いまでは見ずに、覚められたに等しい。旧《ふる》い例はある。昔、粟田《あわた》の関白藤原道兼《かんぱくふじわらのみちかね》公はその任官のお礼を申しあげた後《のち》、わずか七日しか関白職にはおられず、逝《ゆ》かれてしまった。ただし師家公の六十日のほうには節会《せちえ》もあり、除目《じもく》も行なわれている。長徳《ちょうとく》年間の「七日関白」とは異なり、思い出がないわけでもない。

同月二十四日に木曾左馬《きそさま》の頭《かみ》および残党五人の首が都大路《みやこおおじ》を引きまわされる。樋口次郎はもちろん降伏した人間だった。しかし、首のお供をしたいとしきりに言った。それで粗末な藍摺《あいずり》の水干《すいかん》に立烏帽子《たてえぼし》という姿で五つの首といっしょに引きまわされた。

同月二十五日に樋口次郎はついに斬首された。

助命は続けられていたが斬られた。前《さき》の兵衛の佐の舎弟、範頼《のりより》と義経の二人がいろいろと申されていたけれども斬られた。巷間《こうかん》に伝わる話があった。「木曾の四天王《してんのう》は今井に樋口に楯《たて》、根井《ねのい》。その一人である樋口をお助けになることはさながら虎を養うようなもの。後難《こうなん》が招かれよう」と、特に後白河法皇からのお指図があって、その首は刎《は》ねられたと囁《ささや》かれていた。　養虎《ようこ》の憂《うれ》いというこの句は史記の項羽《こうう》伝にある。

伝え聞くところ、秦《しん》の国が衰えて諸侯が蜂《はち》のごとく一時《いっとき》に群がり起こったとき、漢の高祖沛公《はいこう》は項羽に先んじて都の咸陽宮《かんようきゅう》に入った。しかし、後から項羽が来るのを恐れ、女性は美人であっても犯さなかった。金銀珠玉など奪わなかった。ただ一心に函《かん》谷《こく》の関を守ることに励み、順々に敵を滅ぼし、ついに天下を治めるに至った。そうであるならば木曾左馬の頭も、先んじて都に入ったとしても頼朝朝臣《よりともあそん》の命令に従っていればよかった。もし、まずは服していたならば、いま挙げた沛公の計略に劣ることはなかっただろう。そう思われる。

同じころに平家の動きがある。実際にはもっと前からある。去年の冬あたりより平家は、讃岐《さぬき》の国の屋島《やしま》の海岸を出、摂津《せっつ》の国の難波潟《なにわがた》に押し渡り、福原の旧都に居を構えていた。西は一《いち》の谷《たに》を城郭として、東は生田《いくた》の森を大手《おおて》の城門と定めていた。大手の。正面の。その間には福原がある。兵庫がある。板宿《いたやど》がある。須磨《すま》がある。こうした地に籠る軍勢は山陽道《さんようどう》八カ国から集められていた。南海道六カ国から集められていた。平家が討ち従えた合計十四カ国から召集された軍兵《ぐんぴょう》だった。十万余騎と言われていた。

築かれた城郭の一の谷は、北は山であり南は海であり、入口は狭いのに奥が深い。崖は高々とさながら屏風《びょうぶ》を立てたようになっている。この地勢がありながら、さらに平家は北の山際《やまぎわ》から南の海の遠浅まで、大石を積み重ねた。大木を伐り倒して逆茂木《さかもぎ》を用意した。海の、その深いところには大船を並べて掻楯《かいだて》代わりとした。城の正面の高櫓《たかやぐら》には一人当千《いちにんとうぜん》との武名を轟《とどろ》かせている四国と九州の兵《つわもの》どもが、その身を甲冑《かっちゅう》に固め、弓矢も帯びて雲霞《うんか》のように並んでいた。櫓の下には馬が並んでいた。それも、いつでも騎乗できるようにと馬具一式を付けたままの馬が十重二十重《とえはたえ》に並んでいた。陣太鼓が打ち鳴らされていた。鬨《とき》の声があがっていた。ひっきりなしにそうだった。兵が引き絞ったひと張りの弓の勢いは胸の前に浮かんだ半月と見えた。三尺の剣《つるぎ》の光は腰の間に横たえられた秋の霜《しも》と見えた。

高所には平家の印《しる》しとなる赤旗が数多立って、すでに打ち立てられて、ひるがえっていた。この正月春風がそれらを天にひるがえした。火炎が燃えあがるも同然だった。赤旗。

六ケ度軍《ろくかどのいくさ》——その猛将平教経《たいらののりつね》

こうして平家が福原に渡られて、讃岐《さぬき》の屋島《やしま》を離れられて、すると四国に不穏が生じる。兵《つわもの》が平家に従いたてまつらないという事態が生じる。なかでも阿波《あわ》と讃岐の国府に仕える者たちが、平家に叛《そむ》き、源氏につこうとの動きに出る。この者たちは「そもそも自分たちは昨日今日まで平家に従っていたのだから、今、初めて源氏方に参ったところで決して信用してはもらえまいて。それならば——」と言う。「平家に矢を一つ、射かけんとな。そうであろうが。そして、これをこそ源氏への帰服の証しとして参るのだ」

この者たちは亡き入道清盛《きよもり》公のおん弟、門脇《かどわき》の中納言の教盛《のりもり》とその嫡男《ちゃくなん》たる越前《えちぜん》の三位《さんみ》通盛《みちもり》、次男たる能登《のと》の守教経《かみのりつね》の父子《おやこ》三人が、備前《びぜん》の国の下津井《しもつい》におられると聞き、「では、お討ち申そう」と兵船《ひょうせん》十余艘《そう》で攻め寄せる。

その報《しら》せを能登の守教経がうけられる。

「憎いのう」と言われる。「昨日今日まで我らの馬の餌《え》とする草を刈って奉公していた連中が、のう、もう主従の約束を裏切るわけだ。そうした挙に出るのならば、のう、一人も漏《も》らさずに討て」

命じられ、小船に乗って「余すなよ、一人も、漏らすなよ」と攻めたてられる。四国の兵《つわもの》たちの思惑にはすっかり狂いが生じている。形ばかりに矢を射ればいい――とりあえず平家にちゃんと抗《あらが》いましたぞ、と人の目に見せればいい、あとは引き退《さ》がればいいとの考えで戦いに臨んだのに、劇烈に攻められる。敵《かな》わぬと思ったのか、敵がまだ海上で遠いうちから負けを決め込んで、退却し、都のほうへと逃げ上《のぼ》り、淡路《あわじ》の国の福良《ふくら》の湊《みなと》に着く。

その国に、二人、源氏がいる。亡き六条《ろくじょう》の判官為義《ほうがんためよし》の末子《ばっし》の、賀茂《かも》の冠者義嗣《かんじゃよしつぐ》と淡路の冠者義久《よしひさ》ということで、四国の兵たちはこれを大将と頼む。城郭を築いた。平家を待った。ただちに平家は来た。能登殿が押し寄せられた。攻めたてられた。一日合戦して賀茂の冠者が討ち死にする。淡路の冠者は深傷《ふかで》を負い、自害を遂げてしまう。

能登殿は、防ぎ矢を射た兵たち百三十余人の首を刎《は》ねられる。百三十余の斬首。討っ手となった軍兵《ぐんぴょう》の名を論功行賞のために名簿に記して、福原へ送られる。

それから門脇の中納言は福原へ上《のぼ》られ、いっぽうで子息たちは、伊予《いよ》の河野四郎《かわののしろう》が召集に応じないのでこの者はもはや源氏に叛いて平家側に寝返りはしないのだと断じ、これを攻めようと四国へ渡られ、まず兄の越前の三位通盛卿《きょう》が阿波の国の花園《はなぞの》の城《じょう》に着かれる。それでは弟はどうなされるのか。能登の守教経は讃岐の屋島に渡られるぞとの風聞が立つ。いや、渡られたぞと。河野四郎通信《みちのぶ》はその噂《うわさ》を聞き、母方の伯父《おじ》と連合しようと心を固める。伯父は安芸《あき》の国にいる。その名は沼田次郎《ぬたのじろう》。河野四郎は安芸の国へ渡った。

今度は、能登の守がそうした動静を聞かれた。

すぐに讃岐の屋島を発《た》ち、河野四郎を追っていかれた。早々に備後《びんご》の国の蓑島《みのしま》に到着、翌《あく》る日には沼田の城へ攻め寄せられた。

沼田次郎と河野四郎がそれぞれの勢力を一つにして、防戦する。

しかし能登殿はそのまま攻められる。敢然と、猛《たけ》って、そして一日一夜、攻められる。

一日一夜、沼田次郎はわが城を支えんと防ぎつづけ、それから「敵わぬ」と思ったのか、兜《かぶと》を脱いで降伏する。だが河野四郎は、伯父とは違った。なおも降参はしない。

五百余騎あった河野の軍勢はわずか五十騎ほどに減っている。そして城を出て、落ちる途中で、能登殿の侍の平八兵衛為員《へいはちびょうえためかず》の二百騎ばかりの軍勢に包囲され、主従七騎になるまで討たれる。「助け船に乗るしかない」と、細道を通って渚《なぎさ》のほうへ落ちる。落ちる七騎を平八兵衛の軍勢が追っている。

平八兵衛には讃岐の七郎義範《しちろうよしのり》という子がいる。讃岐の七郎はひじょうに勝《すぐ》れた弓の巧者で、追尾しきって七騎のうちの五騎をその場で射落とす。

河野四郎はただ主従二騎となる。

そして従者のほうに讃岐七郎が馬を押し並べる。河野四郎が「わが命に代えても――」と大切に思っていた郎等《ろうどう》に讃岐の七郎義範が組みつく。落ちた。取り押さえ、首を斬ろうとする。すると河野四郎の馬が、引き返した。もう引き返してきていた。郎等を組み伏せている讃岐の七郎の、その首を、刎ねた。

首を鷲摑《わしづか》む。深田へ投げ入れる。大音声《だいおんじょう》をあげる。

「見ろ。俺が河野四郎。その本姓は越智《おち》の河野四郎通信、生年《しょうねん》二十一！　戦《いく》さとはこのようにするものだ。我と思わん人々よ、俺を止《と》めてみよ！」

言い放つや、郎等を肩に引っかけた。その場をつっと逃《のが》れ、小船に乗る。そして伊予の国へと向かった。海を渡りきる。

能登殿はこうして河野四郎を討ち漏らされた。けれども降伏した沼田次郎を召し連れて、福原へと参られた。

他には誰が平家に抗っているか。

淡路の国の住人、安摩《あま》の六郎忠景《ろくろうただかげ》。これも平家に叛いて源氏に心を通わせていた。その安摩の六郎が、大船二艘《そう》に兵糧米《ひょうろうまい》と武具を積んで都へ上りましたと能登殿が福原で聞き、ただちに追われた。小船十艘ほどを浮かべて追撃に向かわれた。安摩の六郎は西宮《にしのみや》の沖で船を引き返し、防戦した。しかし能登殿は猛っている、劇烈に攻めたてられる。安摩の六郎は「敵わぬ」と思ったのか、引き退《しりぞ》いて和泉《いずみ》の国の吹飯《ふけい》の浦に着いた。

これも平家に叛いて源氏に心を通わせている者に、紀伊《きい》の国の住人、園辺《そのべ》の兵衛忠《ひょうえただ》康《やす》がいたが、安摩の六郎忠景が能登殿に攻められて吹飯に逃れたと聞き、その勢百騎ばかりで駆けつけ、合流を果たした。能登殿は続いてただちにこれらをも攻められた。一日一夜、能登殿は敢然と攻められ、一日一夜、連合した安摩の六郎と園辺の兵衛は防ぎ戦い、それから「敵わぬ」と思ったのか、両者ともに家の子と郎等に防ぎ矢を射させ、わが身は遁走《とんそう》して都へ上った。能登殿は、防ぎ矢を射た二百余人の首を刎ねられる。そして獄門に晒《さら》す。二百余の、か、か、首。のち、福原へ参られる。

伊予の国の住人の河野四郎通信がそれからまた動いた。豊後《ぶんご》の国の住人の臼杵次郎《うすきのじろう》維隆《これたか》と、その弟、太宰府《だざいふ》の平家を攻めた緒方三郎維義《おがたのさぶろうこれよし》とに心を合わせ、それぞれの勢力を一つとし、総勢二千余人で備前の国へ押し渡った。今木《いまぎ》の城に立て籠る。能登の守はこの報をうけて、福原から三千余騎で馳《は》せ下《くだ》り、今木の城を攻められた。能登殿は使者を介し、福原に申し送られた。

「こやつら、手強《てごわ》い敵です。応援の軍兵をばいただきたい」

その要請をうけて福原からさらに数万騎の大軍がさしむけられることが決まる。これを漏れ聞き、今木の城内に籠る者たちは、よし、と思う。力の限り戦い、敵を討ち、首を取り、存分に手柄を立て尽くし、それから言った。「平家は大軍でいらっしゃるわな。こちらは対して、無勢であるわな。敵うまい、敵うまい。ここはひとまず逃げのびて、息をつこうぞ」と言い、臼杵次郎と緒方三郎の兄弟は船に乗って九州に渡り、河野四郎は伊予へ渡った。渡り、失せる。能登殿が言われる。

「消え失せたのう。今は攻めるべき敵も、おらんわ」

そうして能登殿は福原へ帰還された。前《さき》の内大臣宗盛《むねもり》公をはじめとして、平家一門の公卿《くぎょう》、殿上人《てんじょうびと》は寄りあい、その能登殿のたびたびの戦功を口を揃《そろ》えて賞讃された。みな口を揃えて、感歎《かんたん》された。

三草勢揃《みくさせいぞろえ》――揃いに揃う源氏

このように平家は福原の旧都に居を構えている。今の都には、前《さき》の兵衛《ひょうえ》の佐《すけ》の舎弟、蒲《かば》の御曹司《おんぞうし》範頼《のりより》と九郎《くろう》御曹司義経《よしつね》が入っている。正月二十九日、その範頼と義経が院の御所に参上する。平家追討のために西国《さいごく》へ進発する由《よし》を後白河《ごしらかわ》法皇に奏上する。すると法皇は、この源氏の御曹司二人に言われる。

「わが国には神代から伝わる三つのおん宝物があるぞ。内侍所《ないしどころ》、神璽《しんじ》、宝剣――」内侍所とは八咫《やた》の鏡。神璽とは八坂瓊《やさかに》の曲玉《まがたま》、宝剣とは草薙《くさなぎ》の剣《つるぎ》。それを法皇は、これない、と言われる。三種の神器なり。「じゅうぶんに心にかけ、この三つを無事、都へ返還し申しあげよ」

ご命令を範頼、義経の両人は畏《かしこ》まってうけたまわり、退出する。

これが寿永《じゅえい》三年正月二十九日の今の都の、院の御所。翌《あく》る二月四日の旧都、福原では仏事が執《と》り行なわれている。三年前の治承《じしょう》五年閏《うるう》二月四日に、入道相国《しょうこく》が息を引きとられ、まさにこの日は清盛《きよもり》公の忌日だった。よって形《かた》どおりに仏事は営まれた。朝に晩にと合戦が続いて月日が過ぎることすら失念されがちだったが、やはり過ぎた。去年はやはり今年になり、今年になれば今年の春をやはり迎える。入道相国のご逝去、との心憂《こころう》い思い出に彩られた春を。世が世であれば、故人のために盛大に塔婆《とうば》を立てるような話も持ちあがっただろう。以前のように平家の一門が権勢をふるう世であれば、仏を大いに供養して、僧たちに大いに施しをするようなことにもなったろう。しかし今は男女の公達《きんだち》が寄り集まるだけだった。故人のために涙を流すだけだった。他にはない。

ただし、この機会に叙位と除目《じもく》は行なわれる。僧侶も俗人もみな官職の任命、昇進がなされる。門脇《かどわき》の中納言教盛卿《のりもりきょう》は、一門の総帥たる大臣宗盛《むねもり》公から正《しょう》二位大納言に昇格される由、おおせられる。

教盛卿は大臣殿にお返事を詠《よ》まれるが、そこにはこうある。

けふまでも　　今日まで、とても
あればあるかの　　生きているとは思わなかった
わが身かは　　この身ですよ
夢のうちにも　　官位の昇進など、それは夢の中に
ゆめをみるかな　　また夢を見るごときものでしょうよ

このように拒み、ついに大納言にはなられなかった。大外記《だいげき》中原師直《なかはらもろなお》の子の周防《すおう》の介師澄《すけもろずみ》はこの除目で大外記に昇った。兵部《ひょうぶ》の少輔《しょう》の藤原尹明《ふじわらのまさあきら》はかつて清盛公に仕え、今は大臣殿の近臣だが、五位の蔵人《くろうど》に任じられて「蔵人の少輔《しょう》」と呼ばれることになった。

この叙位と除目は不当とは言えなかった。不当な前例は昔の平将門《たいらのまさかど》にある。関東八カ国を討ち従えた後《のち》、将門は下総《しもうさ》の国の相馬《そうま》の郡《こおり》に都を建てて、自らを「平新王《へいしんのう》」と称した。そして百官を任命したが、そのときは暦の博士が欠けていた。この旧例と今回の平家の任官とでは一切合切違った。もとの都をこそ落ちていられるけれども、安《あん》徳《とく》天皇は三種の神器を擁し、正当に帝位にあられる。そのもとでの叙位と除目に不都合はない。

都があり福原がある。都にはもちろん風聞がある。平家がすでに福原まで攻め上《のぼ》っていることは伝えられているし、いよいよ都へ帰り入るぞとも噂《うわさ》されている。それを、故郷に残りとどまっていた人々が喜ぶ。故郷に――都に。元気づいて大いに、大いに喜ぶ。たとえば梶井《かじい》の宮承仁法親王《みやしょうにんほっしんのう》は、今は都落ちしている平家一門の二位の僧都《そうず》全《ぜん》真《しん》と長年同じ寺房に住み、修行をされていた。そうした間柄だったので、全真はわずかな機会を捉えては宮にお便りをさしあげていた。梶井の宮からもまた、つねにお手紙があった。そこには「旅の空の様子、思いやってあげるに、同情いたしますよ。都もまだまだ平穏ではありませんよ」などと書かれ、あるときは末尾に次の歌が記されていた。

人知れず　　誰にも知られないように
そなたをしのぶ　　あなたのいる西国を思いやる、この

こころをば　　私の心をね
かたぶく月に　　西へ傾く月に
たぐへてぞやる　　託して届けますよ

そんな一首が記されていた。二位の僧都全真はこの手紙を顔に押しあてて、涙する。悲しみのその涙は堰《せ》きとめようもない。

福原と都の間の手紙の往《ゆ》き来《き》をいうならば、また小松《こまつ》の三位《さんみ》中将維盛《これもり》卿のことがあった。都に北《きた》の方《かた》や幼いお子たちを留め置かれた維盛卿は、年を隔て日数が重なるにつれてこうした妻子のことばかりに歎《なげ》き悲しんでおられ、便りを商人に託された。叶《かな》うのは稀《まれ》にだったが手紙は往き交い、都での北の方のご様子を聞き、お気の毒に――、と悲しまれた。こちらに迎え入れて、やはり生死をともにしたい――、と心揺るがせて思われた。しかし、自分にとっては耐えられることであっても北の方にはどうか、こんな惨《みじ》めな暮らしは堪《こら》えきれないだろうし、なによりいたわしい。そこまで思い及ぶと、やはり我慢されるだけだった。維盛卿はじっと辛抱して、日を送る。そこには切実な、思いつめた愛情の深さがある。

そうしているうちに源氏が行動を起こす。もともとの段取りでは四日に攻め寄せるはずだった。しかしその二月四日は亡き入道相国の命日だと聞き、仏事をじゅうぶんに果たさせようと思って攻めなかった。五日は西の方角が塞がっていた。陰陽道が忌避すべしと告げていた。六日は、同じく陰陽道が外出を凶とする道虚日《どうこにち》。七日しかない。それで七日の早朝、卯《う》の刻《こく》に、一《いち》の谷《たに》の東西の城門で源平両軍の矢合わせと定《き》めた。しかしながら四日が吉日であることは事実。そこで源氏は大手《おおて》と搦手《からめて》に分かれて都を出発した。それぞれに大将軍がいて、配下の軍兵がいて、二手に分かれて、源氏は二月四日に発《た》っている。

大手の大将軍は蒲《かば》の御曹司範頼《のりより》。これに従う人々は、以下。

武田《たけだ》の太郎信義《たろうのぶよし》。

加賀美《かがみ》の次郎遠光《じろうとおみつ》。

同じく加賀美の、小次郎長清《こじろうながきよ》。

山名《やまな》の次郎教義《じろうのりよし》。

同じく山名の、三郎義行《さぶろうよしゆき》。

侍大将には梶原平三景時《かじわらへいぞうかげとき》。

その嫡子《ちゃくし》、源太景季《げんたかげすえ》。また次男、平次景高《へいじかげたか》。さらに三郎景家《さぶろうかげいえ》。

稲毛《いなげ》の三郎重成《さぶろうしげなり》。

榛谷《はんがえ》の四郎重朝《しろうしげとも》。

同じく榛谷の、五郎行重《ごろうゆきしげ》。

小山小《おやまのこ》四郎朝政《しろうともまさ》。

その弟、中沼五郎宗政《なかぬまのごろうむねまさ》。
その弟、結城七郎朝光《ゆうきのしちろうともみつ》。
佐貫四郎大夫広綱《さぬきのしろうだゆうひろつな》。
小野寺禅師太郎道綱《おのでらのぜんじたろうみちつな》。
曾我太郎資信《そがのたろうすけのぶ》。
中村太郎時経《なかむらたろうときつね》。
江戸四郎重春《えどのしろうしげはる》。
玉井《たまのい》の四郎資景《しろうすけかげ》。
大河津太郎広行《おおかわづのたろうひろゆき》。
庄《しょう》の三郎忠家《さぶろうただいえ》。
同じく庄《しょう》の、四郎高家《しろうたかいえ》。
小代《しょうだい》の八郎行平《はちろうゆきひら》。
久下次郎重光《くげのじろうしげみつ》。
河原太郎高直《かわらのたろうたかなお》。その弟、次郎盛直《じろうもりなお》。
藤田三郎大夫行泰《ふじたのさぶろうだゆうゆきやす》。

こうした者たちをはじめとして総勢五万余騎が、二月四日、辰《たつ》の刻を四分した最初の一点めに都を進発して、その日の夕方から宵《よい》の口《くち》、申酉《さるとり》の刻に摂津《せっつ》の国の児屋野《こやの》に陣を布《し》いた。

搦手の大将軍は九郎《くろう》御曹司義経《よしつね》。これに従う人々は、以下。

安田三郎義定《やすだのさぶろうよしさだ》。

大内太郎維義《おおうちのたろうこれよし》。

村上判官代基国《むらかみのほうがんだいもとくに》。

田代《たしろ》の冠者信綱《かんじゃのぶつな》。

侍大将には土肥次郎実平《といのじろうさねひら》。

その子息、弥太郎遠平《やたろうとおひら》。

三浦《みうら》の介義澄《すけよしずみ》。

その子息、平六義村《へいろくよしむら》。

畠山《はたけやま》の荘司次郎重忠《しょうじじろうしげただ》。

その弟、長野三郎重清《ながののさぶろうしげきよ》。

三浦の介の弟、三浦の佐原十郎義連《さはらのじゅうろうよしつら》。

和田小太郎義盛《わだのこたろうよしもり》。

その弟、次郎義茂《じろうよしもち》。

その弟、三郎宗実《さぶろうむねざね》。

佐々木四郎高綱《ささきしろうたかつな》。

その弟、五郎義清《ごろうよしきよ》。

熊谷次郎直実《くまがえのじろうなおざね》。

その子息、小次郎直家《こじろうなおいえ》。

平山武者所季重《ひらやまのむしゃどころすえしげ》。

天野の次郎直経《あまのじろうなおつね》。

小河次郎資能《おがわのじろうすけよし》。

原三郎清益《はらのさぶろうきよます》。

金子十郎家忠《かねこのじゅうろういえただ》。

その弟、与一親範《よいちちかのり》。

渡柳《わたりやなぎ》弥五郎清忠《のやごろうきよただ》。

別府《べっぷ》の小太郎清重《こたろうきよしげ》。

多々羅《たたら》の五郎義春《ごろうよしはる》。

その子の太郎光義《たろうみつよし》。

それから片岡太郎経春《かたおかのたろうつねはる》。源八広綱《げんぱちひろつな》。伊勢三郎義盛《いせのさぶろうよしもり》。奥州《おうしゅう》の佐藤三郎嗣信《さとうさぶろうつぎのぶ》と、同じく四郎忠信《しろうただのぶ》。江田《えだ》の源三《げんぞう》。熊井太郎《くまいたろう》。武蔵房弁慶《むさしぼうべんけい》。これらは九郎御曹司の郎等、また股肱《ここう》の臣《しん》。

こうした者たちをはじめとして、総勢は一万余騎。同じ日の同じ時刻に都を発って丹波路《たんばじ》に入り、普通ならば二日を要する道程《みちのり》を馬に鞭《むち》打って一日で越え、播磨《はりま》と丹波の境《さか》いにある三草《みくさ》の山の東の麓《ふもと》、小野原《おのばら》に着いた。

三草合戦《みくさがっせん》――良いのは夜討ち

平家も陣容を調《とと》えていた。こちらは大将軍に小松《こまつ》の新三位《しんざんみ》中将資盛《すけもり》とその弟の少将有盛《ありもり》、同じく弟の丹後《たんご》の侍従忠房《じじゅうただふさ》、同じく弟の備中《びっちゅう》の守師盛《かみもろもり》、と今は亡き小松殿こと平重盛《たいらのしげもり》公のご子息が揃《そろ》われた。侍大将には平内兵衛清家《へいないびょうえきよいえ》と海老《え》次郎盛方《みのじろうもりかた》。これらの者をはじめとして総勢三千余騎。

小野原《おのばら》から三里を隔てて、三草《みくさ》の山のその西の麓《ふもと》に布陣していた。

その夜の戌《いぬ》の刻《こく》ごろに、源氏側では、九郎御曹司《くろうおんぞうし》が侍大将の土肥《とい》次郎《のじろう》を呼ばれた。

「平家はここより三里離れて、三草山の西の麓に、大軍で――」と言われた。「いるぞ。控えている。そういうことだ。で、どうしようか。どう思う。今晩、夜討ちをかけてしまうか。不意を衝《つ》いての奇襲を。それとも明日の合戦がよいか」

九郎御曹司義経《よしつね》は、まっとうな合戦か否か、と口調に表情《いろ》をまじえず問われる。

すると田代《たしろ》の冠者信綱《かんじゃのぶつな》が進み出る。

「明日の戦《いく》さにと日をお延ばしになれば平家には加勢がつきます。今、平家の軍勢は三千余騎。我がほうのそれは一万余騎。遥《はる》かに有利でございます。ですから、採るならば夜討ちの策」

　この進言に土肥次郎が感心した。

「よくぞ申されたな、田代殿。では、ただちに、お攻めになりますよう」

　大将軍はうなずかれている。夜襲と決まり、義経軍は打って出た。

　進軍に入るや兵《つわもの》たちは「この暗さはしかし、やはり暗くて暗くて。どうしたらよいのか」と口々に言い、それを大将軍は聞きつけられた。

　ひと言、九郎御曹司は言われた。

「それならば、例の大松明《おおたいまつ》はどうだ。どう思う」

「ああ、その手がありました。さすがは殿」と土肥次郎が答え、全軍に命じた。例の大松明を、と。小野原の民家に火がかけられた。燃える。それればかりではなかった。さらに野にも山にも、草にも木にも。燃える。義経軍にただ明かりを供するためだけに盛大に燃える。燃やされる、夜を昼に変えるために。事実、変えて、源氏の搦手《からめて》である九郎御曹司の軍勢は三里の山道を進んだ。越え進んだ。

　ところで夜討ちの進言者の田代の冠者信綱とは何者か。父は伊豆《いず》の国の前国司、中納言為綱《ためつな》。この為綱の子であって、為綱は狩野《かの》の介茂光《すけもちみつ》の娘を愛し、孕《はら》ませた。そうして生まれた者であり、母方の祖父たる茂光に預けられて初めから武士として育てられた。さらに素姓を尋ねると、後三条院《ごさんじょういん》の第三皇子《おうじ》であられる輔仁《すけひと》親王から五代の子孫と家柄も大変よい。そのうえで立派な武者だった。

義経勢は進軍する。平家の側ではどのような態勢がとられているか。まず夜討ちをかけてこようとは誰も知らないで、その夜を過ごしていた。「合戦は必ずや明日のことであろうよ」と言った。「明日だ、明日。そして合戦で眠気をもよおしては一大事。やれ、今晩は眠れ。たっぷり寝《やす》め。それが明日に備えることよ」と言いあい、あるいは命じ、命じられて、先陣にはわずかに用心する者もあったけれども後陣は全員、ただ寝た。ある者は兜《かぶと》を枕にし、ある者は鎧《よろい》の袖や箙《えびら》などを枕にし、前後不覚に寝入った。そして夜半ごろになり、源氏の軍勢は三里の山道を越え切る。一万騎が平家の陣に迫り、攻める。どっと鬨《とき》の声をあげる。

平家方の慌《あわ》てふためきようといったらなかった。弓を持たねばならない者が弓を忘れた。矢を携えねばならない者が矢を忘れた。いや、そもそも弓はどこにあるのか、矢はどこか。寝ついているのか、目覚めたのか。夢か、夢か、夢か。悪夢。馬に蹴られそうになった者は「いやだ、蹄《ひづめ》には断じてかかるまい——」と中を開けて馬を通した。陣中に源氏勢を通してしまった。逃げる——追いかける。落ちる——追いつめられる。源氏があそこに、ここにと攻めたてる。平氏の軍兵《ぐんぴょう》は五百余騎がその場で討たれた。両氏の——源平両氏のこの差。目覚めている者と寝ている者の差。平家方では手傷を負った者も多い。大将軍の小松の新三位中将資盛と、同じく大将軍の、弟、少将有盛と丹後の侍従忠房とは「面目なし」と思われたのか、播磨《はりま》の国の高砂《たかさご》という加《か》古《こ》の川の河口の湊《みなと》から船に乗って、讃岐《さぬき》の屋島《やしま》に渡られた。いま一人の大将軍、備中の守師盛は侍大将の平内兵衛清家と海老次郎盛方を伴い、一《いち》の谷《たに》へ参られた。

凄《すさ》まじい敗軍の様《さま》で。

老馬《ろうば》——道を知る一頭

平家の総帥は驚いて使者を立てられる。安芸《あき》の右馬《うま》の助能行《すけよしゆき》を使いに任じて、宗盛《むねもり》公は、一門の公達《きんだち》の方々へ告げられる。「九郎義経《くろうよしつね》が三草《みくさ》の陣を打ち破りましたぞ。早々に一《いち》の谷《たに》にも乱れ入るとのこと。山の方面こそは要《かなめ》です。おのおの方、そちらへ向かわれよ」と、そう告げられる。大臣殿にこう告げられた平家の公達は、みな辞退される。誰も「向かいます」とは応じられない。大臣殿はそこで、能登《のと》の守教経《かみのりつね》に期待し、使者を立てられる。

「たびたびのことではあるが、能登殿、あなたにお願いしたい。向かってくださらぬか」

「宗盛殿」と能登殿の返事が切り出す。「合戦はつねに『これは我が身にとっての一大事である』と思ってこそ立派にやれるものです。狩りではないし、漁《すなど》りではない。足場のよいところなら向かおうかなあ、悪いほうへは向かう気にならないなあなどと言っておっては勝利するはずがない。決して勝ちはしないのです。のう、総帥殿よ、大臣殿よ。ですから幾度でも結構。手強《てごわ》い方面へはこの教経が向かいましょう。かまいませんよ、今回もお引き受けいたしましょう。そして、教経が担った方面だけは源氏を打ち破ってお目にかけましょう。ご安心なさいませ。おみ足を地につけて、ご安心を」

頼もしい申しぶりに大臣殿はたいへんに喜ばれ、越中《えっちゅう》の前司《ぜんじ》盛俊《もりとし》をはじめとする一万余騎の軍勢を能登殿につけられる。この勢力を得、能登殿は、兄の越前《えちぜん》の三位《さんみ》通盛《みちもり》卿《きょう》とともに山の手を固められる。

山の手とはどこか。

一の谷の背後の、鵯越《ひよどりごえ》の麓《ふもと》を指す。

いよいよの合戦だからと、能登殿の兄の通盛卿はその能登殿が設けられた仮屋《かりや》のうちに北《きた》の方《かた》をお迎えする。名を小宰相《こざいしょう》と申すお方を。そして別れを惜しまれるが、このことが能登殿の烈火のようなお怒りを招く。「兄上。兄上よ！」と言われる。「なぜ大臣殿がこの方面に教経を向けられたか、忘れてしまわれたのですか。強《こわ》い敵が来るのですよ。手強い源氏が、厄介な九郎義経が！　のう、まことに強い。今、このときにも、山の上からざっと駆け下り、攻めるやも。そうなったら武器をとれますか。弓は持てるかもしれないが、矢をつがえられますか。それでは勝利など覚束《おぼつか》ない。あるいは矢をつがえられたとしても、弓を引けないのではないですか。これはなお悪い。ましてや、まして。まして！　そのように北の方と打ち解けていらっしゃる。何のお役に立ちますか。いざの場面で、何の！」と諫《いさ》められる。

すると通盛卿も、「うむ、もっとも――」と思われたのか、急いで鎧《よろい》を着ける。兜《かぶと》を着ける。北の方はお帰しになる。

源氏の大手《おおて》の軍勢はどうしているかといえば、五日の暮れ方に児屋野《こやの》を出発した。だんだん、だんだんと生田《いくた》の森に攻め近づく。平家方が雀《すずめ》の松原やその西の御影《みかげ》の杜《もり》、児屋野といった方面を見渡すと、火が認められる。平家方が雀の松原やその西の御影の杜、構えて、遠火を焚《た》いている。火。火。夜が深《ふ》け、そして平家方はその方角を眺めつづけ、まるで山の端《は》を出た月のように明るいぞと思う。遠火は敵軍を威圧するための篝《かがり》火《び》であるから、平家の側でも「――火。火！　遠火を焚けや！」と言う。生田の森でもただ形ばかりに火が焚かれる。

火。

火。

遠火と遠火。

夜が明けるにつれて、火は、晴れた空の星のようにも見渡される。瞬《また》いている。昔、「沢辺の蛍」と詠《よ》まれた情景があった。人々は、その情景がこれか、と今こそ思い知らされる。

しかし源氏は急がない。七日の卯《う》の刻《こく》を合戦開始と定めていた大手の源氏勢は、まるで慌てず、焦らず、あそこに陣を取っては馬を休め、ここに陣を取っては馬に飼葉《かいば》を食わせるなどしていて、急がない。

平家勢は、焦る。今攻めてくるのか。今もう攻めてくるのか。そう考えて気が気でない。その心、かき乱されている。紊《みだ》されている。

源氏の、蒲《かば》の御曹司《おんぞうし》範頼《のりより》に率いられる勢力はこのように五日の夜を過ごし、いっぽうに九郎御曹司義経に率いられる軍勢もあり、六日の曙《あけぼの》を迎える。この時刻、九郎御曹司は配下の一万余騎を二軍に分ける。まず土肥《とい》次郎実平《のじろうさねひら》を一の谷の西の方面に向かわせる。この一軍が七千余騎。残り三千余騎は自らが従えて、一の谷の背後の鵯越に向かわれる。ここを下《くだ》り、敵陣に攻め入ろうと画策されて、丹波路《たんばじ》から平家の後ろに回られた。この策を知り、兵《つわもの》たちは口々に「しかし、しかし――」と言った。「ここは険《けわ》しさで知られた地。そうした難所。敵に会って死ぬのはよいが、馬を駆るのに難儀する場所で落ちて死ぬというのは、よからぬ。よからぬぞ。おい、誰か、誰かこの山を案内できる者はいないのか。誰か――」と言った。

するとﾞ武蔵《むさし》の国の住人、平山武者所季重《ひらやまのむしゃどころすえしげ》が九郎御曹司の前に進み出た。

「この季重が、ここなる山の様子、よく知っておりますが」

「季重、お前がか」と御曹司がおっしゃられた。「東国《とうごく》育ちの者であるお前がか。お前にとっては、今日、初めて見る西国《さいごく》の山だろうに。にもかかわらず季重よ、その地理に通じているから案内人になれるなどと訴えられても、この九郎には到底、まことは思えないが」

ひやりと言われた。

しかし平山は重ねて告げた。

「九郎様のお言葉とは思えませんな。歌道に深く通じれば、歌枕となる吉野や初瀬《はっせ》の花は、訪ねずとも詠めるものでしょう。見ずともその桜花《おうか》の美を知れるものでしょう。これが歌人でございましょう。であるからには敵の籠った城の背後の様子は、その地理その他というのは、やはり剛《ごう》の者《もの》が知っております。心得ているわけでしょう、これ理の当然ながら」

その言い分、厚かましさを極めていた。

他にもまた九郎御曹司の前に進み出る者はいた。これも武蔵の国の住人である別府《べっぷ》の小太郎清重《こたろうきよしげ》で、生年《しょうねん》十八歳になった若者だった。こう言った。

「私の父でありました義重法師《よししげほうし》が自分に教えましたことには、馬でございます。それも老馬でございます。『敵に襲われて奥深い山道に迷ったとき、また、山越えの狩りをして同じように深山《みやま》で道に迷ったときでもよいが、その折りには老馬に手綱を任せて先に追い立ててゆけ。放って馬そのものに歩ませるのだ。そうすれば必ず道へ出る』――こう教えました」

「その父御《ちちご》、立派だな」と御曹司は小太郎清重の父を褒《ほ》められた。「九郎は大変に感心したぞ。たしかに『雪が野原を埋め尽くしても、老いたる馬は道を知る』という先例がある」

そして九郎御曹司は白葦毛《しらあしげ》の老馬に鏡鞍《かがみくら》を置き、白轡《しろぐつわ》を噛《か》ませ、手綱を結んで打ちかけ、先に追い立て、未知のその山の奥へと分け入ってゆかれた。時節は二月の初め、峰の雪はところどころ疎《まば》らに消えて遠目には花かと見えるところもある。谷の鶯《うぐいす》が訪れて、霞《かすみ》に迷っているようなところもある。登れば、白い雲のかかった山嶺《さんれい》が光り輝いて聳《そび》える。下《くだ》れば、緑がその山嶺に茂って青々とした断崖をなす。松の雪はまだ消えかねている。苔《こけ》の産《む》す細道が幽《かす》かに、幽かにと続いている。嵐が吹けば雪が散り、そうした折り折り、雪は梅の花かとも疑われる。

東に西にと、軍勢はみな、馬に鞭《むち》をあてて進む。それぞれに馬の足をしっかりと速め、三千余騎のその義経軍は進む。そのうちに日も暮れる、山道に。みな馬を下りて陣を張った。

それから武蔵房弁慶《むさしぼうべんけい》が九郎御曹司の前へ参った。

一人の老人を連れていた。

御曹司が「弁慶、これは何者なのか」と問われる。武蔵房弁慶が「この山の猟師でございます」と答える。

「なるほどそういうことか。つまり山の様子はよく知る、と。老人よ、ではありのままに申せ」

「むろん山のことであればぁ、存じておりますよう」老猟師は言った。

「私《わたくし》たちは、ここから平家の城郭、一の谷へ下ろうと思う」御曹司は、さらりと言われた。大事な秘計を相手に明かされた。「馬でな、駆け下りようと思うのだが、どうだ」

「それはぁ、滅相《めっそう》もございませぬなあ」老猟師ははっきりと不可能であると言った。

「三十丈の谷でございましてな。それから十五丈の、突き出た岩でございましてなぁ。聞けばおわかりになりますように、そうした難所は人の通れるところではないわけでして、ましてやお馬に乗ってなどは本当に思いもよりませぬなあ。加えましては、はぁ、平家の城の内では落とし穴も掘り、菱《ひし》を植えて待ち構え申しているでしょうよなあ。先を尖《とが》らせた竹や木などを、地面に」

「老人よ」

「はぁ、なんでしょう」
「さようなところを、さて鹿は通うか」
「鹿は、通いますなぁ。往来いたしますなあ。こう、世の中が暖かになりさえします
と、草の深く茂ったところに臥《ふ》そうとして播磨《はりま》の鹿は丹波へ越えてまいりますよ。逆
に世の中が寒くなりさえしますと、雪の浅いところで餌を食《は》もうとして、はぁ、丹波
の鹿は播磨の印南野《いなみの》へ通ってまいりますなあ。はい、通いますよう」
「つまりそこは、馬場なのだ。そうだろうが」
御曹司がすっと断じられた。異様な鋭さ、冷たさで。
「馬どもを調教するための場所といっさい変わらん。鹿の通えるところを馬が通えぬ
という道理はないぞ。そうであろう。だから老人よ、他ならぬお前がただちに九郎た
ちの道案内を務めよ」
「いやいやぁ、自分はご覧のとおりの年寄りでございますからなあ。ご案内などはと
ても、とても」
「ならばお前に、子はないのか」
「子。ああ、それならばありますよう」
御曹司がお求めになったことで老猟師は生年十八歳になる子をさしだした。名を熊《くま》
王《おう》という童《わらべ》で、その場で頭髪を束ねあげ、髻《もとどり》に結って元服させ、父親が鷲尾《わしお》の荘司武《しょうじたけ》

久《ひさ》というので鷲尾の三郎義久《さぶろうよしひさ》と名乗らせた。三郎義久を先に立たせて、九郎御曹司はこれを案内人としてお連れになる。

鷲尾の三郎義久とは、そののち、平家追討を経て御曹司が鎌倉の佐殿《すけ》と仲違《なかたが》いし、奥州《おうしゅう》でお討たれになったとき、同じところで、いっしょに死んだ兵《つわもの》だった。出会いはこの山道にあった。

一二《いちに》之《の》懸《かけ》——抜け駆けを競う

敵軍の後ろを攻めるのが搦手《からめて》であり、正面から攻め向かうのが大手《おおて》で、九郎御曹司《くろうおんぞうし》義経《よしつね》の軍はまず、兄、蒲《かば》の御曹司範頼《のりより》の軍に対して搦手となった。その後に九郎御曹司は自軍を二手に分け、七千余騎を土肥次郎《といのじろう》に預けて一《いち》の谷《たに》の西の城門に向かわせられた。九郎御曹司その人は三千余騎を率い、一の谷の背後の鵯越《ひよどりごえ》を指して、こうして鷲尾《わしお》の三郎義久《さぶろうよしひさ》を案内人に迎えて進まれた。つまり土肥の軍勢は搦手の中の大手。かたや九郎御曹司の軍勢は搦手だった。またも搦手。総勢一万余騎という義経軍の搦手の中の搦手。

六日の夜半ごろまでは、この、搦手の中の搦手の軍勢に属していたのが熊谷次郎直《くまがえのじろうなお》実《ざね》と平山武者所季重《ひらやまのむしゃどころすえしげ》だった。が、熊谷次郎は子息の小次郎直家《こじろうなおいえ》を呼び、こう切り出した。

「俺たちは搦手にいる。この軍勢はな、鵯越という難所を馬で駆け下《くだ》ることになる。全軍、一団となってな。すると、誰が先駆けだとも決まるまい。誰にも手柄は与えられまい。さあお前、これから土肥次郎が殿の命《めい》をうけて向かった播磨路《はりまじ》のほうへ行き、一の谷の先駆けをしてやろう。一の谷の西の城門でな。どうだ」

「すばらしいです、父上。直家もまさにそう申しあげたいと思っていたのです」と小次郎は応じた。「では、ただちにお攻め寄せなさりませ」

「ふと思い出したが」と父の熊谷が言った。「平山もこの搦手にいたな。平山季重も。あれも、おのれ一人で立てる手柄を好む武者。大勢の兵《つわもの》が入り乱れる戦いを好まぬはず――」そう思案して、下人《げにん》に命じた。「ちょっと平山の様子を見てまいれ」

下人は偵察した。あんのじょう平山は熊谷よりも先に支度をしていた。しかも独り言をぶつぶつ口にしていた。「他人《ひと》は知らず、この季重に限っては一歩も退《しりぞ》いたりはせぬ、せぬわ」と。また、平山の下人が馬に飼葉《かいば》を食わせていたが「この、長々と草を食いやがって。憎い奴め。急げ!」と当の馬に鞭《むち》を打ち、すると平山が「よせ。その馬とも今宵限りで別れるのだぞ」と言うのを聞き、出発するのを探り見た。熊谷の下人は走り帰って、急いでこのことを主《あるじ》に告げた。

「やはりそうかよ」

熊谷は言った。父の熊谷次郎は。そして、子、小次郎とともにすぐに出立した。父、熊谷は褐《かち》の直垂《ひたたれ》に赤革威《あかがわおどし》の鎧《よろい》を着て、後方からの矢を防ぐために鎧の背につける幅広の布である母衣《ほろ》には紅《くれない》のものを用意して膨らませ、「ごんだ栗毛《くりげ》」という名立たる駿馬《しゅんめ》に乗った。小次郎は沢瀉《おもだか》の葉の模様を薄く刷《す》った直垂に節縄目《ふしなわめ》の鎧を着て、「西楼《せいろう》」という白月毛《しらつきげ》の馬に乗った。あと一人、旗持ち役の従者は麴塵《きじん》の直垂に小桜《こざくら》を黄に染め返した鎧を着て、黄河原毛《きかわらげ》の馬に乗った。父、子、そして旗差し。三騎は御曹司の率いる搦手の中の搦手が駆け下りる予定の谷を左にし、右のほうへ馬を進め、そのうちに人も長年通ったことのない田井《たい》の畑《はた》という古道を経て、一の谷の波打ちぎわに出た。

波打ちぎわに三騎。父と子と旗差し——この三騎。まだ夜は深い。土肥次郎実平《さねひら》の七千余騎は、そのため、一の谷に近い塩屋というところに待機している。大手は——搦手の義経軍の中の大手、七千余騎は。控えている。そこを夜陰に紛《まぎ》れてつっと抜ける。三騎は通り抜ける。そして一の谷の西の城門に押し寄せる。まだ夜は深々と深い。平家方の陣中も静まり返り、音一つしない。

味方は一騎も続いていない。

熊谷次郎直実が子息の小次郎直家を呼ぶ。

「先陣の功名を立てたいとは誰もが思っている。ほとんど我も我もとな。多いぞ。多いはずだ。直実だけがそれを狙い、ここに来たと浅はかに思ってはならん。いいか、直家。その辺にいるやもしらん。夜の明けるのを待って、今は馬を控えてな。すでにこの城門まで押し寄せているにもかかわらず、な。だとしたら、ぐずぐずはできんぞ。いざ——」と言う。「名乗りを」

馬を、垣《かき》のように並べられた楯《たて》まで進めた。掻楯《かいだて》のぎりぎり側《そば》まで。そこまで近寄せて大音声《だいおんじょう》をあげる。

「武蔵《むさし》の国の住人！」と闇に声を張りあげる。「熊谷次郎直実！　その子息の小次郎直家！　一の谷の先陣、果たした！」

その名乗りに平家の陣中からの反応は、ない。城門のその内側では言いあっている。「よしよし、静かにしていろ。このまま音を立てずにいろ。こちらは、このまま。敵に馬の足を疲れさせれば、それでいい。矢を射尽くさせれば、それでいい。よしよし」と。

ひと言でも返事をし、応戦する者がいない。

誰も相手にならない。熊谷父子《おやこ》の。

前では。

そして後ろでは。

ややあって後ろから武者一騎が現われた。熊谷父子と同様に、また。そこから問いと答えが続いた。

「誰だ」

「季重なり。そう問うのは、誰だ」

「直実なり」

「ぬう熊谷殿か。いつからだ。いつからここに」

「宵だな。そういうわけよ、平山殿」

平然と、宵の口からだと欺いた。

平山武者所季重は言う。

「俺もなあ、すぐに続いて攻め寄せるはずだった。しかし、この季重、実は成田五郎《なりたごろう》に騙《だま》されたのだ。それで後《おく》れた。今となるまで。成田がな、『死ぬときは同じところで死のう』と俺と契《ちぎ》ったのだ。だから俺は、『それでは』と連れ立って進んだ。この西の城門に寄せようとな。すると成田が言うのだ、『平山殿よ、あんまり一番乗りだ一番乗りだとお逸《はや》りなさるな。先駆けはな、それをするときに味方の軍勢を後ろに置いて駆けるからこそ、見てもらえるのだろうよ。手柄であれ思わぬ失策であれ、人に知られるのであろうよ。仮に、ただ一騎、敵の大軍のなかに駆け入って討たれたとして、さて、それに何の甲斐《かい》がある』と。こう制したのだ。俺はもっともなことだと思い、小坂のあったところで先に馬を進めて登り、それから馬の頭を坂の下に向くよう

に手綱を捌いて、待った。味方の軍勢を待った。すると成田も続けてやってきた。俺
はな、馬を並べて戦いの手筈をあれこれ取り決めるのだろうと思っていた。この季重
と成田とは契ったのだからな。それが、どうだ。成田は俺をちらっと見た。冷たい一
瞥だった。そのまま、つっ、と駆けて通り過ぎた。俺はわかったよ、こいつは俺を騙
して一番乗りを果たす気だ、そうわかったよ。成田は距離にして五、六段か、だいた
いその程度隔たって、俺の先を行っていた。しかし俺は目をつけたのだ、成田の馬は
俺の馬よりも弱い。弱そうだ。俺はこの馬にひと鞭あてた。今、乗っている馬にな。
追いついた。もちろん成田には声をかけたさ。『成田殿、よろしくないぞ。この季重
ほどの者を騙されなさるのだからな。狡いわ!』とな。そして成田など打ち捨ててこ
こに寄せた。攻め寄せたのだ。どれ、成田は後れに後れているであろう。よもや俺の
後ろ姿も、見てはおるまい」

平山は語り切った。

熊谷に子と旗差しがいたように、平山にも旗差しがいて、あわせて五騎だった。五
騎が、そこに控えた。待機を続けるうちに東の空が、しだいに、明ける。熊谷は一度は
平家軍に向けて名乗っている。平山に先んじて名乗りはあげていたけれども、こいつ
がいるところで再度名乗ろうと思ったのか、また搔楯のその側にまで馬を寄せる。近
寄せる。そして大音声を、再び、「先ほども名乗った武蔵の国の住人!」と始めて、

あげる。「熊谷次郎直実！　その子息の小次郎直家！　一の谷の先陣を果たした、果たしたぞ！」今度は白々とした払暁に声は響いた。「我こそはと思う平家の侍は、立ち向かって勝負せい！」

喚《わめ》きたてる声を聞いて平家の陣中からの反応は、あった。城門のその内側で、「さてと」と兵《つわもの》たちが言った。「夜通し名乗る熊谷の親子、引っ下げてこようぞ。あれらの首。あの騒がしい口のついた首」と。侍たちは進み出た。それらの平家軍の面々は、誰か。誰と誰と誰か。

越中《えっちゅう》の次郎兵衛盛嗣《じろうびょうえもりつぎ》。

上総《かずさ》の五郎兵衛忠光《ごろうびょうえただみつ》。

悪七兵衛景清《あくしちびょうえかげきよ》。

後藤内定経《ごとうないさだつね》。

こうした者たちをはじめとして主《おも》だった猛者《もさ》が二十余騎。城門を開いて駆け出した。

そのとき、平山はどうだったか。平山武者所季重は、滋目《しげめ》結《ゆい》の直垂に緋威《ひおどし》の鎧を着て、後方からの矢を防御するために背負った母衣《ほろ》は二引両《ふたつひきりょう》の紋、それを膨らませて、「目糟毛《めかすげ》」という名立たる駿馬に乗っていた。平山の従者の旗差しは、黒革威の鎧を着て兜《かぶと》は目深《まぶか》にかぶり、いわゆる猪首《いくび》に着なして、さび月毛の馬に乗っていた。そして平山が名乗った。

平山も。むろん大音声で。

「保元《ほうげん》の合戦にも平治《へいじ》の合戦にも先駆けをした、武蔵の国の住人！」と声を張りあげた。「我、平山武者所季重！」

そして平山は自身の旗差しと二騎、馬の鼻を並べて、喚声とともに突き進む。

熊谷が進む。

平山が続く。

熊谷が続く。

平山が猛進する。

互いに「我劣らじ！」と入れ替わり立ち替わり、それぞれの馬に鞭打ち、火の出るほどに攻めたてる。平家の侍たちは手厳しく攻め撃たれて、これは敵《かな》わぬと思ったのか、城の内にざざっと後退する。そして熊谷とその子と旗差し、平山と旗差しという敵を城郭には入れず、外に締め出しておいて防戦する。

熊谷の馬が太腹《ふとばら》を射られ、跳ねあがり、熊谷は片足を鞍越しに外す。さっと地面に降り立った。子息の小次郎直家も「生年《しょうねん》十六歳！」と名乗り掻楯のきわに馬の鼻がぶつかるほど近寄せて攻め戦っていたのだが、左の腕を射られて馬より飛び下り、やはり地面にさっと立つ。父と子は並んだ。

「小次郎、どうした。手傷か」

「負いました」

「いいか、小次郎」と父は教えた。「つねに鎧を揺すりあげて、札《さね》と札との間に矢の突き通る隙間を作らぬようにせよ。隙間から鎧の裏まで射貫《いぬ》かれてしまうようなこと、避けよ。そして兜の錣《しころ》だ」と、兜の鉢のその左右と後方とに垂れる防具の錣に言い及んだ。「それを傾け、首にぴたりとつけよ。なにより額を射さすなよ、敵に」

まさに戦闘の最中《さなか》に教えた。戦《いく》さの技を。父が、子に。

そして父、熊谷が鎧に立った矢を荒々しく払い捨て、城門のその内側を睨《にら》み、また大音声をあげる。

「去年の冬の頃あいに鎌倉を出立して以来、命は兵衛《ひょうえ》の佐殿《すけどの》にたてまつり、屍《かばね》を一の谷に晒《さら》さんと覚悟を決めている直実だぞ！　さあ、室山《むろやま》と水島《みずしま》の二度の合戦にて手柄を立てたと称する越中の次郎兵衛はいないか。能登《のと》殿はおられぬのか！　上総の五郎兵衛はどうだ。悪七兵衛はいないか。いないのか！　さては功名を立てるのに弱い相手ばかりを選んでいるというわけか。さては直実ほどの勇士ともなると腰が引けたか。そうではないと申し立てたいのならば、勝負せいや！」

咆哮《ほうこう》した。

これを聞いて越中の次郎兵衛が、好みの装束《しょうぞく》の紺村濃《こむらご》の直垂に赤威《あかおどし》の鎧を着て、白《しら》葦毛《あしげ》の馬に乗り、熊谷を目がけて馬を歩ませた。ゆっくりと、ゆっくりと、進む。対する熊谷とその子、小次郎は、親子の間には割り込ませまいと立ち並び、それぞれに太刀《たち》を額に当てる。一歩も後ろへ退《ひ》かず、前へ、前へ進む。これを見て、越中の次郎兵衛はどうも敵わぬと思ったのか、引き返す。同じように、それを見て、熊谷が叫ぶ。「ただいま取って返す侍よ！　どうした、越中の次郎兵衛とお見受けしたが、相手として直実のどこが不足か。馬を並べよ、押し並べよ！　そして組み、組み討てや！」「それはな」と越中の次郎兵衛は言った。「そのとおりではあるのだが、また、とんでもないことであってな」

平家の城郭の内にいる悪七兵衛がこうした展開を見、「なんともなんとも、あなた方の行動は」と言い、「見苦しい」と続けて、今にも組み討ちしようと駆け出した。しかし次郎兵衛がその鎧の袖をひきとめる。「待たれよ」と言った。「我らの主君のおん大事はこれにには限るまい。挑発に乗ること、おやめなされ」

こう制し、悪七兵衛は組まなかった。

その後に熊谷は乗り替えの馬に乗った。下人が余備の馬を出し、それに乗り、さらに喚《おめ》いて攻め駆けた。平山はといえば、熊谷親子のその戦いの間に馬を休息させていて、それからまた続いて攻め駆けた。平家のほうには馬に乗った武者は少ない。櫓《やぐら》の上の兵士たちが矢先を揃《そろ》えて、矢を射る、矢を射る、雨の降るように射る。しかし、入り乱れる合戦の場に、味方は大勢、敵はわずか。よって熊谷たちの姿は紛れてしまい、矢も当たらない。次いで平家の陣中では下知《げじ》が出る。「ただ馬を押し並べて、組め、組め！」と。その命令は実行されたかといえば、そうではない。平家の馬は、やたらと乗りまわされるというのに飼葉をまともに与えられていない。普段は船中に立たされているから、疲れ切り、痩《こ》けている。いっぽうで源氏勢の熊谷と平山の馬は、日頃からたっぷりと飼葉《は》を食み、しっかりと肥えて大きい。いちど体当たりを喰《く》らわせられれば、どの馬も蹴倒されてしまいそうなのが平家の実情なので、押し並べて組もうとする武者が一騎もない。そんななか、平山が旗差しを射られた。我が身に代えてもと大事に思っていた従者だった。平山は敵軍のただなかに割って入った。その場で、射たその当の仇《かたき》を討った。首を刎《は》ねて分捕《ぶんど》り、城の外に戻ってきた。熊谷も多くの分捕りをした。

さて熊谷は、先に攻め寄せたのだけれども平家が城門を開かず、駆け入ることが叶《かな》わなかった。対して平山は、後から攻め寄せたのだけれども平家が城門を開いたので、駆け入れた。そのために熊谷と平山はどちらが先陣か、二陣かと、のちほど争うことになる。

後日、そうした言い争いが生じた。

二度之懸《にどのかけ》——兄弟あり、父子あり

そうしているうちに成田五郎《なりたごろう》も追いついた。平山を騙《だま》した成田五郎が。また義経《よしつね》軍の例の搦手の中の大手に当たる土肥次郎《といのじろう》の七千余騎が、その土肥を先頭にしてやはり一《いち》の谷《たに》の西の城門に押し寄せた。七千余騎の内に属した武将がそれぞれ自分の家紋を目印として付けた旗を騎乗の従者に掲げさせ、まさに、色とりどりの軍旗とともに喚《おめ》き叫んで攻め戦った。

これが西。そして城郭の一の谷の、東に、東に、ずっと東にと向かったところに平家の大手《おおて》、生田《いくた》の森がある。正面の城門がある。源氏の大手である範頼《のりより》軍は五万余騎、その大手そのものの大手は陣をしっかりと固めていた。生田の森の城門、その柵の外に。平家方の最前衛の、前に。

その、前なる軍勢の内に、ひと組の兄弟がいた。武蔵《むさし》の国の住人で、本姓は私市《きさいち》の、河原太郎《かわらのたろう》と河原次郎という兄弟が。そして兄の太郎高直《たろうたかなお》が弟の次郎盛直《じろうもりなお》を呼び、こう切り出した。

「大名は——」と言った。名田《みょうでん》を数多く持った力ある武将を指して。「自ら手を下《くだ》さずとも、家人《けにん》の手柄をもって自分の名誉とすることが叶《かな》う。大勢の家の子なり郎等《ろうどう》なりのな。しかし我々はどうだ。家人と呼べる手勢がない。私市党に属するだけよ。自ら手を下さねば名誉は得られぬ。今、この範頼殿の大手五万余騎は敵をすぐ前に置きながら、矢の一本も射ずにただ控えている。ただ待っている。焦《じ》れったいものよ。そこで、この兄の高直はな、まず平家の城の内に紛《まぎ》れこんで一矢射かけようと決めた。──すると」

決意をさらに語った。

「千万に一つも生きて帰れることはないな。弟よ、盛直よ。お前はここに残り、証人になってくれるか。後日、論功行賞が行なわれるのに備えてな」

軍功には証人が要るからと兄は頼み、弟は、はらはらと涙を流した。弟の河原次郎は、言った。

「悲しいことを言われますな。口惜しいばかりです。我々はただ二人しかいない兄弟。なのに兄を討たせて、弟一人が後に残るとなって、どれほどの栄華を保てますか。別々のところで討たれるよりも、ぜひ、同じところで。いっしょに討ち死にを果たしましょう」

弟が言い、兄が聞いた。兄弟は下人《げにん》どもを呼び寄せ、最期《さいご》のありさまというのを故郷の妻子らに伝えるようにと命じ、馬にも乗らずに藁草履《わらぞうり》をはき、弓を杖《つえ》代わりにして、生田の森に構えられた逆茂木《さかもぎ》を登り越えて平家のその城郭の内に入り込んだ。星の光以外に明かりがないので、鎧《よろい》の札《さね》を綴《つづ》りあわせる縅毛《おどしげ》の色もはっきりしない。河原太郎は大音声《だいおんじょう》をあげた。

「武蔵の国の住人の、河原太郎私市高直《かわらのたろうきさいちのたかなお》！　同じく次郎盛直！　我らこそは源氏の大手、生田の森の先陣なり！」

名乗った。その名乗りを平家側が聞き、いかに反応したかといえば、「東国《とうごく》の武士ほど恐ろしいものはないからな」とまず言い、次いで「これほど大勢の敵の中へ、たった二人で入って、さあ何ができるか。どれほどのことをしでかせるか。よしよし、しばらく可愛がってやれ」と言い、討とうという者は一人もいない。そんな中、河原兄弟は弓を射る。二人揃《そろ》って傑出した弓の名手であったので、矢をつがえては、引く。つがえては、引く。

さんざんに射ている。

平家側が「憎い兄弟め」と言い、「さあ討て」と声がかかり、途端、こちらにも弓を引き絞る者がいる。西国《さいごく》にその名も高い強弓《つよゆみ》の猛者《もさ》、備中《びっちゅう》の国の住人真名辺四郎《まなべのしろう》と真名辺五郎《ごろう》という兄弟の片割れ。四郎は一の谷に配されて、生田の森に来ていたのは五郎だったから、その五郎。こうした展開に臨み、ひょうっと矢を放った。矢は、風を切る。飛ぶ。ふっと的を射貫《いぬ》く。河原太郎が鎧の胸板を後ろまで貫通されている——つっと。河原太郎は弓を杖にして、縋《すが》る、もう動けない。弟の次郎が駆け寄る。兄を肩にひっ担《かつ》ぐ。逆茂木を登り越えようとする。越えて、源氏の陣中に帰ろうとする。真名辺の二の矢が飛ぶ。

ひょうっと。ふっと。そして——つっ、と。

河原次郎は鎧の下に垂れる草摺《くさずり》と草摺の隙間を射られて、兄といっしょに同じところに、伏す。倒れ伏す。

真名辺の下人がその場に駆けつける。

河原兄弟の首を取る。

真名辺五郎はこれを大将軍の新中納言知盛卿《とももりきょう》のご覧に入れる。知盛卿は「あっぱれ剛《ごう》の者《もの》よ」とおっしゃる。「これこそ一人当千《いちにんとうぜん》の兵《つわもの》。これほど惜しい者たちを助けてやれなかったのは、この知盛としても不本意」

そして下人が走る。源氏の陣に向かって、河原兄弟に仕えていた下人どもが、走り帰り、その陣中で大声をあげる。「河原殿兄弟が」——走りまわる——「ただいま平家方の城の内へ先駆けし」——叫び立てる——「お討たれになりました」——報《しら》せる。

その先陣の功を。

侍大将、梶原平三景時《かじわらへいぞうかげとき》がこれを聞いた。

「私市党の方々よ、失態であった。迂闊《うかつ》にも河原兄弟を孤立させ、むざむざと討たさせてしまったな。しかしながら機は熟した。今こそ合戦の潮時、寄せよ！」

攻め寄せよと命じ、どっと鬨《とき》を作る。ただちに、続いて五万余騎が一度に鬨の声をあげる。足軽たちが逆茂木を取り除《の》ける。平家側の逆茂木を、源氏側の馬に乗らない軍兵《ぐんぴょう》たちが。それも梶原勢の足軽が。そして梶原景時の騎馬の軍勢は五百余《あま》り、喊声《かんせい》をあげて進撃する。梶原の次男、平次《へいじ》景高《かげたか》はどうしても一番乗りを逸《はや》っている。進み過ぎている。それを目にとめ、父、平三景時は使者を送る。

「大将軍のご命令には『後陣の軍勢が続かないのに先駆けした者には恩賞を与えてはならぬ』とある。失念するな」

こう言い送る。平次は、しばらく馬をとめ、まず一首詠《よ》む。

もののふの　　武士が、その先祖から
とりつたへたる　　伝えた、旧《ふる》き旧き旧き
あづさ弓　　梓弓《あずさゆみ》というものは
ひいては人の　　一度引いたら戻らないのですから、私も
かへすものかは　　こう進んでは、帰れませんね

そして使者に「ただいまの歌、後方の父上に申しあげよ」と言い切って、やはり突進する。喊声をあげて。

梶原が咆哮《ほうこう》する。

「平次を討たせるな。続け者ども！」と吠《ほ》える。「景高を、平次景高を討たせるな。続け、続けや者ども！」

父の平三景時が進む。兄の源太景季《げんたかげすえ》が進撃する。同じく三郎が続いて前へ、前へ、前へ。梶原勢五百余騎が平家の大軍のなかへ駆け入っている。さんざんに戦う。結局はわずか五十騎ほどに討たれ、さっと引きあげて敵陣を出た。

どうしたことか、景季の姿がない。

源太景季がいない。

父が問う。「どうした源太は。郎等ども！」

答えがある。「敵陣に深入りし、どうやらお討たれになったご様子――」

梶原平三はこれを聞き、「俺がこの世に生きていようと思うのも、子供のため」と断じる。「源太が討たれては、平三景時の命が残っても詮《せん》ないわ。引き返せ！」

こう吠え、また敵陣に取って返した。

梶原は大音声をあげて名乗った。

「その昔、八幡太郎《はちまんたろう》こと源義家《みなもとのよしいえ》殿が後三年《ごさんねん》のおん戦いで出羽《でわ》の国千福《せんぷく》の金沢の城をお攻めになったとき、生年《しょうねん》十六歳で先駆けして、左の眼《まなこ》をば兜《かぶと》の鉢付《はちつけ》の板に射つけられながらも返しの矢を射て、その仇《かたき》を射落とし、後代に名をあげた鎌倉権五郎景正《かまくらのごんごろうかげまさ》の子孫、梶原平三景時、一人当千の兵なり！　我と思わん人々は、この景時を討ってみよ！　この景時の首、平家の大将のお目にかけよ！」

喚《おめ》き叫び、駆け入った。

平家方では、まさにその大将軍の新中納言がおおせになる。「梶原だと。それこそ東国に知られた剛の者。梶原景時ならば、余すな。討ち漏《も》らすな」と知盛卿は下知《げじ》される。「討て！」

大軍のなかに梶原を取り籠《こ》めて知盛卿は攻められる。梶原は、しかし、わが身の危険は顧みない。源太はいずこ――源太はいずこ！　数万騎もの数多《あまた》の平家勢のなかを縦様《たてざま》に横様《よこざま》に、八方に、また十文字にと疾駆し、駆け破り、源太を捜す。いた。源太は激戦の間に兜の括《くく》り緒《お》も緩《ゆる》み、阿弥陀《あみだ》かぶりになって顔面をさらし、戦い、戦い、馬も射られて地面に足で立ち、二丈ばかりある崖を後ろにして、敵五騎のなかに取り籠められ、郎等二人を左右に立てて、脇目もふらず戦い、戦い、命も惜しまずここを最後と防ぎ戦っていた。いた。父がこれを見つける。梶原平三景時がこれを見つけて、「まだ討たれずに、いたな！」と急ぎ馬から飛び下りる。

「景時、ここにあり！　よいな源太、死すとも敵に後ろを見せるな」

親子が並ぶ。父と子とで五人の敵を、三人討ちとる、二人には傷を負わせる。武士はな、と父が息子に教える。進むも退《ひ》くも時によるぞ。

「さあ、来い。源太」

退却を告げる。父の梶原が自分の馬に源太も乗せ、敵陣を出る。帰った。

これが梶原の二度の駆け。後世に知られる——二、度の、駆け。

坂落《さかおとし》——奇襲者義経《よしつね》降り立つ

梶原《かじわら》勢はこのように攻めた。そして、続いて大名では秩父《ちちぶ》、足利《あしかが》、三浦、鎌倉の一族が、党では猪俣《いのまた》、児玉《こだま》、野井与《のいよ》、横山、それから西党《にし》、都筑《つづき》党、私市《きさいち》党と、言われるところの武蔵《むさし》七党の軍兵《ぐんぴょう》が攻め寄せた。源平両氏の全軍が入り乱れた。入れ替わり入れ替わり次々と名乗りをあげる。名乗り出る。喊声《かんせい》をあげる。そうした喚《おめ》きが山に谺《こだま》して、馬の駆け違う音は雷のように轟《とどろ》いていて、射交わす矢は雨かとばかりに降る。ざんざんと降る。手傷を負った仲間を肩にひっ担《かつ》ぎ、後ろへ退《しりぞ》く者がいる。浅傷《あさで》を負い、なお戦う者がいる。深傷《ふかで》を負い、討たれる者がいる。生きている、死んでいる、死んでいる。ある者は馬を押し並べて組み、地面に落ち、刺し違え、死ぬ。あるいは組み伏して首を斬る、あるいは敵に首を斬られる。その形勢は互角、いずれにも乗ずる隙があるとは見えない。すなわち、これほどの激戦を演じても源氏はその大手《おおて》の攻撃だけでは平家の陣を打ち破ることができるとは見えない。蒲《かば》の御曹司《おんぞうし》範頼《のりより》を大将軍とする大手だけでは。

しかし搦手《からめて》がいる。

九郎《くろう》御曹司義経《よしつね》が大将軍を務められる搦手が。

七日の明け方にその搦手の中の搦手が一《いち》の谷《たに》の後方の鵯越《ひよどりごえ》に上がり、今にもそこを馬で駆け下りようとなさっている。三千余騎の軍勢、これに驚いたのか、山の獣《けもの》が三頭動いた。柄の大きな雄鹿二頭と雌鹿が一頭、平家の城郭の一の谷へ逃げるように走り下りた。城の内の兵士たちは大いに騒いだ。「里近いところにいる鹿も、いつもは俺たちを恐れて山深くに逃げ入る。なのに――」と言いあった。「これほどの大軍が控えるところにわざわざ下りてきたのはなぜだ。どう考えても、あれだぞ。上に源氏がいる。上の山からその軍勢が攻め下《くだ》るのに違いないぞ」

このとき、伊予《いよ》の国の住人、武智《たけち》の武者所清教《むしゃどころきよのり》が進み出た。

「ま、何者であれ、敵のほうから出てきたものを逃がすのはいかんな。いかんぞ」

そう言い、大鹿二頭を射留めた。雌鹿は、射ずに通してやる。この方面の平家軍の侍大将は越中《えっちゅう》の前司盛俊《ぜんじもりとし》だったが、これを見て「無益な殺害を」と言った。

「なんたる無駄な殺生をするお方だ、あれは。鹿ごときを射るなんぞ。今の矢一つで敵十人は防げようにも。ただただ、矢の悪遣《わるづか》い」

そうした行為は慎《つつし》め、と侍大将盛俊は制した。

これが山の下でのこと。そして山の上には九郎御曹司義経がおられる。平家の城郭を遠く見下ろしておられる。遥《はる》かに見渡しておられる。ひと言、おっしゃられる。

「さあ、馬どもを」とおっしゃられる。「ここから落としてみるか」

鞍《くら》を置いた馬を試みに下に追い落とす。どうなったか。ある馬は足を折って転げ落ちる。ある馬は無事に下りる——駆けて、下りる。そして馬具を装備した三頭の馬が、越中の前司盛俊の屋形の上方にちゃんと下《くだ》り着いて、身振るいをして立つ。

「見たか。立ったな」御曹子はその様《さま》を確認された。「そういうことだぞ。馬どもは乗り手がそれぞれに注意して坂を駆け下りさせれば、傷つくまい。怪我もしなければ死にもせぬということだ。よって——落とせ、駆け下りよ、この坂を！　なによりも私《わたくし》、この義経を手本とせよ！」

御曹司が先頭を切って、まず三十騎ばかりで下りられる。躊躇《ためら》いはない。大軍がみな、続いた。落ちる——駆けて、下りる。後陣で下りる人々の鐙《あぶみ》の先が、先陣の鎧《よろい》や兜《かぶと》に当たる、ぶつかりそうになる。坂は小石まじりの砂地で、滑る、その砂に乗って滑り落ち、二町ばかりざざっ、ざざっ、ざざざざっと下る。ざざざざっ、ざざざざざっ、途中の平たい、壇を成しているところで馬を止める。

そこから下方を見下ろす。

苔産《こけむ》した大きな岩盤が、十丈、十一丈、十二丈、十三丈、いや十四、五丈も垂直に切り立っている。

後ろへは引き返せない。

もっと先に駆け下りるのは無理、と見える。

軍兵たちは「お終《しま》いか、これで。ここで――」と呆然《ぼうぜん》と馬の手綱を控える。

しかし全員ではない。佐原十郎義連《さわらのじゅうろうよしつら》が進み出た。

「三浦にあっては、我々は」と相模《さがみ》の国の故郷の名を出して言い放ちはじめた。「鳥一羽を追い立てて狩りをする場合であってもこのようなところを駆け歩いているのだ。ここなぞ、三浦のほうでは馬場も同然よ」

佐原十郎は先頭に立った。下りる――落とす、馬を落とす。その佐原に軍兵たちもみな続いた。押し殺したえい、えいえいという声を発して馬に気合いを入れて、励まし励まし下る。峻険《しゅんけん》な崖のあまりの恐ろしさに目を塞《ふさ》いで駆け下る。人間のやることではまったくなかった。鬼神さながらの業《わざ》だった。

そして全軍が下り切らないうちに、どっと鬨《とき》の声をあげる。

義経軍三千余騎の声、しかし山々に反響して十万余騎と聞こえる。平家の耳に。平家側の軍兵たちの耳に。

坂落としを果たした三千余騎のうち、村上判官代基国《ほうがんだいもとくに》の手の者が平家の城の内の屋形と仮屋《かりや》とに火を放つ。燃やす、燃やす、そっくり焼き払う。風は烈《はげ》しい、ちょうど烈しかったから黒煙がおしかぶさってくる、平家の軍兵たちに。平家方は騒ぎに騒ぎ、慌《あわ》て、もしや海なら逃げられるかと思う。海なら助かるか。一の谷の前方の海へ多くの者が駆け入る。

海岸にはたくさんの船が準備してある。陣より退《しりぞ》くときに用いようと。

しかし鎧兜を着けた軍兵たちが我も我もと、一艘《そう》の船に四、五百人、いや千人も一度に乗ろうとする。

押しあい、群がり乗ろうとする。

そのような様《さま》、よい結果にはならない。

海岸からわずか三町ほど海に押し出したところで、全員の目の前で大船が三艘も沈む。沈まなかった者たち以外の全員の目の前で。そして命令が出る。身分ある方々は乗せよ、それ以外は乗せるな。下賤《げせん》な軍兵たち、いわゆる木端武者《こっぱむしゃ》、雑兵《ぞうひょう》たちは、乗り込もうとすると斬られることになる。太刀《たち》や長刀《なぎなた》で斬り払われることに。しかし、乗船を図れば殺されると知りながら、それでも助かりたい。乗せまいとする船にとりついた。しがみついた。

腕を斬られる。

肘《ひじ》を斬り落とされる。

一の谷のその渚《なぎさ》に、鮮やかな血にまみれて、雑兵たちが続々倒れ伏す。朱《あか》い、腕を欠いた端武者《はむしゃ》たちが。

この方面を守っていた大将軍能登《のと》の守教経《かみのりつね》はどうなさったか。数々の合戦に一度として不覚をとられたことのない能登殿は、もう、おられなかった。今度はどうお考えになったのか、「うす墨」という馬に乗り、西へ向かって落ちられていた。消えられていた。そうして播磨《はりま》の国の明石《あかし》の浦から船に乗られ、讃岐《さぬき》の屋島《やしま》へ。

越中前司最期《えっちゅうのぜんじさいご》――非情、騙《だま》し討《う》ち

大手《おおて》の生田《いくた》の森でも、一《いち》の谷《たに》の海岸のほうでも、武蔵《むさし》の国と相模《さがみ》の国の源氏方の兵《つわもの》たちは命も惜しまずに攻め戦っている。平家方では大手の大将軍は新中納言知盛《とももり》、まさに生田の森で対峙《たいじ》なされていた。すると、山の崖をまわって攻め寄せた児玉《こだま》党が、使者をさしあげ、「新中納言殿、あなたは先年、武蔵の国司をしておられたので、同国の児玉の郡《こおり》の者たちがお伝えいたします。お後ろをご覧になられないのでございましょうか」と申した。新中納言以下の人々が後方をふり返られると、黒煙が覆いかぶさってきている。

「なんたること。西の陣はすでに敗《やぶ》れたか」

人々は言うが早いか、取るものも取りあえず、我さきにと落ちる。落ちられる。

これが大手。大手の平家とその戦況。そして一の谷の海岸、浜の手にはさきほどの惨況《さんきょう》。

一の谷の山の手はどうか。

平家の、その山の手を守備するのは能登《のと》殿の配下となった侍大将、越中《えっちゅう》の前司《ぜんじ》盛俊《もりとし》。しかし大将軍の能登殿はもうおられない。一の谷のその山の麓《ふもと》を守ろうとするが、守れない。今となってはもう、逃げようにも逃げられない。越中の前司はそんなふうに「逃げるには及ばぬ」と思ったのか、あえて手綱を引いて馬を止めていた。敵を待っていた。その姿が猪俣《いのまた》党の小平六則綱《こへいろくのりつな》の目に留まった。「これは、見るからに大物」と目をつけた。鞭鐙《むちあぶみ》を合わせる——馬の尻に鞭を入れて、同時に腹を鐙で蹴って、馬を疾走させる。駆けつける。越中の前司の馬に自分の馬の首を押し並べて、そして組む。

むずと組みつく。

どうと地面に落ちる。

猪俣小平六は関東八カ国に知られる剛《ごう》の者《もの》で、鹿の角《つの》のその枝わかれした一の枝と二の枝とをわけなく引き裂いたとの話が伝わっている。対する越中の前司は、人の見ているところでは二、三十人分の力業《ちからわざ》をする。だが、それが実力ではない。本当のところは六、七十人で揚《あ》げ下ろしする船をただ一人で揚げられるし、下ろせる。無双の大力だった。

だから、どうと地面に落ちるや、越中の前司のほうが猪俣を組み伏せる。身動きもさせない。猪俣は、下に組み敷かれながら刀を抜こうとする。越中の前司は強く強く、恐ろしい力で押さえている。猪俣は指の股がひろがり、自由がきかず、刀の柄《つか》を握れない。声も同じで、あまりに強く押さえられているから何か言おうにも声が出ない。今にも首を斬られようとする。

しかし猪俣は、騒がなかった。

力は越中の前司に劣るが、心は剛胆だった。

しばらく呼吸《いき》を整えて、それから、何気ない様子に見せかけて「あなたはそもそも」と言った。「私が名乗ったのをお聞きになったか、ならなかったか。敵を討つことが大きな戦功となるためには、まず、自分が名乗って聞かせる、それと、敵のほうにも名乗らせる、それから首を刎《は》ねる。こうでしょう」と説いた。「名も知らぬ首を取って、はて、あなたはなんとなされるのだ」

こう言われて、越中の前司はもっともだと思ったのか、告げだした。

「名か。もともとは平家の貴々《あてあて》しき一門だったが、その身、不肖であるがためにただいまは主君に仕える侍となった越中の前司盛俊、それが私だ。で、お前は誰なのだ。名乗れ、聞こう」

「武蔵の国の住人、猪俣小平六則綱《いのまたのこへいろくのりつな》」

猪俣は告げ、そして続けた。

「世のありさまをつらつら見るに、どうですかあなた。源氏のおん方《かた》が強くて、平家のおん方は敗色が濃い、と、こうお見受けしますよ。主君が世に時めいておられてこそ、敵の首というのと引き替えに戦功の褒美《ほうび》がいただけるのでありましょう。そういうわけですから、さ、あなた。道理を枉《ま》げてこの則綱をお助けあれ。そうすればですよ、あなたの一族が何十人おられようとも、今度は則綱が我が身の戦功のその賞に代え、きっとお助け申しますから」

越中の前司はこの申し出を耳に入れ、憤激した。

「おい、お前、何を。何を！　盛俊は身こそ今では不肖だが、それでも平家の支流である者だぞ。連なる者であるのだぞ！　源氏を頼ろうとは思いもせぬ。また源氏の人々とて盛俊を頼り、その命を助けられようとは思うまい。決して思うまいて！　お前、憎いぞ。その申しようは。お前、死ね」

首を斬ろうとした。

猪俣は「不当です！」と言った。「私は降服しているのです。そうした者を斬首にしてよいわけがないでしょう。卑怯《ひきょう》な」

「む。それでは助けよう」

越中の前司は猪俣を引き起こした。二人が組み討っていたその場所は、前は畑のように干上がって堅田《かただ》になっていたが、後ろは泥水の深い水田だった。その畔《あぜ》の上に激闘の後の二人は腰を下ろして、息を休めた。

ややあると武者一騎が現われた。黒革威《くろかわおどし》の鎧《よろい》を着て、跨《また》がるのは月毛《つきげ》の馬、それが駆けてくる。越中の前司がそれを不審げに見るのに気づいた猪俣は、「お気になさることはありません。あれは――」と言った。「この則綱が親しくしております人見《ひとみ》の四郎《しろう》と申す者ですよ。ここに則綱がおりますのを見てとって、やって来るのでしょう」と言いながら、心中ではこう思った。人見の四郎が近づいたときに越中の前司に組みつけば、あいつが加勢するはず。たぶん。そして待った。距離は一段《たん》ばかりに近づいた。

越中の前司は、初めは二人を一人ずつ見ていた。来る馬、猪俣、来る馬、猪俣、と交互に。しかし、馬が接近して、その敵のほうを凝視した。猪俣からは目を離した。

その隙に猪俣は足にぐっと力を入れて立ちあがった。「えいや！」と叫び、両手で越中の前司の鎧の胸板を突いた。敏捷《びんしょう》に突き、後ろの水田へ仰《あお》のけに突き倒し、すると越中の前司は起きあがろうとし、猪俣はむずと馬乗りになり、起きあがらせず、越中の前司のその腰刀を瞬時に抜きとり、鎧の草摺《くさずり》を引きあげて、刺す。

相手の刀で、相手の体を。

刺す。刀身のみならず柄まで突き通ってしまえ、と念じて。柄を握った俺のこの拳《こぶし》までも突き通ってしまえ、と強烈に念じて。その勢いで。

刺す。

三度刺して首を取る。そうしているうちに人見の四郎が到着する。糞《くそ》、こうしたときは後で諍《いさか》いが起きるぞ、どっちがこの大物を討ちとったかで、いざこざが——。猪俣は思い、太刀《たち》の先に越中の前司の首を串《つらぬ》いた。それを高く揚《あ》げる。大音声《だいおんじょう》をあげる。

「この日ごろ鬼神であると評判されていた平家の侍、越中の前司盛俊を、我、猪俣小平六則綱が討ちとった！」

名乗った。

そしてその日の武功を記した中の筆頭に書きつけられた。

忠度最期《ただのりさいご》——その箙《えびら》に歌一首

大手《おおて》の生田《いくた》の森の戦況があった。一《いち》の谷《たに》の浜の手の惨況《さんきょう》があった。同じ一の谷の山の手で今、越中《えっちゅう》の前司《ぜんじ》盛俊《もりとし》が騙《だま》し討《う》ちされ、首を敵の刀に串刺しにされた。大手、一の谷の浜の手、同じく山の手。そして同じく西の手。

一の谷の西の陣の大将軍は薩摩《さつま》の守忠度《かみただのり》であられた。

退却をはじめられていた。

しかし少しも騒がれない。紺地の錦《にしき》の直垂《ひたたれ》に黒糸威《くろいとおどし》の鎧《よろい》を着、肥えた逞《たく》ましい黒馬に沃懸地《いかけじ》の鞍《くら》を置いて乗っておられる薩摩の守は、手勢百騎ばかりの内側に守られて、いささかなりとも取り乱されず、それどころか追いすがる敵に対しては何度も馬を止めて踏みとどまり、戦いつつ戦いつつ退《しりぞ》かれる。その姿が猪俣《いのまた》党の岡部六野太忠純《おかべのろくやたただずみ》の目に留まる。

「あれはあれは、見るからに大将軍」

そう目をつけて、六野太忠純は鞭鐙《むちあぶみ》を合わせる。馬を疾駆させる。追いつき、もの申す。

「そもそも、あなた、いかなるお方か！　お名乗りなされ！」

薩摩の守は、自分にはつりあわぬ小物と一瞥《いちべつ》で判断し、あしらわれる。

「私は、味方だぞ」と言われる。

ふり返り、兜《かぶと》の眉庇《まびさし》をあげるようにして仰ぎ見ながら言われて、それで六野太は内《うち》兜《かぶと》を覗《のぞ》ける。顔面を。相手は、その歯を、鉄漿黒《かねぐろ》で染めておられる。朝廷の公卿《くぎょう》ならばそうするように。おお、と六野太は思う、味方にはお歯黒をつけた人があるはずはないわ。これは平家の公達《きんだち》に相違ないわ。ない！　思うや、馬を押し並べて組む。むずと組みつく。

途端、百騎ばかりの兵《つわもの》どもが、その場に駆けつけるどころか反対の動きをする。逃げ出す。薩摩の守の手勢となっていたのは国々から召集されただけの例の駆《か》り武者なので、六野太が大将にむずと組みついたこれを見て、我さきにと逃走をはじめる。

消える。

みな消える。

薩摩の守が六野太に言われる。「――憎い奴《やつ》よ。味方だと名乗ったのだから、言わせておけばよい。そのように扱えば、よかろうに!」

薩摩の守は、ただちに太刀《たち》を抜いておられる。もともと幼き時分を熊野《くまの》で育ち、大力の早業《はやわざ》でいられたから、六野太を馬の上で二刀、落馬したところで一刀、と突いてしまわれる。あわせて三刀、あっという間《ま》にお突きになられている。初めの二刀は鎧の上からなので通らなかった。地に着いたところでの一刀は内兜へ突き入れられたが、浅傷《あさで》で、六野太は死なずにいる。取り押さえる。首を斬ろうとする。何者かが駆けつける。六野太の童《わらわ》、元服前の童武者《わらわむしゃ》。急ぎ馬で馳《は》せ来《きた》って、鍔《つば》のついた長刀《ながかたな》を抜き、払う。薙《な》ぎ払う。

薩摩の守の右腕を。

その腕を、肘《ひじ》の上から。

斬り落とす。ふっ、と。

腕が、離れる。

腕が消える。

薩摩の守は、もう今はこれまでか、と悟られたのか、「しばらく退《の》け。私は、十念を唱える」と言われるや、六野太を残った腕で摑《つか》み、弓ひと張りの長さほど投げ飛ばされる。そして、西に向かい、声高に十度、念仏を唱えられる。南無阿弥陀仏《なむあみだぶつ》、と。

南無阿弥陀仏、と。

　南無阿弥陀仏。

　南無阿弥陀仏。

　南無阿弥陀仏。

　南無阿弥陀仏。

南無阿弥陀仏――南無阿弥陀仏――南無阿弥陀仏――南無、阿弥陀仏。十度の念仏、十念。そして回向文《えこうぶん》を添えられる。

「光明遍照十方世界《こうみょうへんじょうじっぽうせかい》、念仏衆生摂取不捨《ねんぶつしゅじょうせっしゅふしゃ》！」

　それは唱えられ終わらない。念仏を唱える衆生《しゅじょう》はみな、阿弥陀仏が浄土に救いとる、との回向文は。六野太が後ろから近寄っている。六野太が首を刎《は》ねる。

極楽浄土に、と唱えられている首を。

阿弥陀仏よ！　と祈願される首を。

口がまだ、動かれている間に。

動いている口のついた薩摩の守の首がお斬られ申して、飛ぶ。

「俺は」と六野太は思う。「立派な大将軍を討ったぞ」と思う。しかし誰とも名がわからない。それで漁《あさ》る。矢を入れている箙《えびら》に、文《ふみ》が結びつけられているのを見出す。解いてみる。歌が一首、記してある。題は「旅宿《りょしゅく》の花」。

ゆきくれて　旅の途中で日が暮れて

木《こ》のしたかげを　桜の木の下陰を、一夜の

やどとせば　宿としたならば

花やこよひの　さしずめ桜の花こそが、今夜の

主《あるじ》ならまし　宿の主人となり、もてなすだろうね

詠《よ》み人は「忠度」とある。

「俺は」と六野太は知った。「薩摩の守を討ったのかよ」と知り、狂喜した。太刀の先にその首を刺す。もう口は動いていない首を。阿弥陀仏よ、と祈願できず、南無、とも言えない首を。高く掲《あ》げて、大音声《だいおんじょう》で名乗る。

「この日ごろ平家のおん方《かた》でその名も高い薩摩の守殿を、我、岡部六野太忠純がお討ち申した！」

そしてこの名乗りを聞き、敵が悲しむ。味方が悲しむ。おいたわしい、おいたわしい、武芸にも歌道にも優《すぐ》れておられた方が、そんなお方が——。

「惜しむべき大将軍を」と人々は言い、袖を涙で濡《ぬ》らさない者はいない。

重衡生捕《しげひらいけどり》——乳母子《めのとご》の醜態

それからお一人、副将軍が。

入道清盛《きよもり》公の四男が。

本三位《ほんざんみ》中将重衡卿《しげひらきょう》は生田《いくた》の森の副将軍であられたが、その軍勢はみな逃げ失《う》せた。ただ主従二騎になられていた。三位中将のその日の装束は、褐《かち》の地に黄の染め糸で岩に群がる千鳥を刺繡《ししゅう》した直垂《ひたたれ》に、紫裾濃《むらさきすそご》の鎧《よろい》を着られているというもの。そして、「童子鹿毛《どうじかげ》」という評判の名馬に乗っておられた。従う者は乳母子《めのとご》の後藤兵衛盛長《ごとうびょうえもりなが》で、こちらは滋目結《しげめゆい》の直垂に緋威《ひおどし》の鎧を着て、三位中将が秘蔵しておられた「夜目《よめ》なし月毛《つきげ》」という馬に乗っていた。その馬を三位中将より預けられていた。

追われたてまつっていた。

梶原源太景季《かじわらげんたかげすえ》と庄《しょう》の四郎高家《しろうたかいえ》が、あれは平家の大将軍に違いないと目をつけ、鞭《むち》鐙《あぶみ》を合わせて馬を飛ばしていた。

渚《なぎさ》には助け船が幾艘《そう》もあったが、後ろから敵が追い迫り、船に逃げ乗る余裕がない。湊川《みなとがわ》を、刈藻川《かるもがわ》を、走らせた馬で渡られる。蓮《はす》の池を右手に見、駒《こま》の林を左手にし、板宿《いたやど》を、須磨《すま》をも走り過ぎ、西へ、西へと逃げられる。三位中将はなにしろ比類なき名馬に乗っておられるし、追う側もそうと知る。梶原源太景季は、すでに戦場で走り疲れさせた自分たちの馬では追いつけまい、とそう断じ、しかも間がどんどん開いたから、鐙を強くふん張って立ちあがり、「もしや、万一にも」と遠矢《とおや》をじゅうぶんに引き絞り、射つ。

上向きに、射放つ。

弧を描き、飛ぶ。

すると三位中将の馬に当たる。その馬の、尻のほう、高く背骨が盛りあがった部位に、深々と刺さる。馬が叫ぶ。馬が悶《もだ》える。馬が弱る。それを見て、三位中将に従う乳母子の後藤兵衛盛長は、自分の馬がとりあげられるに違いないと思ったのか、鞭をあてる。

鞭をあてて逃げる。逃げ去る。主《あるじ》に乗り替えられないようにと、そう思っているのか。

「なんと、盛長、盛長！」三位中将がこれを見て言われる。「年ごろ日ごろはそんなふうには約束していなかった。重衡を見捨てて逃げるなど。どこへ、この私を捨ててどこへ！」

三位中将は声高に言われる。

後藤兵衛は聞こえないふりをする。わざと。それどころか、鎧に付けてあった平家の赤印《あかじるし》をかなぐり捨てる。ただ逃げに逃げる。

三位中将はお一人。敵は近づいている。馬は弱っている。海に乗り入れられるが、沈もうと図っても沈まない――遠浅の海は水底《みなそこ》へと没して死なれることも許さない。三位中将は、馬から下り、鎧の上帯《うわおび》を切り、胴を吊《つ》るした高紐《たかひも》を外し、着用した鎧兜を脱ぎ捨てて、腹を切ろうとなさる。

今、切ろうと。

そこに庄の四郎高家が、梶原源太よりも先に、鞭鐙を合わせて馳《は》せ来《きた》る。「――いけません!」と、急ぎ馬から飛び下りる。「ご自害など、そのようなこと! さあ、どこまでもお供いたしましょう」

庄の四郎高家は自分の馬に三位中将を担《かつ》ぎ乗せたてまつり、鞍《くら》の前輪《まえわ》にそのお体を縛りつけ、自らは予備の、乗り替えの馬に乗って自陣に帰る。

帰っていった者がいて、逃げつづけた者がいる。後藤兵衛は主人より預かったどこまでも息の続く駿足《しゅんそく》きわまりない名馬に乗っていたので、そこを早くも落ちのびる。その後どうなったか。熊野法師の尾中《おなか》の法橋《ほっきょう》を頼り、そこに住んだ。この法橋が死んだのち、後家の尼公《にこう》が訴訟のために熊野から都に上《のぼ》ることになり、その供をして、都に姿を現わした。なにしろ三位中将の乳母子であったので、後藤兵衛は上下の人々に広く顔を知られていた。だから爪弾《つまはじ》きにされた。みな、爪さきを親指の腹にあてて、弾き、言った。

「恥知らずの盛長、盛長の恥知らず！　三位中将があれほどお可愛がりであったのに、同じところで死にもせず！　ともに命を捨てようともせず！　思いも寄らぬ尼公の供をしているのだから、憎いぞ、憎い！」

そう言って非難した。さすがに盛長も恥じたのか、扇を翳《かざ》し、顔を隠したという。後日、そうしたのだと伝えられている。

敦盛最期《あつもりのさいご》——当年十七歳散る

平家は合戦に敗れ、その戦陣はいずれにあっても崩れている。大将も軍兵《ぐんぴょう》も、散らばり、逃げている。敗走する者たちを源氏の武士たちが追っている。目当てはただ一つ——手柄。熊谷次郎直実《くまがえのじろうなおざね》もまたそうしている。一《いち》の谷《たに》の西の城門において平山武者所季重《ひらやまのむしゃどころすえしげ》と先陣争いを演じた熊谷は、平家の公達《きんだち》は助け船に乗ろうと考えて波打ちぎわへ逃げられるだろうと読み、磯《いそ》のほうへ馬を進めた。

「ああ、絶対に俺は、立派な大将と取り組みたい」

討ちとった相手の身分が高ければ手柄もそれに応じて大きくなるから、一心にそう念じた。

よい、よい首を、と。

すると磯で、その敗走者を見出した。その一騎を。連銭葦毛《れんぜんあしげ》の馬に金覆輪《きんぷくりん》の鞍《くら》を置いて乗る武者は、練貫《ねりぬき》に鶴の模様を刺繍《ししゅう》した直垂《ひたたれ》に萌黄匂《もえぎにおい》の鎧《よろい》を着ている。鍬形《くわがた》を打った兜《かぶと》の緒を締めている。黄金《こがね》作りの太刀《たち》を佩《は》いている。切斑《きりふ》の矢を背負って、滋籐《しげどう》の弓を持っている。

供の者はいない。

ただ一騎。

沖にいる船をめざして海へざっと馬を乗り入れ、距離にして五、六段《たん》ほども泳がせる。

沖へ。

沖へ。

「おう、そこに行かれるのは——！」と熊谷は声を張りあげた。「大将軍とお見受けした！　敵に後ろをお見せなさるのは実に見苦しい。卑怯《ひきょう》！　お戻りなされ」

熊谷は扇をあげて招いた。

招かれて、武者は引き返した。

応じたのだった。

そして武者は渚《なぎさ》に上がろうとし、熊谷は、その波打ちぎわで馬を並べ、むずと組み、砂浜にどうと落ち、押さえ込み、首を斬るために相手の兜を仰《あお》のけにし、あらわになった顔に目をやると、年の頃は十六、七ばかりで薄化粧をしている。歯は鉄漿黒《かねぐろ》で染めている。お歯黒。熊谷にとっては我が子の小次郎直家《こじろうなおいえ》ほどの年齢で、容貌《ようぼう》はまことに美しい。どこに刀を刺してよいのか。熊谷の口から言葉が転がり出る。

「これは、そもそもどのような身分のお方であられますか。お名乗りなされ。お助け申します」

助命を口にする。と、相手が尋ねられる――組み敷かれながら。

「お前は誰か」

「大した者ではありません。武蔵《むさし》の国の住人、熊谷次郎直実」

「対等にはならぬ身分か」と熊谷の名乗りに応じられ、美しい平家の若公達《わかきんだち》は続けられた。「では、お前に向かっては名乗らぬぞ。しかし私はお前にとってはよい敵。名乗らずともこの首を取り、人に尋ねよ。きっと見知っていよう」

堂々たる受け答えに熊谷は感歎《かんたん》した。なんと見上げた大将なのか、これは！　この人一人をお討ち申したとて、負けるはずの戦《いく》さに勝つはずもなければ、お討ち申さぬとして、勝つはずの戦さに負けることもよもやあるまい。今日の一の谷の先陣争いで小次郎が浅傷《あさで》を負ったのでさえ父親の俺はつらかった。だとしたら、この殿の父親は「討たれた、首を取られた」と聞いたらどれほど歎《なげ》かれることか！　ああ、この直実、お助けしたい――。

それが可能な状況か否か、熊谷は後ろを見た。さっと後方をうかがい見た。すると目に入ったのは、土肥次郎実平《といのじろうさねひら》と梶原平三景時《かじわらへいぞうかげとき》の、その軍勢。源氏方の侍大将たちの手勢が、五十騎ばかり、続いて現われる。つまり助ける術《すべ》はない、そう熊谷は悟る。涙を抑えながら、熊谷は言う。

「お助け申したいとは存じます。しかし、我が源氏の軍兵、どうやら雲霞《うんか》のよう。一面を取り囲んでおります。直実がどうしようとも、味方の武士どもが決してお逃しいたしますまい。そんなふうに他の者の手におかけするよりは、同じことならば、この直実が。直実自身の手でお討ち申して、死後のご供養をいたしましょう」

「ただ、速やかに」と平家のその若武者は言われた。「私の首を取れ」

熊谷は、あまりにおいたわしいので、どこに刀を突き刺してよいのかがわからない。目が暗む。心が、頭が朦朧《もうろう》とする。ものの分別というのがつかない。しかしそのままでいるわけにはいかない。土肥と梶原の軍勢がいるのだ。続々、出てきているのだ。熊谷は、斬るしかない。

泣きながら熊谷は首を斬った。

熊谷はそれから、くどくどと歎きつづけた。ああ武士の身は、この弓矢をとる身というものは！　俺は、ああ武芸の家に生まれなければ、今こうしてつらい目を見ることはなかったのだ。俺は、ああ、情けなくもお討ち申して――。

袖に顔を押しあてて、さめざめ泣いた。

長い、長い時間。

しかし、やはり、そのままでいるわけにはいかない。若武者の鎧直垂《よろいひたたれ》を切りとって首を包もうと、着ていられたそれに手をかける。と、腰に、錦《にしき》の袋がある。長い、細長い、その袋に入れて一本の笛をさしておられる。

「おお、不憫《ふびん》な。不憫な！　この暁《あかつき》に俺が一の谷の西の城門に攻め寄せたとき、城の内から楽《がく》の音《ね》が聞こえた。誰かが管絃《かんげん》をなさっていると思ったが、あれはこの人々でいらっしゃったのだ！　現在、俺の味方には東国《とうごく》の者たちの軍勢が何万騎かあるだろうが、戦陣に笛を持ってきた人は、よもやあるまい。ご身分の高くあられる貴人というのは、やはり風雅。どこまでも優美で、雅《みや》びよ」

後《のち》、熊谷はこの笛を大将軍九郎御曹司《くろうおんぞうし》のお目にかけた。その場に列座してこれを見、涙を流さない者は一人もなかった。

そして熊谷は、同じく後《のち》、人に尋ねて知る。首は、入道相国《しょうこく》の弟の修理《しゅり》の大夫《だいぶ》平《たいらの》経盛《つねもり》の子息のもので、名は大夫《たいふ》敦盛《あつもり》だと。熊谷が討ったのは生年《しょうねん》十七歳になられるお方だったと。以来、前々からあった熊谷の出家の志《こころざし》はいちだんと強くなった。また、笛についても知れた。その笛は敦盛の祖父、あの平忠盛《たいらのただもり》が笛の名手であったために鳥《と》羽《ば》院《いん》から賜《たま》わったという由来を持つ横笛《おうてき》だった。それが子の経盛に譲られ、さらに孫のうち敦盛こそは上手だということで譲り伝えられていた。笛の名は、小枝《さえだ》といった。仏の教えを損なう狂言綺語《きょうげんきぎょ》の一つに、管絃もまた数えられる。それが熊谷の人生においては仏道に入る機縁となったのだから、実に心を動かされる。管絃を奏することは遊びか、否、祈りか、と。

管絃を。

絃を。

撥《ばち》よ。

知章最期《ともあきらさいご》 ――子が父が馬が

平家の若い、若い公達《きんだち》たちが続々死ぬ。

死なれる。門脇《かどわき》の中納言教盛卿《のりもりきょう》の末子《ばっし》、蔵人《くろうど》の大夫《たいふ》業盛《なりもり》が死なれる。常陸《ひたち》の国の住人の土屋五郎重行《つちやのごろうしげゆき》と組みあうことになり、お討たれになる。修理《しゅり》の大夫《だいぶ》経盛《つねもり》の嫡子《ちゃくし》、皇后宮《こうごうぐう》の亮経正《すけつねまさ》が死なれる。助け舟に乗ろうと海岸のほうへ落ちてゆかれるところを、河越小太郎重房《かわごえのこたろうしげふさ》の配下の軍勢に包囲され、お討たれになる。

若狭《わかさ》の守経俊《かみつねとし》、淡路《あわじ》の守清房《きよふさ》、尾張《おわり》の守清貞《きよさだ》が同じところで死なれる。お三方は三騎連れ立って敵のなかに駆け入り、さんざんに戦い、敵の首も多く取り、そして果てられる。同じところで討ち死にする。

まだ死なれる。

生年《しょうねん》十六歳の若い、若い公達が死なれて、目の前には父がおられて、しかし首はお討たれになる。

子と父。父と馬。父と父。

父は、新中納言知盛卿《とももり》であられる。新中納言は生田《いくた》の森の大将軍に就《つ》かれていたが、その軍勢はみな戦場から逃げ去り、今は御子の武蔵の守知章、侍の監物太郎頼方のただ主従三騎になり果てられ、助け船に乗ろうと渚《なぎさ》のほうへ、渚のほうへ。そこに十騎ばかり、児玉党《こだま》と思われる軍配団扇《ぐんばいうちわ》の旗印を差した者どもが、喚《おめ》きながら喚きながら現われる。手柄を、大物の首をと望んで追ってくる。

監物太郎が究竟《くっきょう》の弓の名手であったので、まず先頭を駆けてきた旗持ち役の首の骨を、憎《にっ》き首のそれを、射る。ずばっと射て、馬から逆さまに射落とす。十騎ばかりのその軍勢の、旗差しは討ったが、大将格らしい武者が駆け出る、平家の大将軍でいらっしゃる新中納言に組み申そうと馬を飛ばし、押し並べ、しかし御子の武蔵の守知章がその間に割って入られる。自分の馬を並べ、その大将格にむずと組み、どうと落ち、地面で組み敷いて、首を斬り、立ちあがろうとなさる。生年十六歳の武蔵の守が、立ちあがろうとなさる。しかし敵方の前髪立ちの若い従者、すなわち童武者《わらわむしゃ》が駆けてきて、武蔵の守の首を。

討つ。

監物太郎が馬から飛び下りる。武蔵の守をお討ち申した童のその上に落ち重なり、躍《おど》りかかり、これを討つ。

それから監物太郎は、矢のある限り射る。射尽くす。太刀《たち》を抜き、戦い、戦いつづけ、多くの敵を討ちとり、しかし左の膝頭《ひざがしら》を射られ、立てない。もう立てない。

座ったまま討ち死にする。

この監物太郎の奮戦の間に、新中納言は馬を走らせなさっている。馬は、極めて力強い名馬、それに跨《また》がられた新中納言は海上を二十余町泳がせて、前《さき》の内大臣宗盛《むねもり》公のお船に着かれる。そうやって着かれたが、大勢の人がお船にはあふれんばかりに乗り込んでいて、馬を乗せる余地がない。一頭分の余席《よせき》がどこにもない。

渚のほうへ追い返すしかない。

そうされた。新中納言は、馬を。

すると阿波《あわ》の民部重能《みんぶしげよし》が「あのお馬、敵のものになってしまいましょう。射殺《いころ》しましょう」と言い、いつでも射放すことができるようにと一本の矢をつがえた弓を左手に持って進み出、しかし新中納言に制される。

「誰のものともなるならば、なれ」と新中納言はおっしゃった。「私の命を助けてくれた馬なのだぞ。それを射るなど、あってはならぬ」

重能は、やむをえず射るのをやめる。

そして、馬は、主人との別れを惜しみながら、しばしは船から離れかね、泳ぐ。沖へ、沖のほうへと泳ぐのだが、船は次第に遠ざかる。もうどうにもならない——主人のいない渚へ泳ぎ帰る。この馬は、足が立つほどになると再び船のほうを振り返り、いななく。

一度。

二度、三度。

馬は、それから陸《おか》にあがる。休む。

その休息していた馬を河越小太郎重房が捕らえる。河越小太郎はその後、これを後《ご》白河院《しらかわいん》に献上し、院の御廏《みうまや》で飼われることになる。出自を明かせば、馬は、もともと院のご秘蔵のお馬で、一の御廏で大切に飼われていた。寿永《じゅえい》元年十月に宗盛公が内大臣になられ、その任官のお礼奏上のために参内《さんだい》せられたとき、ご下賜があった。馬は院の御廏から大臣殿のもとへ移り、大臣殿は弟の新中納言に預けられた。新中納言もまた、この馬を秘蔵した。あまりに大切に、大切に飼い、「愛馬の無事息災を祈るためだ」と言われて毎月一日ごとに泰山府君《たいざんふくん》を祀《まつ》られた。延命祈願の神を。地蔵菩薩《じぞうぼさつ》が本地のその神を。

そのためか、馬の命は延びた。

馬は、主人の命をも助けた。めでたい。

この馬は信濃《しなの》の国井上の産だったので「井上黒《いのうえぐろ》」と呼ばれた。のちには河越小太郎が捕らえて献上したので「河越黒《かわごえぐろ》」とも呼ばれた。

馬のその後はそうだった。

父は。

父であられた新中納言は。

お船に着かれ、大臣殿の御前に参って、「武蔵の守には先立たれました。監物太郎も討たれてしまいました」と申した。子息、武蔵の守知章の死を報じられた。「――今は、すっかり心細いのです」

新中納言は袖を顔に押しあてられた。続けられた。

「どのようなわけで、私は、子がいて、その子が親を助けようとして敵と組んだのを見ながら、どのようなわけで、この私という親は、その子が討たれるのを助けもしないで、このように逃れてきたのであろうかと、どのような、どのような、どの――」続けられた。「もしも他人のことでしたら、どこかの親が、その子を、こうしていたのでしたら、私は非難したく思ったでしょう。しかし、我が身のことというのはやはり我が身のこと、よくよく命は惜しいものであったのだと、今、この今、思い知らされております。一門のみなが私をどうお思いになるか、それを察するだに、いかにも恥ずかしいのでございます」

泣かれていた。さめざめと、さめざめと。父が。

そしていまお一人も、父。

大臣殿がこれを聞かれて、言われた。

「武蔵の守が父の命に代わられたのは、誰にもそうは真似のできないこと。武芸の腕も立ち、心も剛毅《ごうき》で、よい大将軍であられたのに。今年は十六だったねえ。この宗盛のところの長子、清宗《きよむね》といっしょだったねえ」

そして大臣殿は御子の衛門《えもん》の督《かみ》清宗のおられるほうをご覧になり、涙ぐまれる。そこに列座していた大勢の平家の侍たちは、情けの深い者もそうではない者も、みな鎧《よろい》の袖を濡《ぬ》らした。父と父が泣かれたことで。

父と父。

それぞれに、父と子。

落足《おちあし》——一門の漂海、再度

子。

小松殿《こまつどの》の末子《ばっし》の備中《びっちゅう》の守師盛《かみもろもり》は、主従七人で小船に乗って逃げようとなさっていて、そこに新中納言の侍の清衛門公長《せいえもんきみなが》という者が馬で駆けつけ、「そこの、そこのお船は！　備中の守殿《こうのとの》のものとお見受けします。そちらに参りとう存じます！」と乗船を乞い、それで渚《なぎさ》へ船を漕《こ》ぎ寄せられ、だが、その清衛門は馬上からがばっと飛んだ。

大の男が、鎧《よろい》を着たまま、馬上から船上へ。がばっと飛び乗る。そんなことをして具合がよいはずがなかった。船は小さいのだから、ぐるり、ひっくり返る。そして備中の守が浮いたり沈んだりしておられるところに、畠山《はたけやま》の郎等《ろうどう》たる本田次郎《ほんだのじろう》が十四、五騎で駆けつけ、熊手《くまで》を用いた。その長い柄の先についた鉄の爪で、備中の守をひっかけて引きあげ申し、ついに首を斬ってしまった。小松の内大臣重盛《しげもり》の末子の、おん首を。

生年《しょうねん》は十四歳と伝えられている。

他にも、子。人であれば、みな誰かの子。

越前《えちぜん》の三位《さんみ》通盛卿《みちもりきょう》は門脇《かどわき》の中納言の子。一《いち》の谷《たに》では山の手の大将軍であられた。その日の装束《しょうぞく》は、赤地の錦《にしき》の直垂《ひたたれ》に唐綾威《からあやおどし》の鎧《よろい》を着て、黄河原毛《きかわらげ》の馬に白覆輪《しろぶくりん》の鞍《くら》を置いて乗っておられた。内兜《うちかぶと》を射られていた——顔面を。弟の能登殿《のとどの》の軍勢とのあいだを敵に押し隔てられて、離れてしまわれた。「それでは自害しよう、静かなところで」と心を定められて、東に向かって落ちる途中、近江《おうみ》の国の住人で佐々木の木村を称する三郎成綱《さぶろうなりつな》や武蔵《むさし》の国の住人である玉井《たまのい》の四郎資景《しろうすけかげ》など、かれこれ七騎のなかに取り籠《こ》められて、とうとうお討たれになった。

侍が一人、そのときまでお付き申していたが、最後の戦いには加勢せず、消え失《う》せた。

総じて東の城門でも西の城門でも合戦は一つの刻《こく》から次の刻へ移るほどの長時間続いて、出た死者の数は源平両軍ともに物凄《ものすさ》まじかった。櫓《やぐら》の前に、あるいは逆茂木《さかもぎ》の下に、人と馬の死骸が山をなした。笹の生えた一の谷の野原は緑の色が一変して、薄《うす》紅《くれない》になった。一の谷、生田の森、山の崖、海の渚、そうしたところで射られたり斬られたりして死んだ者の総数など数えようもなかったが、源氏方の手で晒《さら》し首《くび》となった者は二千余人に及んだ。

今度の戦《いく》さでお討たれになった平家の主な人々は、越前の三位通盛、その弟の蔵人《くろうど》の大夫《たいふ》業盛《なりもり》、薩摩《さつま》の守忠度《かみただのり》、武蔵の守知章《ともあきら》、備中の守師盛、尾張《おわり》の守清貞《きよさだ》、淡路《あわじ》の守清房《きよふさ》、修理《しゅり》の大夫《だいぶ》経盛《つねもり》の嫡子《ちゃくし》であられる皇后宮《こうごうぐう》の亮経正《すけつねまさ》、その弟の若狭《わかさ》の守経俊《つねとし》、同じく弟の大夫《たいふ》敦盛《あつもり》、以上十人と伝えられた。

敗北を喫したので、安徳《あんとく》天皇をはじめとして平家一門の人々はみな、お船に乗られ、海上にお出になる。そのお心のうちは悲しい。いろいろな船がある。潮に引かれるままに、風に任せるままに、紀伊路《きいじ》へと赴く船。芦屋《あしや》の沖に漕ぎ出して、波に揺られる船。あるいは須磨《すま》から明石《あかし》へ浦伝《づた》いに進む船もある。どの湊《みなと》に宿泊するのか、どこが碇《いかり》を下ろせることになる地か、その当てもない、ひたすらに船中に泊まりつづける日々、一人寝の袖は涙に濡《ぬ》れる。朧《おぼ》ろに霞《かす》む春の月を眺めて、悲しみ歎《なげ》かない人はおられない。ある船は、淡路の海峡を漕ぎ過ぎる。その島の北端、絵島《えしま》が磯《いそ》に漂って、夜、仲間の群れからはぐれて鳴いている千鳥《ちどり》の声が波間を幽《かす》かに渡るのを聞き、この船の人々は「あの千鳥もわが身の同類」と思われる。また、そもそも行く先をまだ定《き》めかねているのか、依然として一の谷の沖に漂い、ただうろうろと、うろうろと、見るからに躊躇《ためら》いつづけている船もある。このように、あの船、この船、その船、風のまにまに波に流されるままに浦々島々を漂うので、互いに生死のほどを知ることも叶《かな》わない。

あれほど勢力を恢復《かいふく》したのに、こうだった。山陽道《さんようどう》と南海道に国を従えることも十四カ国、味方につけた戦力というのも十万余騎、しかも都にたった一日の道程《みちのり》のところを押さえ直して、今度こそはもしや、もしや帰京と期待をかけておられたのに、しかし一の谷も源氏に攻め落とされた。

平家の人々は、みな、暗澹《あんたん》と、暗澹と、それぞれに漂海なされている。将来《さき》の望みというものが、ない。

小《こ》宰相《ざいしょう》身投《みなげ》——妻はあとを追う

一《いち》の谷《たに》のその山の手の大将軍であられた越前《えちぜん》の三位《さんみ》通盛卿《みちもりきょう》の侍に、君太《くんだ》滝口時員《たきぐちときかず》という者がいた。この侍が、通盛卿の北《きた》の方《かた》のお船に参った。

そして申した。

「殿は、湊川《みなとがわ》のその川下で、七騎の敵に囲まれておしまいになり、ええ、お討たれになりました。さらに詳しく申しあげますと、この七騎のなかで特に手を下してお討ち申したのが、近江《おうみ》の国の住人の佐々木《ささき》の木村三郎成綱《きむらのさぶろうなりつな》、武蔵《むさし》の国の住人の玉井《たまのい》の四郎《しろう》資景《すけかげ》。そう名乗り申しておりました。さらに、さらに詳しく申しあげますと、もちろん時員もごいっしょに討ち死にして、最期《さいご》のお供をいたすべきでございましたが、前々から殿は私にご命じだったのです。ええ、つまり、『この通盛が討たれるようなことがあってもお前は命を捨てるな』とのおおせで、なぜならば『なんとしても生きのび、北の方のお行方《ゆくえ》、お尋ねして先々のお世話申しあげよ』と、そのお言葉、こうであったのです。それで私、時員は、不本意ながらも生き残りまして、まずもって無情には思われますでしょうけれども、ここまで逃《のが》れてまいったのです」

詳細に報告申した。

しかし北の方は、はっきりしたお返事一つなさらなかった。北の方は、衣をひきかぶり、伏された。泣き伏されてしまった。

それから丸一日。

次いで二日。

三日。

初め、北の方はちょっと外出した人を待つような気持ちでおられる。なぜならば、確かに「お討たれになりました」とは聞かれたけれども、もしかしたら間違いではと期待される。誤報。生きて帰られることも、ひょっとしてあるのではないか、と期されてしまう。

しかし、丸四日が過ぎる。

五日めも。

海上での日々が一つ一つ重なって過ぎる。すると北の方のその、ひょっとして、の頼みも薄らぎ、いよいよ心細くなられる。ただ一人北の方にお付き申していた乳母《めのと》の女房も、同じように悲歎《ひたん》に暮れて、やはり泣き伏す。

その「殿は、お討たれになりました」の報《しら》せに触れられたのは一の谷の合戦の当日の夕暮れで、すなわち寿永《じゅえい》三年の二月七日のこと。北の方はこの夕刻から同月十三日の夜までは起きあがりもなさらない。翌十四日には屋島《やしま》に着こうという前夜の宵を過ぎるまで臥《ふ》しておられたが、夜が深《ふ》けるにつれて船中も静まったので、北の方は乳母の女房に向かって口を開かれた。

「ここ数日というもの、夫の三位が討たれたと聞いても、本当だとは思わないでいました。そうしてきました。でも今日の夕方からは『そうなのだ、死んだのだ』と覚悟を決めるようになりましたよ。だって、誰も彼もが湊川とかの川下で越前の三位は討たれてしまったと言い、そして一方、その後に生きて会ったという者が一人もいないんですもの。聞いて。明日には戦いに出るという、その前夜のことよ。私はあの一の谷の軍陣の仮屋《かりや》であの人とほんのちょっとお会いしたわ。あの人は、いつもより心細そうに歎息《たんそく》されたわ。そして『明日の戦《いく》さでは、きっと討たれるだろうと予感している。討ち死にするのだと。そうなったら、後《のち》、あなたはどうなさる』と私に、丁寧に、訊《き》かれたわ。それで私はどう応じたといえば、聞いて。私は、合戦もいまや毎度のことでしょう、そんな予感は当たらないと思ったのよ。悔しいことに、そう思った。もしも――もしもそれが最後の別れだと気づいていたら、私はきっと約束した。来世も共に、と。あの世で、同じ極楽浄土に生まれあいましょう、と。しかし私は、契《ちぎ》らなかったの。そうしていたらと思うことすら、今、悲しい。それでね、聞いて。私が身重になったことは日頃は隠して言わないでいたでしょう。でも、気が強いと思われまいと考えてお耳に入れました。孕《はら》みましたって。そうしたら、本当にうれしそうにあの人は言われた。『通盛はもう齢《よわい》三十になるが』と言われた。『これまでは子というものがなかった』と言われて、あとは言わずもがなだった。そしてね、続けられたわ。『ああ、男子であってほしい。この世の忘れ形見にも思うばかりだよ。さて幾月ほどになるのだ。気分はどうなのだ。いつまで続くともわからない海の上、船の中での暮らしだから、穏やかに身二つになるには、さあ、どうしたらいいだろう』と訊かれるの。そのように言われたの。私、あの人に。それも今では儚《はかな》いご遺言。それでね、聞いて。教えて。女というものは、いざ出産というときには十に九つは必ず死ぬというのは本当なの。だとしたら、ああ、だとしたら、お産で恥ずかしい思いをしてなお死ぬのもつらいことです。もちろんそうならぬのを願うし、そして穏やかに身二つになって、幼い者を育て、亡き人の形見として見たいとは思う。この目に入れたいとは思う。でも、そうしたら、幼い者を見るたびごとに、昔の、あの人ばかりが恋しくなってしまって、きっと悲しさと苦しさとがつのる。きっと慰められたりはしない。きっと、絶対。そして、いろいろと、きっと、逃れられない道です。たとえばね、もしも悲しさと苦しさとを乗り越えてこの世に人目を忍んで過ごすことができたとして、こちらの思うに任せないのが世の習いでしょうから、再婚などということになるかもしれない。それは、それはやっぱり本当につらいわ。聞いて。微睡《まどろ》めばあの人が夢に見える。目覚めれば幻が見える。そんな私だから、このまま生き存《なが》えて亡き人を恋しいと思いつづけるよりも、今、いっそ海の底へ入るわ。そう覚悟を決めましたよ。そうなると乳母のあなた一人が後に残って、歎《なげ》くであろうからそれもつらい。つらい。けれども私の装束《しょうぞく》があるから、それをどんなお坊様にでもさしあげて、まずはあの人が極楽浄土へ往生なさるようご供養して私の後世《ごせ》をも祈って。祈ってください。あと、ここに書き置いた手紙を都へ届けて。届けてください」

北の方はこまごまと言われた。

乳母の女房は涙をはらはらと流した。

「聞いてと言われたので聞きましたが、幼い自分の子をも振りすて年老いた自分の親をも都に残して、ここまであなた様のお供をしてまいりましたこの乳母の志《こころざし》を、どれほどと思っておられるのです。また、それ以外にもございます。今度一の谷でお討たれになった人々の北の方のお悲しみ、どれもどれも、骨身に沁《し》みないものではございませぬはず。ですからあなた様お一人のこととお思いになってはならないのですよ。穏やかに、無事に身二つにおなりになって、それから幼い人をお育て申して、そうですね、どのような岩や木の洞穴《ほらあな》の中でもよいのです、どのような鄙《ひな》でもよいのですからご出家なさって、仏の御名《みな》を唱え、亡き三位殿のご菩提《ぼだい》をお弔いなさいませ。亡き殿と、必ずあの世では同じ道とお思いになって早まられたとしましても、やはり来世は来世。生まれ変われば六道《ろくどう》がございます。地獄道も餓鬼道も畜生道も。さらに六道それぞれに、どう生まれ出るかの四生《ししょう》がございます。鳥になる卵生《らんしょう》だの蛙《かわず》になる湿《しっ》生《しょう》だの。そんなこんなで、同じところに生まれ変わって亡き殿に行き逢《あ》われるかどうかは不確か極まりません。ですから、海におん身を投げられるのは無駄でございます。それと、それ以外にもございますよ。都に残されたお身内の方々のことですが、誰にお世話させようとお考えになってこのようにおっしゃるのですか。恨めしいお言葉ですよ、もう」

乳母の女房はさめざめと泣き、かき口説いた。

北の方は、打ち明けたことを悔いられたのか、「あの、私の身になって察してね」と言われた。繕《つくろ》われた。「おおかた世の人々の常でしょう、ほら、『身を投げます』ということは。恨めしさを感じれば、そう口にするものでしょう。私も、だからそれなの。ほら、わかったわね。けれども私が本当にそんなことを思い立ったら、海の底に入ると決めたら、それを乳母のあなたに黙っているようなことはない。黙ってはしないわ。さあ、もうすっかり夜《よ》深《ふ》け。おやすみなさい」

乳母の女房は、しかし欺《あざむ》かれなかった。この四、五日は湯水さえろくにお飲みにならない方がこのように言われたのだから、ご覚悟は本物に違いないと察し、悲しさに刺し貫かれる。

「どうしても思い立たれたのでしたら」と乳母は言う。「私を、深い海の千尋《ちひろ》の底までもお連れになってくださいね。取り残されてしまっては、ほんの片時も生きていられようとは思われません」

乳母は、そして、お側《そば》についている。

乳母は、少しうとうとする。

その隙に北の方はそっと起き、静かに、静かに船端《ふなばた》に出る。海は遠く広く、どちらが西の方角かはわからない。

それでも北の方は、月の沈む山の端《は》を西方浄土の空と思われたのか、念仏なさる。小さな、小さな声で。

そっと。しかし繰り返し。

沖の白洲《しらす》に鳴いている千鳥がいる。海峡を漕《こ》ぎわたる梶《かじ》の音がある。折りも折りの、そうした声、音。何かがつのる。哀切さが。たまらなさが。つのっているはずだった。だから自分の声もより密《ひそ》やかに、忍ばせて、忍ばせて、お唱えになった念仏は百遍ほど。

それから、遥《はる》か彼方《かなた》に向かって、願われる。

「南無西方極楽世界《なむさいほうごくらくせかい》の教主、弥陀如来《みだにょらい》様、そのご本願あやまたず浄土へお導きください。私たち、睦まじいままに別れざるをえなかった夫婦を、どうぞ極楽浄土の同じ蓮華《れんげ》の上に生まれさせてください。——一つ蓮《ひとはちす》に、お迎えください」

遥か、遥か彼方に、泣きながらかき口説いた。

そして、最後のひと言。

「南無」

こう唱える声とともに海に身を投げ、沈まれる。

南無。南無。南無。一の谷から屋島へ渡る夜半ごろのことだったので船の中はだいたい寝静まっていて、誰もこれに気づかない。最後のひと言を、誰も聞かない。南無。南無、南無、南無。しかし梶取りが一人寝ないでいる。その、南無、を聞きつけはしなかったが、入水《じゅすい》を見つけ申しはした。叫んだ。

「あれは一体！　おう！　あのお船から美しい美しい女房が、海に今、お入りになった！」

大声をあげて告げ知らせた。その叫びに、乳母の女房がうたた寝から覚めた。手探りした、あたりを。しかしおられない。探しても北の方はおられない。

「あれよ、あ、あれよ」

呆然《ぼうぜん》とした。

人々が大勢船から下りる。海へ。取りあげ申そうとはするのだけれども、ただでさえ霞《かす》むのが春の夜の常、そこに四方から叢雲《むらくも》が漂ってきて、月はどんどんと朧《おぼ》ろに、朧ろになり、水中をどんなにどんなに潜って捜しても、見えない。見出せない。

かなり時間が経《た》ってから、引きあげ申した。

すでにこの世の人ではなくなっておられた。

練貫《ねりぬき》の袙《あこめ》を二枚重ね、白い袴《はかま》をお着けになっていた。髪も、袴も、塩水にしとどに濡《ぬ》れ、滴《しずく》を垂らしている。引きあげたけれども甲斐《かい》がない。何の甲斐もない。乳母の女房が、手を握る、北の方の手をしっかりと握る。顔に顔を押しあてる。「これほどのご覚悟であったのならば、どうして、どうして、なにゆえに！」と悶《もだ》える。「この乳母を千尋の底までお連れくださらなかった！　ああ、それにしても、何か、せめて何かひと言――」と身悶え、泣き焦がれた。「お言葉を、お聞かせを」

しかし、ひと言はない。短い返事のようなものは。ひと言は最後に、南無、と唱えられ、それは阿弥陀仏に捧《ささ》げられた。わずかに通っていた北の方の息も、もはや絶えている。

そのうちに春の夜の月も西の空に傾く。霞んだ空も明けはじめる。名残《なご》りは尽きないが、いつまでもそうしているわけにはいかない。亡き越前の三位殿のものである大将用の鎧が一領《りょう》残っていたので、これで北の方のおん骸《むくろ》をお包み申し、これならば浮きあがられることはあるまいと沈める。海に沈める。ついに、おん骸は、沈む。乳母の女房は今度こそ後《おく》れ申すまいと続いて海に入ろうとする。人々がいろいろと引き留める。海に、入れない。試みを果たせない。だとしたら、せめて、せめてと手ずから髪を切る。鋏《はさみ》で切り落とし、後《のち》、亡き三位殿のおん弟であられる中納言律師忠快《ちゅうかい》に剃《そ》っていただく。泣きながら仏の戒を受ける。そして主人の後世を弔う。

昔から夫に先立たれる女は多い。しかし、その場合も尼になるのが常で、身を投げたという例は本当に珍しい。「忠臣は二君《じくん》に仕えず、貞女は二夫《じふ》にまみえず」とは、これを言ったたか。

そんな北の方とはそもそも何者であられたかを詳《つまび》らかにすれば、この女房は頭《とう》の刑部卿《ぎょうぶきょう》藤原憲方《ふじわらののりかた》の娘、上西門院《じょうさいもんいん》に仕え、宮中一の美人との評判を取ったお方で、その名を小宰相《こざいしょう》と申した。小宰相が十六歳の安元《あんげん》年間の春のこと、主人の女院《にょいん》が法勝寺《ほっしょうじ》へ花見の御幸《ごこう》をなされた。通盛卿は当時まだ中宮《ちゅうぐう》の亮《すけ》で、この御幸にお供せられ、そして小宰相をひと目見て、思い初《そ》められた。ただひと目で。その女房の面影は身にひしと添い、その面影ばかりが添い、刹那も忘れられず、初めは歌を贈られる。つぎつぎと手紙を送られる。しかし送る便りのその数が積もるばかりでお受け入れになる様子がない。やがて、すでに三年となる。通盛卿はこれがいい最後という手紙を書いて、小宰相殿のもとへ送る。

が、折りが悪い。日ごろ手紙を仲立ちする女房に使いの者が会えない。虚《むな》しく、その使いの者が帰途に就《つ》く。と、ちょうど小宰相殿が自分の実家から御所に参上しようとしているのに出会《でくわ》す。使いの者は、そのまま務めも果たせずに帰るのは残念なので、そのお車のかたわらをすっと走り通るふりをして、通盛卿の手紙を小宰相殿の車の簾《すだれ》の中へ——。投げ入れる。

小宰相殿は車の外に具した者たちに、今のは誰、とお尋ねになる。誰が投げ入れたの、と。みな、存じません、と答える。そこで手紙を披《ひら》かれる。通盛卿からとお知りになる。車中にそのまま置いてはおけない。しかし大路に捨てるのは、さすがに憚《はばか》られる。それで袴の腰に挟んだまま、御所に参られる。そのまま、宮仕えをなさる。さて、そうして立ち働かれているうちに、ところもあろうに、女院の御前《ごぜん》に手紙を落とされてしまう。

女院がこれをご覧になる。

急いでお取りになる。御衣のおん袂《たもと》にお隠しになり、言われる。

「珍しいものを拾ったわ。この持ち主は、いったい誰でしょうね」

御前の女房たちはあらゆる神仏に誓いを立てて「知りません」「知りません」とだけ答え、しかし、そのなかで小宰相殿が顔を赧《あか》らめて、一人お答えができない。女院も、実のところ通盛卿が小宰相に言い寄っているとは前々からご存じであったので、それではとばかりに手紙を披いてご覧になる。

料紙に焚《た》きしめられた香の匂いが、妙趣にあふれる。

筆遣《ふでづか》いも並々のものではない。

「あなたがあまりに気強く、どうにも靡《なび》かれないのも、今はかえってうれしく――」

などとこまごま書いてある。それこそは浮薄でない証しなので、喜ばしい、と書いてある。お終《しま》いには一首の歌がある。

我《わが》こひは　　私の恋は
細谷河《ほそたにがは》の　　細い谷川に架けた
まろ木ばし　　丸木橋も同じです、なぜなら
ふみかへされて　　踏み返され、文《ふみ》もまた突き返され
ぬるる袖《そで》かな　　涙で袖を濡らしておりますもの、同じでしょう

女院は言われた。

「これは逢わないのを恨んだ手紙ね。あまり気強いのも、かえって我が身の不幸となりますよ」

その前例に小野小町《おののこまち》がいることを、女院はもちろんご承知だし、御前の誰もが知っていた。この女歌人は眉目形《みめかたち》が世にも稀《まれ》に美しく、情愛の道にも優れていたので、見る人聞く人、恋い焦がれないことがなかった。しかし気が強いだの容易には靡かない

だのという評判が立ち、最後には男たちの恨みが積もったその報いもあり、困窮の日々を送ることとなった。風雨を防ぐ手立てもない荒れ果てた宿に、射し込んでくる月や星の光を、一人、涙を浮かべて眺め、暮らした。野辺の若菜、沢の根芹《ねぜり》を摘んで、わずかに露《つゆ》のように儚《はかな》い命をつないだ。それが六歌仙《ろっかせん》の一人の、あの絶世の美女、小野小町の末路だった。

女院は、その例を踏まえて「どうしても返事をしなければなりませんよ、これは」とおっしゃり、畏《おそ》れ多くもおん硯《すずり》を取り寄せられると、小宰相に代わってご自身でお返事をしたためられた。

ただたのめ　　どうぞ、あてになさってね
細谷河の　　細い谷川に架けた
まろ木橋　　丸木橋と同じで、
ふみかへしては　　踏み返して、文《ふみ》を返して
おちざらめやは　　落ちますからね、お心に従いますからね

通盛卿のその胸中の思いは富士の煙のように立ち昇った。袖の上の涙は、清見《きよみ》が関に打ち寄せる波さながらだった。女のよき器量こそは幸福のもと、そして越前の三位はこの女房を賜《たま》わり、ともに深く、深く求めあい、西海の旅路もいっしょだった。船の中でもいっしょにいた。波の上の住居《すまい》に暮らした。離れず、二人は離れず、ついに

同じ冥途《めいど》への旅路にも出かけられることになった。

南無、南無、南無――。

子とその妻。子と父。門脇《かどわき》の中納言教盛《のりもり》卿は嫡子《ちゃくし》の越前の三位に先立たれてしまわれた。末子《ばっし》の業盛《なりもり》も失われた。今、頼みとなる人は、能登《のと》の守教経《かみのりつね》と僧の中納言律師忠快だけ。父は、子の妻、小宰相と申すこの女房を亡き数に入った三位殿の形見とも思っておられた。しかし、その人までもこうなられた。ひたすら心細い。父は。

父は。

あるいは子も。あるいは妻も。あるいは――南無。

十の巻

首渡《くびわたし》──長子の長子の妻子

一つの夢がある。琵琶《びわ》が咲いている。あちらにも、こちらにも咲いている。何面の琵琶があるのか。それらはあたかも極楽浄土に蓮華《れんげ》が咲くように咲く。時にはぽんと鳴って蕾《つぼみ》を開く。ぽんと。ぽんと。それから張りつめた絃《げん》が、びんと。びぃんと。咲いている。蓮華は浄土に咲き、しかし、罪に穢《けが》れたこの娑婆《しゃば》世界にもある。この穢土《えど》にも。すると琵琶は、当然ながら穢土にもある。あちらにも、こちらにも、あって、いずれ咲く。いずれ、いずれであるのならば今ではない。すると夢は覚める。

覚めれば寿永《じゅえい》三年。

二月七日、摂津《せっつ》の国の一《いち》の谷《たに》で平氏が討たれた。

同月十二日、その討ちとられた首どもが都に到着した。

平家と縁故のある人々は、歎《なげ》きあい、悲しみあった。自分たちの身近であった誰のことでつらい思いをするのだろうかと懼《おそ》れた。なかでも大覚寺《だいかくじ》に隠れておられた小松《こまつ》の三位中将維盛卿《さんみちゅうじょうこれもりきょう》の北の方《きたのかた》は、ことさら不安に思われた。噂《うわさ》では、今度の一の谷の合戦では平家一門の人々は大勢が討たれて、残りが少ないほどである、そして三位中将という公卿《くぎょう》が一人生け捕りとなって都へ上《のぼ》る、と言われていたので、これをお聞きになって「あの人に間違いないわ。私の夫に」と決めこまれた。そして衣をかぶって泣き伏しておられた。ある女房が訪れ、「三位中将殿と申すのはこちら様のことではございませぬよ。本三位《ほんざんみ》中将重衡《しげひら》様のことでございますよ」と申しあげたが、ならば斬られた平家一門の首のなかに夫のそれもあるのだわ、と、やはり拭《ぬぐ》い去れない不安に苦しまれつづけた。

同月十三日、大夫《たゆう》の判官《ほうがん》源仲頼《みなもとのなかより》が六条河原に出向いて首どもを受けとった。蒲《かば》の冠者範頼《かんじゃのりより》と九郎《くろう》冠者義経《よしつね》が「平氏の首どもは、東洞院《ひがしのとういん》の大路を北へ渡して、獄門の木にかけられるべきです」との由《よし》、奏上した。

後白河《ごしらかわ》法皇は思い悩まれた。この件、どう捌《さば》いたらよいのかのご決意がつかず、五人の公卿にご相談になった。その五人とは、太政大臣《だいじょうだいじん》、左右の大臣、内大臣、堀河《ほりかわ》の大納言藤原忠親卿《ふじわらのただちか》。この五人が、揃《そろ》って申された。

「昔から大臣や公卿の位に上った者の首が大路を引き渡されたという例はございませぬ。前例、皆無なのです。しかもこの人々はといえば、先帝の御代《みよ》に外戚《がいせき》の臣として久しく朝廷に仕えております。よって範頼、義経の申すこと、決してお許しになってはいけません」

異口同音に言われたので、引き渡さないことと定まった。

にもかかわらず、範頼と義経は重ねて奏上した。

「これらの者、保元《ほうげん》の昔を思えば祖父 源 為義《みなもとのためよし》の仇《あだ》であります」と訴え申した。「また平治《へいじ》の古《いにし》えを思えば、なにより我らの父、源 義朝《みなもとのよしとも》の敵《かたき》であります。我らは君《きみ》のお憤《いきどお》りをお鎮め申し、父祖の恥を雪《すす》ぐために命を捨てて戦いました。朝敵《ちょうてき》を滅ぼしたのでございます。今回、もしも平氏の首どもを大路に渡すことが許されないとなってしまうのでしたら、我らはこれより後《のち》、何の励みがあって逆賊を征討できましょうぞ」

範頼と義経の両人がしきりに訴え申した。

やむをえないということになり、法皇は、ついに平氏の首どもの引きまわしを許された。

晒《さら》しものにされる首どもを数多《あまた》の者たちが見た。幾らとは数えられないほどの人々が。その昔、平家一門が朝廷にお仕えして礼服の袖を連ねて参内《さんだい》していたころは、なにより平家の権勢を怖《お》じ恐れた連中が大半を占めているのだが、今は違った。今、都《みやこ》大路《おおじ》に一門の首が渡されるのを見物《けんぶつ》し、人々は哀れんだ。

人々は悲しんだ。そうでない者はいなかった。

入道相国清盛公《しょうこくきよもり》の嫡男《ちゃくなん》が小松の内大臣重盛《しげもり》公、その重盛公の嫡男が小松の三位中将維盛卿、その維盛卿の嫡男が六代御前《ろくだいごぜん》で、この六代御前という若君には斎藤五《さいとうご》、斎藤六《ろく》の兄弟がお仕え申していた。北国《ほっこく》で討ち死にした斎藤別当実盛《べっとうさねもり》の子らで、この二人の侍はどうにも気がかりなあまり、ともに賤《いや》しい者の姿に身をやつして見に行った。首はどれも見知った方々のものだった。しかし三位中将殿のお首は見えない。お見えにならないのだけれども、事のなりゆきのどうしようもない悲しさに、包み隠そうとしても隠しきれず涙はあふれる。あふれ出る。他人《ひと》に見られたら怪しまれるのがわかっているし、それが恐ろしいので急いで大覚寺へ帰った。

北の方がお尋ねになる。

「どうでした。それで、どうでした」

「小松殿の公達《きんだち》では備中《びっちゅう》の守殿《こうのとの》のお首だけお見かけ申しました」と兄弟は、重盛公の末子《ばっし》師盛《もろもり》に触れる。「その他には、あの方の首がございまして。このお方の首がございまして」

「ああ、身近な方ばかり。どれも他人事《ひとごと》とは思われません」

北の方は涙に咽《むせ》ばれる。ややあって、斎藤五が涙を抑えて語り出す。

「私ども、この一、二年は隠れ住んでおりますから人にもあまり顔を見知られておりませんか。ですから今しばらくは首を見届けるべきでございました。ただ、事情によく通じている者に出会いまして、この者が申すには『小松殿の公達はこのたびの合戦におかれては播磨《はりま》と丹波《たんば》の国境《くにざかい》にある三草山《みくさやま》を固めておられましたが、九郎義経に破られてしまい、新三位中将資盛《しんざんみすけもり》殿と小松の少将有盛《ありもり》殿、丹後《たんご》の侍従忠房《じじゅうただふさ》殿は、播磨の高砂《たかさご》からお船に乗られて讃岐《さぬき》の屋島《やしま》へ渡られたということでございますよ。それで、どうしてお一人お離れになられたのでしょうねえ、ご兄弟の中で備中の守《かみ》師盛殿だけが一の谷でお討たれなさいました』とのこと。私どもは『それでは小松の三位中将維盛殿はいかがなされたのだ』と問いまして、すると『ああ、そのお方でしたら合戦の始まる前から重いご病気で屋島にご滞在でいらっしゃったので、ご出陣は今回なかったのです』とこまごま申しておりました」

「それは、きっと」と北の方は言われた。「我々妻子をあまりに案じられて歎かれ、そうして罹《かか》られたご病気なのに相違ありません。ああ、そもそも風が吹いた日には『こんな日にも船にお乗りになられるのかしら』と肝を冷やして、戦《いく》さという時には『今にもお討たれになってしまうのでは、しまうのではないかしら』と心配しているのに、ましてそのようなご病気とあっては、いったい誰が——ぜんたい誰が手厚いお世話をしてさしあげられましょう。ああ、もっと、もっと詳しく聞きたい。いったいどのようなご病状なのか」

すると若君や姫君も言われた。妻子の子のほうも。

「そうだ。どうして『何のご病気か』と尋ねなかったのだ。お前は、五よ六よ、お前たちは」

斎藤五と斎藤六を詰《なじ》られるが、そのお稚《いと》けなさもまた、悲しい。

思う心というのは互いに通じる。妻子がこう思えば、夫もまた同じように家族を案じる。清盛公の長子の重盛公のその長子、三位中将維盛卿は言われる。

「都では家族がどんなにか私のことを心配していることか。仮に討ちとられた首の中になかったとしても、水に溺《おぼ》れて死んだかとも思おう。矢に当たって死んだかとも思おう。よもや、この世に生きているとは思うまい。だとしたら、だとしたら、儚《はかな》い命ながらもまだ生き存《なが》らえているのだとはお知らせしたい」

そして侍一人を使者として屋島から都へ上らせた。

その前に維盛卿は三通の手紙を書かれた。まず北の方へのお手紙には、「都には敵が充《み》ち満ちて、あなたの身一つですら置きどころがないと思われます。それなのに幼い者たちを引き連れて、どんなに悲しく思っておられることか。私も、こちらへあなたをお迎えしたい、同じ場所でいっしょに最期《さいご》を迎えたいとは思うのですけれども、私の身はどうなってもよいが、あなたが、やはりあなたが気の毒で、お呼びはできない」などと、こまごまと書きつづけて、お終《しま》いに一首の歌をしたためられた。

いづくとも　今度はいつ、どこで
しらぬあふせの　逢《あ》えるのかがまるでわからぬ
もしほ草　海に漂う藻塩草《もしおぐさ》のような私ですから
かきおくあとを　藻塩草を掻《か》くように、書いたこの筆の跡《あと》を
かたみとも見よ　私の形見と思って見てください

幼い人々のもとへは「物寂《ものさび》しい日々でしょう。何をして慰めていますか。急いでこちらへお迎えしますよ」と、同じ文面を別々に二通書いて、これらを都へ上る使者に託された。お預かり申して使者は上京の途に就《つ》き、北の方のところへ参り、三通のお手紙をさしあげた。

北の方は今またあらためて悲歎《ひたん》に暮れられた。使者の侍は四、五日ほど大覚寺に逗留《とうりゅう》し、それからお暇《いとま》を申した。北の方は泣く泣くお返事をお書きになった。三位中将の若君と姫君も筆に墨を含ませて、「さてお父上へのお返事は、なんと書いたらよいのでしょう」と尋ねられた。これに北の方は「どのようにでもよいのですよ。ただお前たちの思うとおりをお書きなさい」とお答えになった。

すると、二人は、同じ文面をこう書かれた。

「お父上。どうして今までお迎えくださらないのですか。恋しくて、恋しくて、なり

ませぬよ。一時《いっとき》も早く、そちらにお迎えくださいね」

これらのお手紙を賜《たま》わって使者は屋島へ帰った。三位中将維盛卿はまず幼い人々のお手紙をご覧になって、いよいよ悲歎も耐えがたいというご様子になられた。そして、泣く泣く語られた。

「そもそも、今となっては穢土《えど》を捨てるという気にもなれない」と言われた。この現世、穢土。「――出家しようという気には。今生《こんじょう》の妻への、子供たちへの愛執《あいしゅう》が強すぎて、強すぎて、浄土を願おうという気になれない。極楽浄土への往生など。なあ、なにしろこの手紙――手紙――幼い者たちの手紙！　私は、ただこれから山伝《づた》いに都へ上って、恋しい妻を、子供たちをもう一度見、あの者たちにも見られて、それから自害しよう。そうすれば愛着の綱も断ち切れるだろうから、もう一度会ってから、その後に。それが何よりだろう」

平氏の本流にいる長子の長子は、まだ穢土を捨てられない。

内裏女房《だいりにょうぼう》――都の捕虜

同月十四日、生け捕りになられた本三位《ほんざんみ》中将重衡卿《しげひらきょう》は六条大路を東へ渡された。八葉蓮華《はちようれんげ》の小さな紋が屋形にちりばめられた網代車《あじろぐるま》に乗せられ、前後の簾《すだれ》はあがり、左右の物見《ものみ》の窓は開いている。車内は外から丸見えで、まさに引きまわしの作法に従っていた。土肥次郎実平《といのじろうさねひら》が、木蘭地《むくらんじ》の直垂《ひたたれ》に小手《こて》や臑当《すねあて》、脇楯《わいだて》などの小具足だけを着け、鎧兜《よろいかぶと》は着用せずに三十余騎の随兵《ずいひょう》を引き連れて、車の前後を囲んで護送し申した。これを見て、身分のその上下にかかわらずに京都じゅうの人々が「ああ、お気の毒な、ああ」と言いあった。

「どんな罪の報いなのか、大勢おられる平家の公達《きんだち》の中でこの方だけがこのようになられるとは。清盛《きよもり》入道殿にしてもその北の方《きたのかた》の二位殿《にいどの》にしても、とりわけ寵《ちょう》されたお子であられたのに、こんなことになられるとは。院の御所や内裏《だいり》に参上したときには、老人も若い者も、この方にはとりわけ敬意を払われ申していた。とするとやはり、治承《じしょう》四年のあの十二月に総大将として奈良を攻め、諸寺を燃やし、東大寺のあの大仏まで焼き亡《ほろ》ぼしなさったことの報いであろうよ。仏罰《ぶつばつ》、仏罰」

三位中将重衡は六条河原まで引きまわされて、そこから同じ順路を引き返し、今は亡き中御門《なかみかど》家の藤中納言家成卿《とうのちゅうなごんいえなり》の八条堀河《はちじょうほりかわ》の御堂《みどう》にとどめ置き申しされ、そこを土肥次郎が警固《けいご》申しあげた。

このののち、院の御所からお使いとして蔵人《くろうど》の左衛門《さえもん》の権佐《ごんのすけ》であられる藤原定長《ふじわらのさだなが》が八条堀河へ向かわれた。赤衣《せきい》を着用し、剣を帯び、手には笏《しゃく》を持たれていた。この正装のお使いに、三位中将は紺村濃《こむらご》の直垂を着て立烏帽子《たてえぼし》をかぶり対しておられた。以前は五位の定長のことなど眼中にもなかったのに、今はあたかも冥途《めいど》で罪人どもが閻魔《えんま》の王庁の役人に会ったようなお気持ちで接せられた。閻魔王に仕える官吏《かんり》もまた、赤衣をまとうと言われているがために。

「院のおおせですが」と定長は申した。「屋島《やしま》へ帰りたいのならば、平家一門の方々へ申し送り、三種の神器を都へお返したてまつるようにせよ。そうすれば屋島へ帰す――」

後白河院《ごしらかわいん》のご意向を、そう三位中将に伝えられた。これを受け、三位中将は答えられた。

「たとえ千人の重衡なり万人の重衡なりの命とでも、それを三種の神器と交換いたそうなどという者は、内大臣宗盛《むねもり》公以下、我が一門に一人としておりますまい。あるいは母の二位の尼などは、女性《にょしょう》の身でもありますから、さように申すかもしれませんが。しかしながら、何もお取り計らいをせずに院宣《いんぜん》をお返し申すのは畏《おそ》れ多いことでございますから、いちおう屋島へ申し伝えてみることにいたしましょう」

そして屋島への三位中将の使者となったのは平三左衛門重国《へいざうざえもんしげくに》、院宣のお使いは御所にて御坪《おつぼ》の召次《めしつぎ》を務めている花方《はなかた》という者とのことだった。私用の手紙は許されていないので、三位中将は、一門の人々のもとへはお言葉のみで言伝《ことづ》てを申される。屋島にいらっしゃる北の方、大納言《だいなごん》の佐殿《すけどの》にもお言葉で申される。

「都を落ちてからの旅の空にあっても、あなたは私に慰められ、私はあなたに慰められて過ごしてきましたね。それなのに、こうして別れ別れになって、いったい以後はどれほど悲しまれておりますか。けれども夫婦の縁というのは現世だけで尽きるものではないと申しますよ。後世《ごせ》、必ずや再び生まれ逢《あ》いましょうね」

泣きながら、泣きながら、そう伝言なされる。平家重代《じゅうだい》の家人《けにん》である重国に。

使者となった重国も、涙を抑え、出立《しゅったつ》した。

ところで三位中将が長年召し使われていた侍に木工《もく》の右馬《うま》の允知時《じょうともとき》という者があった。都にいて八条の女院《にょいん》にお仕えしていたが、この知時が土肥次郎のもとに参り、

「私は中将殿に先年召し使われておりました、名は――」と素姓《すじょう》を明かした。「私は、むろん西国《さいごく》へもお供いたしたいと存じましたけれども、中将殿にお仕えするとともに八条の女院にも兼《か》ねてお仕えする身でございましたので、やむをえず都に残っておりました。そして、まさに本日でございます。大路で中将殿のお姿をお見受け申しまして、しかしおいたわしさから、まともに目を、この目を、向けることもできぬほど、ああご不憫《ふびん》で。ご不憫に思うばかりでして。そこで、もしもおさしつかえなければでございますが、お許しをいただきまして中将殿のお側《そば》に参り、いま一度お目にかかって昔話でもし、お慰め申したいと存じます。私は、とりたてて本格的な武士

というわけではございません。合戦のお供は皆無でして、ただ朝夕お側近くに奉仕していたのみでございます。とはいえ、それでもやはり案ぜられるとお思いでしたら、私のこの腰の刀、これをお取りあげお預かりあったうえで、どうぞ、枉《ま》げてお許しいただきたいと存じます」

知時はこう申した。

土肥次郎は情けある男で、あなた一人ならばさしつかえあるまいと言い、「しかしながら念のために」と腰の刀は預かり、重衡卿のもとへ入れた。右馬の允はたいそう喜んで、急いで参ってお目にかかる。と、深く思いに沈んでおられるご様子の三位中将重衡卿は、お姿もすっかり窶《やつ》れ果てていらっしゃる。右馬の允知時は、涙を堪《こら》えることができない。

三位中将も知時をご覧になる。

夢のなかでさらに夢を見るような心地で、何事もおっしゃれない。おっしゃらない。ただ泣くばかり。

しばらくして昔や今の話をなさり、それから知時に問われる。

「それで、私はお前を仲立ちとして言葉を交わした女性がいたが、あの人はまだ内裏に仕えていると聞いているか」

「はい。そのように聞いております」

「私は、西国に下《くだ》ったときにあの人に手紙もやらず、言い残すことさえしなかった。『現世ばかりではなく来世までも』と契《ちぎ》ったこと、みな偽りであったと感じているだろう。それを思うと恥ずかしい。私は、ぜひ、今こそ手紙をやりたいと思うぞ。知時よ、尋ねて行ってくれまいか」

「お手紙を頂戴《ちょうだい》して、もちろん参りましょう」

知時が申し、中将はたいそう喜び、すぐさま書いてお渡しになった。しかし警固の武士たちが検閲のことを言った。

「それはいったい、どういう類いのお手紙でしょうか。お出しすることはできませんが」

中将は、お見せせよ、と知時に言われた。

見せた。

「さしつかえありますまい」検《けみ》した武士が手紙を返した。

知時はその手紙を持って内裏へ参る。昼は人が多い、そこで近所にある小屋に立ち寄って日の暮れるのを待つ。それから女房の局《つぼね》の裏口の辺りにたたずみ、様子を探る。と、この女房のものらしい声がする。くどくどと繰り返されている。

「平家一門に大勢いらっしゃる公達の中で、よりによって三位中将お一人だけが生け捕りにされて大路を引きまわされるなんて。世間では誰もが奈良を焼いた罪の報いだと言いあっていて、そして中将その人もそうおっしゃった。あの方は、『私が焼こうなどと思って焼いたのではないよ。敵味方は判然とせぬが、無頼の輩《やから》がやたらといたのだ。こうした連中が、てんでに火をつけて、多くの仏堂と仏塔とを焼き払ってしまったのだ。とはいえ葉末《はずえ》の露《つゆ》というのは集まって幹の大きな雫《しずく》となる。ゆえに配下の者どもの行なったかもしれぬ悪事は大将であった私の責となろう。積もり積もった大きな罪にだよ。悪行《あくぎょう》にだよ。これは間違いない』とおっしゃった。つまり、本当に、そのとおりにね。だからこんな――」

そう繰り返し、さめざめと泣いておられる。

右馬の允は、そうだったのか、この女房のほうでも中将殿を思い慕っておられたか、なんともお気の毒にと思い、呼びかける。

「ごめんください」

すると、訪《おとな》ったのは何者、どちらから、と女房が尋ねられる。

「――どなたのお使いですか」

「三位中将殿からお手紙でございます」

この右馬の允知時の返事に、普段は慎み深くその身を人目にさらすことを避けておられた高貴な女房が、切ない思いを抑えかねたのか「どこに、どこに。いずこにそのお使いはおられるの」と走り出て、ご自身で手紙をとってご覧になる。

ご覧になると、書かれている。
西国で捕らわれたときの様子が。
今日明日とも知れない我が身の行く末のことなどが。
こまごまと。書きつらねられてある。
そしてお終《しま》いに、一首の歌がある。

涙河《なみだがは》　涙が川と流れます
うき名をながす　そこに悪評を浮かせ、流した
身なりとも　この私です、けれども
いま一《ひと》たびの　もう一度、せめてもう一度
あふせともがな　あなたにお逢いしたいものです

女房はこれをご覧になり、直後は何もおっしゃられず、手紙を懐《ふとこ》ろに入れ、泣かれる。ただただ、泣かれる。ややあって、そのまま永遠に泣きつづけているわけにもいかないので、お返事をなされる。心苦しく胸が塞《ふさ》がる思いで過ごしたこの二年の心中を綴《つづ》り、そしてお終いに詠《よ》まれる。

君ゆゑに　あなたのために
われもうき名を　私もひどい噂《うわさ》を、浮かばせて
ながすとも　この世に流すことになりましても

そこのみくづと　海底のごみになるように
ともになりなむ　いっしょに死ねもしますから

その女房のお手紙を、知時が八条堀河の重衡卿のおられるところに持参する。警固の武士たちが再び検閲せんと「拝見させていただきましょう」と言う。知時はそれを見せる。

「さしつかえありません」

許可は出た。それは三位中将にさしあげられた。

三位中将は、読まれた。

いよいよ思慕の情はつのられたのだろう、三位中将は土肥次郎に向かって「長年連れ添ってきた女房にいま一度なりと対面して、申したいことがあるのですが、どうしたらよろしいですか」と言われた。暗に懇願なされた。土肥次郎実平は、やはり情けある男で、「まことに女房などにお会いになるということでしたらば」と言い、「なんのさしつかえがありましょう」とお許し申しあげた。中将はたいそう喜び、人に牛車《ぎっしゃ》を借り受けて、迎えにやった。

女房のほうはと言えば、取るものも取りあえずこの車に乗って来られた。濡《ぬ》れ縁《えん》に車を寄せつけ、参ったということを申した。

三位中将が迎えに出られる。車寄せに。

「武士どもが見ております。車からお降りなさいますな」と言われる。

そして車の簾をひきかぶり、顔だけその車内《なか》に入れて、手をとりあわれる。

三位中将と、女房が。

顔に顔を押しあてられる。

中将と、女房が。

しばらくは何もおっしゃらない。ただ、泣かれる。

時間が経《た》ち、中将は言われる。

「西国へ下ったとき、もう一度お逢いしたいと思っておりましたが、おしなべて世間が騒然としていたために申しあげる術《すべ》もなく西下《さいか》いたしました。それからは、どうにかお手紙さしあげよう、お返事いただこうと思っていたのですが、意のままにならぬのが旅の習い、そのうえ明け暮れの合戦続きですからそうした間《ま》もないまま、空《むな》しく年月を送ってしまいました。しかし、今、私はこうして人目を恥じる囚《とら》われの身となりました。みじめ過ぎる様《さま》ではありますが、これこそ再びお目にかかる巡りあわせであったのです」

運命、と口にされた。

それから袖を顔に押しあてたまま、俯《うつぶ》せになられた。

三位中将と女房、その互いの心中はいかばかりかと推し量られて、痛ましい。

そのようにして夜も半ばとなる。中将は言われる、このごろは都大路《みやこおおじ》も物騒ですから早々に、と。早々にお帰りなさい、と。お帰しする。女房の車を引き出す、動き出す。中将は別れの涙を抑えられる。いや、抑えても泣かれている。女房の袖を泣く泣く引きとめて、詠まれる。

逢《あ》ふことも　あなたと逢うことも、そして
露の命も　私のこの露のように儚《はかな》い命も
もろともに　そのいずれもが
こよひばかりや　今夜が最後ですね
かぎりなるらむ　もう今夜限りなのでしょうよ

女房も涙をこらえて、返し歌をされる。

かぎりとて　最後だ、今夜限りだと言って
立ちわかるれば　お別れをしたら
露の身の　私のほうのこの儚い身が
君よりさきに　あなたより先に
きえぬべきかな　消えてしまうに違いありません

さて女房は内裏へ帰られた。その後は警固の武士が許さないので、やむなく、お手紙だけをときどき通わせられた。この女房というのは民部卿《みんぶきょう》の入道平親範《たいらのちかのり》の娘で、容姿は人に優《すぐ》れ、情の深い人だった。のちに中将が南都《なんと》へ渡されてお斬られになると聞くと、そのまま出家された。濃い墨染《すみぞめ》の法衣を身に纏《まと》われた。重衡卿の後世の安泰《あんたい》を祈られた。そのような人だった。

あわれな。ああ、あわれな。

そして屋島では。

八島院宣《やしまいんぜん》——そこに書かれた内容

屋島《やしま》に、三位《さんみ》中将重衡卿《しげひらきょう》のお使いの平三左衛門重国《へいぞうざえもんしげくに》および院宣《いんぜん》のお使いたる御坪《おつぼ》の召次《めしつぎ》が到着し、院宣をたてまつる。平家一門の棟梁《とうりょう》であられる大臣殿以下、公卿《くぎょう》と殿上人《てんじょうびと》が参集される。そして院宣を披《ひら》かれる。

そこには書かれている。

「安徳《アントク》天皇ガ京都ノ御所ヲ出テ諸国ニ行幸《ギョウコウ》シ、三種ノ神器ガ南海ト四国ニ埋モレテ数年ニ及ンデイルコトコソ、ナニヨリ朝廷ノ歎《ナゲ》キデアリ国家ヲ滅亡ニ至ラセル基《モト》デアル。ソモソモコノ重衡卿ハ東大寺ヲ焼キ滅ボシタ叛逆《ハンギャク》ノ臣デアル。頼朝朝臣《ヨリトモアソン》ノ申シ出ノトオリニ死罪ガ当然デアルケレドモ、一人、親族ニ別レテスデニ捕虜ノ身デアル。籠《カゴ》ノ鳥ガ雲ヲ恋ウヨウニ、コノ重衡卿ノ心ハ遥《ハル》カ千里ノ南海ニ走ッテイルデアロウ。帰ル雁《カリ》ガ群レカラ離レタヨウナ思イデ、定《サダ》メシ幾重《イクエ》モノ雲ガ隔テル屋島ノ地ヲ想《オモ》イ浮カベテイルデアロウ。シタガッテ三種ノ神器ヲ都へ返還シタテマツルナラバ、重衡卿ハソノ罪ヲ許サレルコトトナッテイル。院宣、以上ノトオリ。ヨッテ以上ノトオリニオ取リ次ギイタシマス。

寿永《ジュエイ》三年二月十四日。大膳《ダイゼン》ノ大夫《ダイブ》業忠《ナリタダ》ガ承《ウケタマワ》リ。

差シ上ゲル。平大納言《ヘイダイナゴン》殿へ」

請文《うけぶみ》——断腸の思いで

そして大臣殿こと宗盛《むねもり》公と平大納言《へいだいなごん》こと時忠卿《ときただきょう》のもとへは重衡《しげひら》卿からのお手紙があり、これが院宣《いんぜん》の趣旨を申される。また、重衡卿はおん母上、二位殿《にいどの》にもお手紙をさしあげ、ここにはこまごまと書かれている。それも「もう一度、息子の私をご覧になろうとお思いでしたら、内侍所《ないしどころ》のおん事を大臣殿によくよくお話しくださいませ」と、三位《さんみ》中将重衡卿は三種の神器の一つである内侍所、すなわち八咫《やた》の鏡に触れられている。「——そうしていただけねば、現世ではもうお目にかかることができようとは思われません」

これを読まれて、二位殿は、何とも言われない。おっしゃれる言葉がない。手紙を懐《ふところ》ろに入れて下を向かれた。その心のうちは、実際、どれほどの悲しみにあふれていらっしゃったのか。推し量られて痛ましい。

じき、平大納言時忠卿をはじめとして平家一門の公卿《くぎょう》、殿上人《てんじょうびと》が寄りあわれて、おん請文《うけぶみ》すなわち院宣に対するご返書について評議せられた。その場に二位殿が、人々の列座しておられる後ろの襖障子《ふすましょうじ》をひきあけて、中将の手紙を顔に押しあてながら、お出ましになる。大臣殿の御前《ごぜん》に倒れ伏される。

母が。

中将重衡卿の母であり前《さき》の内大臣宗盛公の母であられる母が。

一人の母が。

泣きながらおっしゃられる。

「あの中将が京都から言いよこしたことは、ただ、ただ、ただ、可哀そう。その心のうちで、一体どれほど、どれほど、どれほど、思いつめているでしょう。どうぞ私に免じて、この私に免じて内侍所を都にご返還申しあげてください」

母が言われた。

そして母に言われた大臣殿が申された。

「それはもう、この宗盛もそうは思いますよ、まことに。しかしどうでしょうか、世間の聞こえは。みっともないのでは。加えて、源氏の一門の棟梁《とうりょう》である頼朝《よりとも》がどう思うかを考えると、平氏の一門の棟梁である私は気がひけて、気がひけて。ですから、そう簡単に内侍所をお返し申すことは、いやあ、できますまい。それとです、帝《みかど》がただいま皇位を保っていらっしゃるのも、まったく内侍所をお持ちになっておられるゆえ。どうでしょうか、子がかわいいのも時と場合によりけり、中将一人のために他の子供たちや一門の人々をお見捨てなされるというのは、ねえ、どうでしょうか」

問われて、しかし二位殿は重ねておっしゃる。

「私は入道殿に、亡き夫の清盛《きよもり》公に死に後《おく》れたのちは片時《かたとき》も生きていようとは思わなかったのですよ。それでも、主上《しゅじょう》がこのようにいつ終わるともしれない旅を続けていらっしゃることがお気の毒で、それに、それに、再びあなたの時代にしてあげたいと願うからこそ」と母は母の声で言われる。「今まで生き存《なが》えてきたの。中将が一《いち》の谷《たに》で生け捕りになったと聞いてからはこの身から気力というものが失《う》せてしまって、どうにかして、どうにかして、いま一度だけは現世で会いたいと思って、でも夢にさえ見えない。あの子の姿が。胸はいっそう塞がったわ。湯水も喉《のど》へ入れられない。どうにも通らないのです。そして今、この手紙を見てからは、いよいよ思いを晴らす術《すべ》がない。ないの！　ああ、中将が『この世に亡い者となった』などと聞いたならば私もともに。死出の旅に。そう思っておりますよ。これ以上つらい思いをする前に、さあ、私の命を断ってくださいな」

泣き叫ばれた。母は。

しかも、そう思われるのもご尤《もっと》もと感じられ、列座する一門の人々はみな、涙を落としつつ目を伏せられた。

ここにいま一人の息子、宗盛公の弟にして重衡卿の兄の新中納言知盛卿《とももり》が諫《いさ》めて、次のように申された。

「たとえ、三種の神器を都へお返し申しあげたところで——」と、知盛卿は毅然《きぜん》と切り出された。「重衡をお返しくださること、ないと見た。ですから、ただ憚《はばか》るところなく、『引き換えにはできません』というこちらの言い分をご返書で述べられるのがよいでしょう」

「それは、もっとも妥当」と大臣殿が言われた。凜乎《りんこ》として申され弟に言われた。

「この意見こそが。実に実に」

そしてご返書を書かれた。おん請文を。

一門の棟梁は、おん請文を。

母、二位殿は、子へのお返事を。

泣きながら中将重衡卿に宛《あ》てて書かれる。しかし涙に目が曇っていて、筆さきは揺れ、跡《あと》は乱れ、それでも息子を思う心に任せて、したためられる。こまごまと——こまごまと。それを平三左衛門重国《へいぞうざえもんしげくに》に託される。

母がこうであられて、それでは妻はどうか。

同じように屋島《やしま》におられる重衡卿の北《きた》の方《かた》、大納言《だいなごん》の佐殿《すけどの》は。

やはり、泣かれている。同じように。

しかし手紙は、したためられない。

ただ泣き、泣き、泣き暮れて、いっこう書かれない。

どれほどの悲歎《ひたん》なのか。その心境は容易に推し量れて、痛ましい。

重国も狩衣《かりぎぬ》の袖の涙を搾《しぼ》りながら、その御前を泣く泣く退出する。

三位中将のお使い、平三左衛門重国はこれであとは屋島を発《た》つだけとなる。いま一人、院宣のお使いの御坪《おつぼ》の召次花方《めしつぎはなかた》は、その前に平大納言時忠に呼び寄せられ、「お前は花方か」と名を問われる。

「さようでございます」

「法皇のお使いとして、ここまで海路はるばる参ったか」と平大納言が言われる。

「よしよし、ならば一つ、お前に一生の思い出となるものをやろう」

こう言い、花方のその顔に焼き印を捺《お》された。その頰《ほお》から顎にかけて、浪方《なみかた》、という焼き印を。

浪路《なみじ》を分けてきたから、浪方——。

そのように焼いた金属で二文字、捺された。

惨《むご》たらしく。

しかし焼き印は人を殺しはしないし、その務めを中断させもしない。屋島から都へ、使者は帰り上《のぼ》る。法皇はこれをご覧になる。焼き印を、浪方を。

「むう。よいよい、致し方ないぞ」と法皇は言われる。「なあ、朕《ちん》は院庁《いんのちょう》の者らに命じようぞ、これからはお前を『浪方』という名で仕えさせよ、とな」

後白河法皇はそのように側《そば》の者たちに告げ、お笑いになる。

お笑いになる。

それから、披《ひら》かれる。披かせる。おん請文を。

そこには書かれている。

「今月十四日ノ院宣ハ同月二十八日ニ讃岐《サヌキ》ノ国ノ屋島ノ磯《イソ》ニ到着イタシマシタ。ソノ趣旨、謹《ツツシ》ンデウケタマワリマシタ。

タダシ重衡卿ノ命ト三種ノ神器ノ引キ換エトイウ件ヲ考エテミマスト、通盛卿《ミチモリ》以下、スデニ当家ノ数人ガ摂津《セッツ》ノ国ノ一ノ谷デ討タレテシマッテオリマス。ドウシテ重衡卿一人ノ赦免《シャメン》ヲ喜ベマショウ。ソモソモ我ガ君《キミ》ハ亡キ高倉上皇カラ帝位ヲ譲リ受ケラレテ、ゴ存位スデニ四カ年。堯舜《ギョウシュン》ノ古キ善《ヨ》キ政道ニ学ンデ治世ヲ行ナッテオラレマシタ。ソコニ東国《トウゴク》ノ頼朝デス。北国《ホッコク》ノ義仲《ヨシナカ》デス。アレラガ徒党ヲ結ビ、群レヲ成シテ京都ニ攻メ入ッテキタノデ、シバラク九州ニ行幸《ギョウコウ》ナサレタノデス。一ツニハ幼帝ト母后ノオン歎《ナゲ》キガ深カッタタメニ、一ツニハ外戚《ガイセキ》ト近臣ノ憤《イキドオ》リガ深カッタタメニ、コノ行幸ハアッタノデス。ダトスルナラバ、京都ニ還幸サレルコトナクシテ三種ノ神器ヲ天皇ノオ体カラオ離シタテマツルコトハ、トテモトテモ。礼記《ライキ》ニハコウアリマス。『臣ハ君ヲモッテ我ガ心トシ、君ハ臣ヲモッテ体トスル。君ガ安泰《アンタイ》デアレバ臣モ安泰、臣ガ安泰デアレバ国モ安泰。君ガ上ニアッテ憂《ウレ》ウルトキハ、臣モ下ニアッテ楽シムコトガナイ』ト。デスカラ心デアル天皇ニ歎キ悲シミガアレバ体デアル臣従《シンジュウ》ニ喜ビナドナイノデス。ソモソモ当家ハ、先祖平将軍貞盛《ヘイショウグンサダモリ》ガ相馬《ソウマ》ノ小次郎将門《コジロウマサカド》ヲ追討シテ以来、関東八カ国ヲ平定シテ子々孫々ニ伝エ、朝敵《チョウテキ》トナッタ謀叛《ムホン》ノ臣ヲ誅《チュウ》シテ代々皇室ノ聖運ヲ守ッテマイリマシタ。ソレユエニ亡父ノ故太政 大臣《ダイジョウダイジン》清盛公ハ、保元《ホウゲン》、平治《ヘイジ》ノ二度ノ合戦ノトキニ勅命《チョクメイ》ヲ重ンジテ、自ラノ命ナドハ顧ミズニ戦イマシタ。ヒタスラ君ノタメニ戦ッタノデアッテ我ガ身ノタメデハゴザイマセン。ソシテ特ニ申シアゲマスガ、アノ東国ノ頼朝、カノ頼朝ハ去ル平治元年十二月ニソノ父左馬《サマ》ノ頭義朝《カミヨシトモ》ノ謀叛ニヨリ死罪ニ処セラルベキ旨ノ勅命ガゴザイマシタ。シカシナガラ故入道相国《ショウコク》ガ慈悲ノアマリニオ赦《ユル》シヲ願イ出テ、流罪ニ緩メラレタノデス。シカシ頼朝ハ、アア何タルコトカ、昔ノ大恩ヲ忘レ、厚意ヲ無視シ、突如トシテ流人ノ身ナガラ当家打倒ノ兵ヲ挙ゲマシタ。猥《ミダ》リニ叛乱《ハンラン》ヲ起コシタノデゴザイマス。コノ愚カサ、言葉デモッテハ表ワセマセン。果タシテ神々ノ天罰ヲ覚悟シテイルノデショウカ。敗北ト滅亡トヲ予期シテイルノデゴザイマショウカ。孝経《コウキョウ》ニハコウアリマス。『日月ハ一物《イチモツ》ノタメニソノ明ルサヲ滅ズルコトハナイ。明王ハ一人ノタメニソノ法ヲ枉《マ》ゲルコトハナイ』ト。タダ一ツノ悪イ点ガアルカラト他ノ善《ヨ》イ行ナイヲ忘レテシマッテハナリマセヌシ、ワズカナ過《アヤマ》チガアルカラト他ノ功績ヲ見逃《ミノガ》スヨウナコトモアッテハナラナイノデハナイカト存ジマス。イカガデショウカ。一ツニハ当家ノ代々ノ奉公、一ツニハ亡父清盛公ノ数度ノ忠節、コレヲオ忘レデナケレバ、畏《オソ》レ多イコトナガラ後白河法皇ニオカレマシテハコノ四国ノ地ニ御幸《ゴコウ》ナサルベキデアリマショウ。ソノトキニハ私ドモハ院宣ヲオ受ケ申シ、再ビ京都ニ帰ッテ頼朝メヲ討チ、コレマデノ恥辱ヲ雪《スス》グコトデゴザイマショウ。モシ、サモナクバ、私ドモハ鬼界《キカイ》ガ島《シマ》ニ、高麗《コウライ》ニ、サラニハ天竺《テンジク》ニ、震旦《シンタン》マデモ参ル決意デゴザイマス。アア、悲シイコトデゴザイマスヨ。ソウナレバ我ガ国ノ神代ノ霊宝ハ、人皇《ジンノウ》八十一代ノコノ御代《ミヨ》ニ当タリ、ツイニ虚《ムナ》シク異国ノ宝トナッテシマイマスヨ。三種ノ神器ガソウナッテシマウノデスヨ。以上、コレラノ趣旨ヲ然《シカ》ルベク後白河法皇ニ奏上シテイタダキタク存ジマス。宗盛、畏レ謹ンデ申シアゲマス。

寿永《ジュエイ》三年二月二十八日。従《ジュ》一位　平朝臣《タイラノアソン》宗盛ノ請文」

戒文《かいもん》――法然上人《ほうねんしょうにん》が称名《しょうみょう》を勧める

　都に、院の御所がある。亡き中御門《なかみかど》家の藤中納言家成卿《とうのちゅうなごんいえなりきょう》の八条堀河《はちじょうほりかわ》の御堂《みどう》がある。三位《さんみ》中将がおられる。警固《けいご》する土肥次郎実平《といのじろうさねひら》がいる。土肥の主人、九郎御曹司《くろうおんぞうし》義経《よしつね》もまた、都におられる。

三位中将重衡《しげひら》卿が、おん請文《うけぶみ》の次第を耳にされる。

「やっぱりそうであったか」と言われ、悔やまれる。「一門の人々はどんなに私のことを悪く思っているであろう」

　そう後悔されるが、今となってはしかたがない。実際のところ重衡卿一人を惜しんで、三種の神器というあれほどの日本国《にっぽんこく》の重宝をお返し申すとは思われない。ゆえに、おん請文のこのような趣旨は前もって予想されていたけれども、それでも諾否をまだ言ってこない間は、なんとも気がかりで、鬱々《うつうつ》としておられた。しかし、おん請文がすでに到着し、関東へ下《くだ》られることが決定して、それで重衡卿はあらゆる望みが断たれてしまわれた。万事が心細く、都の名残《なご》りも今さら惜しく思われた。

いよいよ鎌倉へ護送されるのであるからと、都の、その名残りが。

　都には、三位中将重衡卿がおられるし、また、それを警固して土肥次郎実平がいる。三位中将は土肥次郎を召し、「私は出家したいと思うのだが、どうであろうか」と言われる。実平はこの由《よし》を主《あるじ》の九郎御曹司に申し伝える。九郎御曹司はこの由を院の御所へ奏上される。すると、院、後白河《ごしらかわ》法皇より「頼朝《よりとも》に会わせた後ならば朕《ちん》はどうなりとも取り計らおうぞ。しかし、ただいまは許すことはできぬ」と言われる。この由を九郎御曹司が土肥次郎実平に、実平が三位中将に申し伝え、すると三位中将は「では、長年師弟の契《ちぎ》りを結んでいる聖《ひじり》にいま一度対面して、後世《ごせ》のことを話しあいたいと思うのだが、どうであろうか」と言われる。

「聖とは誰のことを言われますか」

「黒谷《くろだに》の法然房《ほうねんぼう》と申す人です」

「法然房ですか。ならばさしつかえありますまい」

面会をお許し申しあげる。中将は大変に喜び、聖のお出《い》でを願われる。招かれる。八条堀河に、法然上人《しょうにん》を。

上人はいらっしゃる。

中将は涙にくれながら上人に言われる。

「今回、こうして生け捕りにされましたこと、再び上人にお目にかかれる宿命でございました。そして、お尋ねしたいと思うのです。この重衡が来世で救われるには、どうしたらよいのか、と。いまだ自由の身であった時分、栄華なるものを極めていたころは、宮仕えに紛《まぎ》れ政務に縛られ、驕《おご》り高ぶり人を見下し、そうした心ばかりが深く、来世の幸不幸を顧みることがありませんでした。ましてや平家一門の運が尽き、乱世となって以後は、ここに戦いあそこに争い、他人《ひと》を滅ぼし我が身を助けようと思う悪心ばかりに邪魔されて、善心がついに発《おこ》りませんでした。特にお話ししておきたいことに、あの奈良炎上がございます。あれは王命、すなわち天皇のご命令であり、武命、すなわち我が武門の命令でもありました。君《きみ》に仕えて世に従わなければならない道理がございますから、これを避けえず、寺々の衆徒《しゅうと》どもの悪行《あくぎょう》を鎮めるために赴いたのでございますが、思いがけなくも伽藍《がらん》の焼亡《しょうぼう》となってしまいました。これは、いたしかたない次第でございますが、そのときの大将軍でありました以上は、例の『責任は上一人《かみいちじん》に帰する』でございますから、重衡一人の罪業ということになってしまうであろうと思われます。また、いま現在このように囚《とら》われの身となりまして人の思いも及ばない恥をさらしておりますのも、まさに因果応報なのだと思い知らされております。今は頭を剃《そ》り、仏の御教《みおし》えの戒律を守る誓いを立て、ひたすら仏道修行をしたいと存じますが、しかし生け捕られた身でございますから我が心の思うには任せられませぬ。今日明日にも絶たれるかもしれない命でもあり、ですからいかなる行《ぎょう》を修めたところで罪業の一つも助かりそうにないのは、残念です。つらつら一生の我が行ないというのを考えますと、罪業はその高さ八万由旬《ゆじゅん》の須弥山《しゅみせん》よりも高く、善業は塵《ちり》ほども積んでおりません。このまま虚《むな》しく命が終わりましたならば、地獄道で苦しみ、畜生道で責められ、餓鬼道で辛酸を嘗《な》めること、疑いありません。願わくは上人様、このような悪人の助かる方法がございますならば、慈悲心を発《おこ》され憐《あわ》れみを垂れて、どうぞ、どうぞお示しください」

そのとき、上人はしばらくは何事も口にされない。

なぜならば涙に咽《むせ》ばれている。

咽び泣かれている。

しかし、少し経《た》ち、教え導きはじめられる。

「まことに生まれがたい人間界に生を授かった身でありながら、仏果を得ず、ふたたび地獄と畜生と餓鬼の三悪道に帰られることは、どんなに悲しんでもなお余りあります。しかしながら今、この穢土《えど》を厭《いと》い、浄土に往生することを望むために悪心を棄《す》て善心を発《おこ》されておられることは、過去世《かこぜ》と現在世《げんざいせ》と未来世《みらいせ》、この三世《さんぜ》のそれぞれ一千の諸仏もさだめしお喜びなさるでしょう。さて、そのことについて、迷いの境界《きょうがい》を離れ出る道というのはまちまちですが、この今、人心濁り乱れた末法の当今にあっては称名《しょうみょう》こそがなにしろもっとも優《すぐ》れた道。口称《くしょう》の念仏をもって一番とします。志《こころざ》すところの極楽浄土を上品上生《じょうぼんじょうしょう》生から下品下生《げぼんげしょう》までの九つの等級に分け、一切の修行を六字の念仏に含めておりますから、いかに道理に味《くら》い愚か者でも容易に唱えうるのです。この六字は。ええ、南無阿弥陀仏は。罪深いからといって、卑下なさることはございませんよ。十悪五逆《じゅうあくごぎゃく》の罪を犯した者もその心を改めれば往生を遂げられますよ。功徳《くどく》が少ないからといって望みを失ってはなりませんよ。まずは一度、南無阿弥陀仏《なむあみだぶつ》と唱える。または十度、南無阿弥陀仏と唱える。これを心がければ仏の来迎《らいごう》にあずかれます。阿弥陀仏が極楽浄土から迎えに来てくださるのです。穢土、すなわち煩悩に穢《けが》れたこの娑婆《しゃば》世界を去らんとする者を。浄《きよ》いところに。穢土より、浄土に」

それから上人は四つの句を挙げられた。

「善導大師は『専称名号至西方《せんしょうみょうごうしさいほう》』と説かれています。雑念をまじえず、ひたすら南無阿弥陀仏と名号を唱えれば西方浄土に至るのだと教えられています。それから『念々称名 常懺悔《ねんねんしょうみょうじょうさんげ》』とも述べ、絶え間なしに阿弥陀仏の名号を唱えることは過去の罪障《ざいしょう》を悔い改めることに通ずる、と教えておられます。また『利剣即是弥陀号《りけんそくぜみだごう》』といって、阿弥陀仏の名号は悪魔を断つ鋭い剣ですから、いかなる魔物の類いもこれを頼みとすれば近づきません。さらに『一声称念罪皆除《いっしょうしょうねんざいかいじょ》』、ひと声の念仏で一切の罪業が除かれるとも説かれております」

専称名号至西方。
念々称名常懺悔。
利剣即是弥陀号。
一声称念罪皆除。

「ただいま浄土宗の極意するところを簡略に申し述べました。肝腎なのはこの大要を知ること。極楽浄土に往生できるか否かは、もちろん信心の有無によりますから、ただ深く信じて、ゆめゆめ疑ってはなりませんよ。もし、この教えを深く信じて、日常の起居動作の、いつでも、いかなる場所でも、いかなる機会にも、その一切の行為において心に阿弥陀仏の名号を念じて口にそれを唱えることをお忘れにならなければ、臨終のときを契機として、この苦に満ちた現世を離脱して、かの極楽浄土に往生なさることは疑いありません」

二度と穢土には退転することがない永住の地に——と法然上人は教え諭された。

中将はこのうえもなく喜ばれ、「このおりに受戒したいと存じますが、出家しなければそれは許されないのでしょうか」と問われた。仏の御教えの戒律を授けられ、それを保つには仏門に入らなければ無理なのか、と。

「出家しない人でも戒を受けるのは、受けられるのは、世間では普通のこと」

上人は答えられた。

それから三位中将の額に剃刀《かみそり》をあてて剃《そ》る真似をし、十戒を授けられた。

中将は、随喜の涙を流してこの十悪を禁ずる戒めを受け、保たれた。

上人はあらゆることが哀切きわまりないと思われて、悲愁に沈みながら戒を説かれた。涙しながら。

お布施《ふせ》というおつもりで、中将は長年よく遊びに行っておられた侍のもとに預けておかれたおん硯《すずり》を知時《ともとき》を使いとして取り寄せ、上人にさしあげた。「どうか、この品は他人《ひと》にはお与えにならず――」と言われた。「いつも上人様のお目にふれるところに置かれて、ご覧のたびごとに『あれは重衡のものであるよ』とお思いになって、それこそ私自身とも見做《みな》されて、ご念仏くださいませ」と南無阿弥陀仏を乞われた。「お暇のおりには経の一巻もご回向《えこう》くださいますならば、ありがたく存じます」と、涙ながらに中将は申された。上人は何ともはっきりとはお返事できない。これを受け取って懐《ふとこ》ろに入れ、墨染《すみぞめ》の袖を涙に濡《ぬ》らしながら、泣く泣くお帰りになった。この硯は父親の入道相国清盛《しょうこくきよもり》が、宋《そう》の皇帝に多くの砂金を献上したので、その返礼ということで「日本《にっぽん》、和田《わだ》の平大相国《へいだいしょうこく》のところへ」と贈られたものであるという。名を松陰《まつかげ》と申した。

申した。その名を松陰、と。繰り返す。松陰、と申しました。

しかしながらそのような名よりも大事なのは、あの四句。

専称名号至西方。

念々称名常懺悔。

利剣即是弥陀号。

一声称念罪皆除。

ゆえに念仏。ゆえに南無阿弥陀仏なのだ。それゆえ六字の念仏なのです。

海道下《かいどうくだり》——鎌倉までの道行《みちゆき》

六字です。
一、南《な》。
二、無《む》。
三、阿《あ》。
四、弥《み》。
五、陀《だ》。
六、仏《ぶっ》。
これら一二三四五六の字。そして二字と四字に分けるならば、南無と阿弥陀仏。この穢土《えど》があの浄土を夢見るための、南無と阿弥陀仏。

南無！

そして鎌倉から声がします。鎌倉に佐殿《すけどの》がおります。前《さき》の兵衛《ひょうえ》の佐頼朝《すけよりとも》がいて、この源氏の棟梁《とうりょう》は本三位《ほんざんみ》中将重衡卿《しげひらきょう》の身柄を引き渡すようにとしきりに要請されています。

「それでは鎌倉へ下向させよ」

決定があり、重衡卿は土肥次郎実平《といのじろうさねひら》のもとからまずは九郎御曹司《くろうおんぞうし》義経《よしつね》の宿所へ。それから、同年三月十日、梶原平三景時《かじわらへいぞうかげとき》に連れられて鎌倉へ。

下《くだ》られます。

西国《さいごく》から生け捕りにされて都へ上《のぼ》られたことは口惜しかったでしょうに、今また早くも逢坂《おうさか》の関を越えて東国《とうごく》へ。西国、都、東国。その重衡卿の心中はさぞ悲痛であろうと推し量られて、ひと言、あわれであります。

まず四宮河原《しのみやがわら》にさしかかります。ここは逢坂山の入口、昔、醍醐《だいご》天皇の第四皇子《おうじ》であられた蟬丸《せみまる》が琵琶《びわ》を奏でられたところ。蟬丸、蟬丸。その両目には障《さわ》りを持っていらっしゃったお方です。ものが見えず、しかし琵琶の名手であられたお方。おお琵琶！　蟬丸は逢坂の関を吹きわたる風の音に心を澄《す》まして、撥《ばち》を、撥を弾《はじ》かれていた。ああ撥！　これを博雅《はくが》の三位《さんみ》という人が三年の間、通いつづけて立ち聞きした。風の吹く日も。風の吹かぬ日も。雨の降る日も。雨の降らぬ日も。琵琶を習いたいために。盲《めし》いた名手、蟬丸より伝授されたいと欲するがために。蟬丸、琵琶、——そして秘曲。博雅の三位は、かの三曲の秘曲を受け伝える。三位が、三年間、三曲。三、三、三。

蟬丸が暮らされていたのは藁葺《わらぶ》き屋根の粗末な家。

四宮河原ではその家が想《おも》い起こされて、胸に迫ります。

迫る。

逢坂山を越える。

近江《おうみ》の国に出る。

勢田《せた》の唐橋《からはし》を馬の足音も高く、高く踏み鳴らして渡る。

野路《のじ》の里を過ぎる。

里では雲雀《ひばり》が空高く上がっている。上がっていた。

志賀《しが》の湖畔。

その一帯には春の波が寄せている。

鏡山《かがみやま》が、霞《かすみ》に。

曇る。

比良《ひら》の高嶺《たかね》を北に見て進む。

進む。やがて。

伊吹山《いぶきやま》が近づき、美濃《みの》の国へ。

入る。

特に心をとめるというわけではないのに、荒れ果てていることでかえって趣きがあるのが、不破《ふわ》の関屋の板庇《いたびさし》。

そこを過ぎる。尾張《おわり》の国に入る。

鳴海《なるみ》の潮干潟《しおひがた》へ。

いかになる身の、どのようになる身なのかの鳴海の、干潟を、通る。

まさに「いかになる身」と問いながら。護送されつつ、お問いになりながら。

涙で袖が萎《しお》れる。

それから三河《みかわ》の国へ。

入る。

あの在原業平《ありわらのなりひら》が昔、「唐衣《からごろも》着つつなれにし」と詠んだ八橋《やつはし》にかかる。

水は縦横に流れている。

つまり蜘蛛手《くもで》に流れている。

思いもまた蜘蛛手に、幾筋にもなり、中将重衡卿は悲しまれる。

遠江《とおとおみ》の国に。

入る。

浜名の橋をお渡りになる。

松の梢《こずえ》に吹く風の音《ね》が、冴《さ》える。入江では波が騒ぎ立つ。ただでさえ旅というものは侘《わび》しいものなのに、捕らえられた身ではいちだんと侘しい。そして心を傷ましめる夕暮れに、池田の宿《しゅく》にお着きになる。

その夜は宿駅の女主人、熊野《ゆや》の娘で、名を侍従《じじゅう》という者のところに泊まられます。

侍従は三位中将にお会いして、「昔は人伝《ひとづ》てにさえご挨拶《あいさつ》を申しあげられるとは思いもよらなかったお方ですのに、今日は、このような田舎家《いなかや》にお出《い》でになるなんて。なんという不思議なのでしょう」と言って、一首の歌をさしあげます。

旅の空
はにふの小屋《こや》の
いぶせさに
ふる郷《さと》いかに
こひしかるらむ

旅さきで
埴《はに》で塗った粗末な家に泊まられる
厭《いと》わしさに
故郷の都が、どんなにか
恋しいことでございましょう

すると三位中将は、こう返歌を詠《よ》まれます。

故郷《ふるさと》も
こひしくもなし
たびのそら
みやこもつひの
すみ家《か》ならねば

故郷の都ですか、いいえ
恋しいとは思いません
今はもう旅にある身
都も、この私にとっては、終生の
住居《すまい》にならないところなのですから

中将は感心されています。梶原平三景時に「優雅にも詠んだものだね」と言われます。そして「この歌の作り手は、どういう身分の者」と尋ねられます。
景時は畏《かしこ》まってお答えします。

「あなた様はまだご存じではありませんでしたか。あれこそ、屋島《やしま》にいらっしゃる大臣殿がこの遠江の国司であらせられましたときにお召しになり、ご寵愛《ちょうあい》なされた遊女。しかし老母をこの池田の宿に残して、自分は京都に参るという次第になりましたので、しきりにお暇《いとま》をいただきたい、お暇をいただきたいとお願い申し、それでもお許しが得られませんでしたので次のように詠んだのです。ちょうど三月の初めでした。

いかにせむ　　　どうしたらよいのでしょうか
みやこの春も　　都の春も、もちろん
惜しけれど　　　名残り惜しいのですけれども
なれしあづまの　幼いころから慣れ親しんだ東国の
花や散るらむ　　ああ、花が今にも散るかも、今にも

この一首で老母の余生が短いことを伝え、お暇をいただき、下向したのです。東海道第一の歌の名人でございますよ」

すでに都を出て日数が経《た》っています。三月も半ばを過ぎて春も早《はや》、終わろうとしています。遠い山々の花が残雪かと思われる。浦々が、島々が、一面に霞《かす》みわたっている。三位中将は過ぎ去った昔を思い、これから先のことをあれこれと思いつづけ、
「これはなんという酷《ひど》い前世の業《ごう》の報《むく》いなのだろうな。このような囚《とら》われの東下《あずまくだ》りをする身となるとはな」と言われて、涙を流されます。とめどなく、とめどなく。以前

は三位中将にお子様が一人もいらっしゃらないことを、母の二位殿《にいどの》が歎《なげ》き、もちろん北《きた》の方《かた》である大納言《だいなごん》の佐殿《すけどの》もとても不本意なことと思われて数々の神仏にお祈り申されたけれども効き目はありませんでした。しかし今、三位中将は言われるのです——子のなかったことはかえってよかった、と。

「もし、持っていたならば、その子のために私はどんなに苦しんだだろう」

驚いてしまうような慰めです。ご自身への。

遠江の国では次に、さやの中山へ。

この坂道にさしかかられると、再びここを越えて都へ帰ることはできまいと思われて、悲しみはいやまし、袂《たもと》がさらに濡《ぬ》れる。涙で。

それから駿河《するが》の国に。

入る。

宇《う》津《つ》の山辺《やまべ》の蔦《つた》の茂った道を心細く越える。

手越《てごし》の里を通り過ぎる。

北のほう遥《はる》かに雪で白い山々がある。高峰が遠く聳《そび》えている。三位中将は、護送の武士に尋ねられる。

あれはどこの何山、と問われる。

「甲斐《かい》の白根山《しらねさん》です」

こう答えが返る。
そのとき、三位中将は、流れ落ちる涙を抑えて一首を詠まれる。
惜しからぬ　惜しいとは思わない、この
命なれども　私の命だけれども
今日《けふ》までぞ　今日という日まで
つれなきかひの　おめおめ生きてきたからこそ、生き甲斐《がい》として
しらねをもみつ　甲斐の白根山を見ることができたなあ
そして清見《きよみ》が関を過ぎる。
富士の裾野《すその》にさしかかる。
北には険《けわ》しく聳え立った山、しかも樹々《きぎ》が青く茂り、松の梢を渡る風が物寂《ものさび》しく響いている。
南には果てしなく広がった海、それは青く、青く、岸を打つ波がただ烈《はげ》しく響いている。
青さがある。
響きがある。
足柄《あしがら》の山を越える。
そこでは明神《みょうじん》が「恋をしていれば痩《や》せるはず。痩せていないのは、私を恋しく思っ

ていなかったからなのだね」と歌いはじめられたと伝えられている足柄の山を。

それから、こゆるぎの森を過ぎる。

鞠子川《まりこがわ》を過ぎる。

小磯《こいそ》の浦を過ぎる。

大磯の浦を過ぎる。

やつまとを過ぎる。

とがみが原を過ぎる。

御輿《みこし》が崎も通り過ぎる。

急がない旅だと思っていたのに日数はだんだんと積もり、重なり、ついに鎌倉へ入られました。

千手前《せんじゅのまえ》——鎌倉での待遇《もてなし》

鎌倉へ。

そしてご対面があります。

兵衛《ひょうえ》の佐《すけ》——源　頼朝《みなもとのよりとも》と、三位《さんみ》中将——平重衡《たいらのしげひら》との。

源氏の棟梁《とうりょう》と、平氏の公達《きんだち》の。

速やかなご対面が。

最初に申されるのは、頼朝。

「そもそも私が、後白河《ごしらかわ》法皇のおん憤《いきどお》りをお宥《なだ》め申しあげ、かつまた父義朝《よしとも》の恥を雪《すす》ごうと思い立った以上は、平家を滅ぼすのはたやすいことだと考えておりました。しかしながら、それでも、あなたにこうして現にお目にかかることになろうとは。ここまでは予《あらかじ》めの想《おも》いには入っておりませんでしたよ。この調子だといずれは屋島《やしま》の大臣殿にもお目にかかることになるに違いありませんね。それで、お訊《き》きしたいのです。そもそも奈良を滅ぼされたことは亡き太政《だいじょう》入道殿のご命令だったのですか。すなわちあなたのお父上のそれだったのですか。それともまたあなたの臨機のご配慮だったのですか。いずれにしても、もってのほかの罪業ではありますが。罪業」

それを受けて口を開かれたのが、三位中将。

「第一に、その南都《なんと》炎上のことですが、あれは今は亡き父入道の指図ではない。また、重衡の意思によるものでもありません。ただただ衆徒《しゅうと》どもの悪行《あくぎょう》を鎮めるために出向き、まったく思いがけなく寺々の焼亡《しょうぼう》に至ったのです。一切は致し方ない次第でした。これをわかっていただきたい。そして、第二。昔は朝廷のご守護の任には源平の両氏があたっておりました。源氏と平氏が左右に競いあい、ともに君《きみ》のお側《そば》にあったのです。ところが近年、源氏の運命は衰えました。いまさら改めて申すまでもありませんが、その運命傾いた。いっぽう、当家は保元《ほうげん》と平治《へいじ》の乱よりこのかた、たびたび朝敵《ちょうてき》を討ち平らげ、身にあまる恩賞を賜《たま》わり、畏《おそ》れ多くも天子のご外戚《がいせき》として、一族の昇進する者は六十余人、ここ二十余年というものは富み栄える様《さま》がまさに言語に絶していました。しかし今また運は尽き、重衡は捕らわれてこの鎌倉まで下《くだ》って参ったわけです。それにつけても『帝王のおん敵《かたき》を討った者は、七代の子孫までは朝廷の恩顧を失うことがない』と申すことは、あれはとんでもない偽りです。現に、亡き父入道は何度も何度も君のおん為《ため》にその命をほとんど落としかけました。にもかかわらず、幸運はわずかにその身一代にとどまったのです。子孫がこのような目に遭《あ》おうとは何事でしょうね。それで、重衡は平氏の運が尽きて都を落ちてからはわが屍《しかばね》を山野に晒《さら》し、名を西海《さいかい》の波に流そうと決意しておりました。西です。それが東、この鎌倉にまで下ることになろうとは思いもかけなかった。ただ前世の悪業《あくごう》の報いなのでしょう。口惜しい。しかし物の本には『殷《いん》の湯王《とうおう》は夏台《かだい》の獄に幽閉され、周の文王《ぶんおう》は羑里《ゆうり》に捕らわれた』と見えます。湯王、文王という名君たちが暴君どもにと。古代においてもこのようなことがあったのですから、いわんや末世においてはです。この末法の当今にあっては、凡夫《ぼんぷ》たる重衡のこの姿、当たり前なのでしょう。弓矢をとる身の習いとして敵の手にかかって命を落とすことは、恥には似ていますが、まったく恥ではありません。ただ、あなたにかけていただきたい情けとして、早々にこの首を刎《は》ねられよ」

刎ねよ、と乞われました。

あとは口を閉ざされる。もう、ひと言も言われない。

その場には人々が居並んでいます。三位中将をお連れしてきた梶原平三景時《かじわらへいぞうかげとき》も、もちろん。景時はこれを聞いて「これはまたなんという、あっぱれな大将軍」と感歎《かんたん》して涙を流しました。他の人々も。この対面の席に列座した全員が涙に袖を濡《ぬ》らしました。そして兵衛の佐は言われたのです。

「平家を特別、この頼朝の個人的な敵と思い申すことは決してありません」と言われた。「ただ帝王のご命令を重んじているのですよ。それだけです」

三位中将は奈良を焼亡させた寺院の敵なので、衆徒から「その身柄を渡せ」と言ってくることもありえると思われました。ならばそれまでは大事にせねばならぬ、と、今度は伊豆《いず》の国の住人の狩野《かの》の介宗茂《すけむねもち》に三位中将は預けられました。三位中将は、また何者かの囚《とら》われの身に。またもや、またもや引き渡されて――。その様子は、地獄で娑婆《しゃば》世界の罪人を七日七日《なぬかなぬか》に十王の手に渡されるというのもまさにこのようであろうかと思われて、ひたすら痛ましいのでした。

亡者の罪業を裁く冥途《めいど》の王とは、以下の十人。
一、秦広《しんこう》王。
二、初江《しょこう》王。

三、宋帝王《そうだい》。
四、伍官王《ごかん》。
五、閻魔王《えんま》。
六、変成王《へんじょう》。
七、泰山王《たいざん》。
八、平等王。
九、都市王。
十、転輪王《てんりん》。

けれども狩野の介はそれらの王たちとは似なかった。むしろ情け深く、預かった平氏のこの公達《きんだち》を厳しくお扱い申しあげるようなことはせず、気を配っていろいろと世話をし、湯殿《ゆどの》を設けなどして入浴をおさせした。三位中将は、長い道中の汗でたいそう陋苦《むさくる》しく汚れているから体をこうして清めさせ、その後に処刑するのだろうと思われていた。ところが、年のころは二十《はたち》ほどの色の白い、きれいな、そして雅《みや》びで上品な女房が、絞り染めの単衣《ひとえ》に藍《あい》色の模様を染めだした湯巻をつけ、湯殿の戸を押し開けて入ってくるのを見られる。またしばらくして齢《よわい》十四、五ばかりの、紺村濃《こむらご》の単衣を着て髪を袙丈《あこめだけ》に揃《そろ》えた下回りの少女が、手水盥《ちょうずたらい》に櫛《くし》を入れて現われるのも見られる。最初の女房のほうが介添えをして、中将は少し長いあいだ入浴し、髪を洗いなどし、おあがりになる。

おあがりになりましたよ。

女房は、お暇《いとま》を申し、帰る。

その帰りぎわに説明がありましたよ。

「ええ、おっしゃられたのです、『男などをお側《そば》に付けられたら無粋なと思われるであろう。かえって女ならさしさわりあるまい』と。そこで私がさし遣《つか》わされたのです。また、あのお方はこうもおっしゃられたのです、『どんなことでもよい。重衡卿にお望みのことがあれば、お聞きしてこの頼朝に申し伝えよ』と。はい、兵衛の佐殿はおっしゃられたのですよ」

中将は言われます。

「今はこうした囚われの身の上の私だ。何も申し出るようなことはないよ。ただ、望むことは何かと問われたならば、それは出家だよ。出家だけはしたいね」

女房は、帰る、さらに帰って参る、もちろん佐殿の御前《ごぜん》へ。このことを申しあげる。

すると兵衛の佐は言われる。

「そればかりは思いもよらぬことだな」と言われます。「頼朝個人の敵であるのならばともかく、重衡卿は朝敵としてお預かりした人だ。よって、ゆめゆめご出家をお許しするなど、ありえぬ」

いっぽうで三位の中将は、あることを警固《けいご》の武士に問い、答えを得られています。いつのことかと申せば、まさに湯殿よりおあがりになり、世話役の女と言葉を交わし、別れられてから。

「それにしても今の女房、優雅な者だった。名前はなんというのだろう」

「あれは手越《てごし》の宿《しゅく》の女主人の娘でして、容姿もそうですし、気立てなども実に優《すぐ》れている女房だというので、この二、三年召し使っておられます。名をば千手《せんじゅ》の前《まえ》と申します」

千手。

一ではない、十ではない、百ではない、千の、手《て》。

そうした名前の持ち主。

同じ日の夕方に、雨が少し降って、どうにも、どうしても物寂《ものさび》しいと思われてしかたのない時分に、この女房が再度中将のもとに参上する。それも下回りの者に琵琶《びわ》と琴とを持たせて。ああ——琵琶。狩野の介宗茂が酒をお勧めする。狩野の介自身も家の子郎等《ろうどう》十余人を引き連れて参り、中将の御前近くに座をとっている。千手の前が酌《しゃく》をする。三位中将が少し受けるが、興のない様子でなんとも冷《さ》めていらして、これを見て、「すでにお聞きになっておられましょうが——」と狩野の介が言う。「佐殿が、こう私におおせです。『どこまでもどこまでも心遣いし、お慰め申しあげよ。ご款待《かんたい》怠って、おい、この頼朝に叱《しか》られるなよ』と。どれほどの叱責《しっせき》か、あな恐ろしや。そういうわけで、私、生まれたのは伊豆の国でございますのでここ鎌倉はあくまで仮寓《かぐう》ではあるのですが、それでも心の及ぶかぎりご奉公いたしますよ。さ、千手の前、なんなりと歌いなさい。歌ってお酒をお勧め申しなさい」

千手は酌をやめる。やめます。そして詠じる。

羅綺《らき》の重衣《ちょうい》たる　舞姫には、薄い絹織りの衣も重いの
情《なさけ》ない事を機婦《きふ》に妬《ねた》む　こんなものを織った機織《はたお》り女の、無情を恨むの

以上の朗詠を一、二度、歌う。

すると三位中将は言われる。

「北野の天神はこの朗詠を歌う者を一日に三度空を翔《か》けて守護しようと誓われたという。けれども重衡は、今生《こんじょう》ではもはや神仏に見捨てられている身だ。よって、二句めから後について歌っても甲斐《かい》はない。もしも私の罪障《ざいしょう》が軽くなるのであれば、なあ、声を合わせもするのだが」

これを耳にすると、千手の前はただちに次の朗詠をする。

十悪《じふあく》といへども　たとえ十悪を犯した者でも
なお引摂《いんぜふ》す　それでも、それであっても、阿弥陀仏《あみだぶつ》は浄土へお導きになる

続いて今様《いまよう》につなげる。

極楽ねがはん　極楽往生を願っている
人はみな　人であるならば、みな必ず
弥陀《みだ》の名号《みやうがう》　南無阿弥陀仏《なむあみだぶつ》、南無阿弥陀仏と
唱ふべし　唱えるべきですよ

四遍、五遍と心を込めて歌う。心を込めて、見事に――。

中将が、そのとき初めて、杯《さかずき》を干《ほ》されました。

千手の前がその杯をいただき、狩野の介にさしました。

狩野の介宗茂が呑《の》むとき、琴を見事に奏でました。心を込めて――。

すると三位中将は言われます。

「この楽《がく》は、普通には、その曲名を五常楽《ごしょうらく》というね。けれども重衡のためには、それこそ後生《ごしょう》が安楽の、後生楽と思うべきだね。であれば千手の前の後生楽にひきつづいて、私は往生の急《きゅう》を弾《ひ》こう」

戯《ざ》れて言われます。急とは序破急の展開の末章へと急ぐ、あの急。そして往生とは曲名が皇麞《おうじょう》の、あの楽。中将は琵琶をとられます。一面の琵琶のその転手《てんじゅ》を捩《ねじ》られる。絃《げん》を巻かれる。撥《ばち》を手にとられる。

弾かれる。皇麞の急の段を。

往生を急ごうとばかりに。

撥──撥。

万事、心が澄《す》みわたられる。

夜が深《ふ》ける。

しだいに深ける。

琵琶の弾奏に、没入される。

終えて、後《のち》、三位中将重衡卿は言われる。

「思いがけないことだったよ。千手の前──」と。「東国《とうごく》にもこれほど優雅な人があった。それが意外なことだったよ。なんなりと、いま一曲、歌ってほしい」

千手の前はこの求めをうけ、次の白拍子《しらびょうし》を歌う。それもまた、見事に、抑えられてあふれる感興とともに。

一樹の　　同じ一本の樹の
陰に　　その木陰に、たまたま
宿りあひ　　身を寄せあって雨宿りしたり
同じ流《ながれ》を　　同じ川の水を、たまたま
むすぶも　　汲《く》んで飲んだり
みな　　そうしたことは、全部

是《これ》　　これすなわち
先世《ぜんぜ》のちぎり　　前世から結ばれた縁なのですね
拍手をとって千手の前は、歌いました。
そして中将も朗詠をなさいました。
灯闇《ともしびくら》うしては　　灯《あか》りが暗い
数行虞氏《すかうぐし》が涙《なんだ》　　虞美人《ぐびじん》の頬に、幾筋もの涙

今の朗詠には多少の説明が要ります。古《いにし》えの大陸のことです。漢の高祖《こうそ》と楚《そ》の項羽《こうう》が皇帝の位を争い、合戦をすること七十二度に及びました。その戦いごとに項羽が勝ちました。しかし、最後には項羽が敗《やぶ》れ、滅びます。このときのこと。項羽は一日に千里を飛ぶという騅《すい》という馬に乗って、虞氏という后《きさき》とともに逃げ去ろうとして、なのにどうしたことかその駿馬《しゅんめ》が動かない。何を思ったのか、両足を揃えて停《と》まり、動かない。項羽は涙を流して「俺の武威もすでに衰え果てた」と言われる。「今は逃《のが》れる術《すべ》もない」と言われる。「敵の来襲など苦でもない。しかし、俺は、この后と別れることが悲しい」と夜もすがら歎《なげ》き悲しまれる。灯火《ともしび》が暗い。その心細さに虞氏が涙を流す。夜が深まる、深まる、敵の軍兵《ぐんぴょう》は四方を取り囲んで鬨《とき》の声をあげる。四面《しめん》で――四面で。そう、このときのこと。それを参議の橘広相《たちばなのひろみ》が賦《ふ》に作ったのを、今、三位中将は思い出されたのでありましょうか。まことに風雅に聞こえました。

やがてその夜は明け、武士どもはお暇《いとま》を申して退出します。千手の前もまた帰ります。

その翌《あく》る朝です。

千手の前は兵衛の佐のところへ参上します。

源氏の棟梁はちょうど持仏堂《じぶつどう》で法華経《ほけきょう》を読んでおられます。

参った千手の前をご覧になって、佐殿はほほ笑まれます。

「ゆうべは、実に粋な仲人《なこうど》をしたようだ。私はな」

重衡卿と千手の心が通いあったことを、仄《ほの》めかしつつ、戯《ざ》れ言《ごと》として言われました。

その折り、斎院《さいいん》の次官中原親能《なかはらのちかよし》が御前で文書などを書いていて、この者が「はあ。それは何事でございましょう」と言い、佐殿がお答えになります。

「あの平家の人々というのは戦《いく》さのこと以外には関心がないのだし、事実、何もできないのだろうと今までは思っていたのだよ。しかしそうではなかった。この三位中将のな、奏でられる琵琶の撥音、心に思い浮かぶがままの朗詠の口吟《くちずさ》み、私はそれらをひと晩ずっと立ち聞きした。まことに優雅な人であったよ」

これを聞き、親能は「そうでしたか。いや、私も昨夜は伺うはずでした。ただ、折りも折り患《わずら》いつきまして、拝聴できませんでした。これからは親能もいつも、いつでも立ち聞きいたしましょう」と言い、さらに添えました。

「平家一門はもともとが代々の歌人、才人たちでございます。先年、この人々を花にたとえましたときには、重衡卿をば牡丹《ぼたん》の花になぞらえておりましたよ」

「まこと優雅な人だ」

佐殿は三位中将の琵琶の撥音と朗詠の歌いざまとを、後々まで世にも稀《まれ》なこととしてお話しになられた。

お話しになられましたよ。後々まで。

そして千手の前ですが、この一夜のことはかえって物思いの種となったのでしょうね、中将が後日にやはり奈良へ引き渡されて斬られなさったと耳にするや、すぐさま髪を剃《そ》って尼となり、濃い墨染《すみぞめ》の衣にその身をやつして、信濃《しなの》の国の善光寺《ぜんこうじ》にて一心に修行をして中将の後世《ごせ》の菩提《ぼだい》を弔い、また、自身も往生の本懐を遂げたということです。

これは、まさに、女の物語。

女のそれです。

横笛《よこぶえ》——この人の悲恋もあり

さて平家の本流にいる長子の長子、すなわち今は亡き入道相国清盛公《しょうこくきよもり》の嫡男《ちゃくなん》の今は亡き小松《こまつ》の内大臣重盛《しげもり》公の、その嫡男、小松の三位《さんみ》中将維盛卿《これもりきょう》は。

屋島《やしま》におられます。

しかし、おられるのは体だけ。心は都に通っておられます。

なにしろ都に北《きた》の方《かた》や幼い子供を残してこられた。妻子は故郷に。その面影が絶えず身につきまとい、忘れる暇もないので、「生きていても甲斐《かい》のないわが身だ」と、とうとう言われます。」そして寿永《じゅえい》三年三月十五日の夜明けに、人目を忍びながら屋島の館《やかた》を脱《ぬ》け出します。

寿永三年は翌《あく》る月に元暦《げんりゃく》と改元されるので、これを元暦元年三月十五日の夜明けと伝える者たちもいる。

いずれにしても維盛卿は、与三兵衛重景《よそうびょうえしげかげ》、石童丸《いしどうまる》という童《わらわ》、それに船を操ることを心得ているからというので武里《たけさと》と申す舎人《とねり》、これら三人を召し連れて阿波《あわ》の国の結城《ゆうき》の浦から小船に乗りました。鳴門《なると》の沖を漕《こ》ぎ通り、紀伊《きい》の国へ向かわれました。和歌の浦を過ぎます。吹上《ふきあげ》の浦を過ぎます。衣通姫《そとおりひめ》が神となって現われたもうた玉津島《たまつしま》の明神《みょうじん》や、二社一境の日前《ひのくま》と国懸《くにかかす》の宮の御前《ごぜん》を過ぎて、紀伊の湊《みなと》へお着きになりました。

小松の三位中将維盛卿は、一つにはこう言われます。

「ここから山伝《づた》いに都へ上《のぼ》って、恋しい妻子にいま一度会いたい」

しかし、一方でこう言われます。

「すでに本三位中将《ほんざんみ》重衡殿《しげひら》が生け捕りにされ、都大路《みやこおおじ》を引きまわされ、京や鎌倉に恥をさらした。それだけでも口惜しいのに、さらに私のこの身まで捕らえられて、父、重盛の名を辱《はずかし》めることになるのは、つらい」

この、一つと、一つ。幾度も幾度も都へ上ろう、行こうという心に駆られ、いや駄目だと葛藤《かっとう》し、煩悶《はんもん》し、懊悩《おうのう》しつづけ、その果てに高野《こうや》のお山へ参られました。

高野に長年知っておられた隠遁《いんとん》の僧がいたのです。三条の斎藤左衛門《さいとうさえもん》の大夫《たいふ》以頼《もちより》の子で、斎藤滝口時頼《たきぐちときより》といいました。以前は維盛卿の父、小松殿に仕える侍でした。十三の年に滝口の武士に任じられ、陣屋へ参りました。それから、女に出会ったのです。建礼門院《けんれいもんいん》にお仕えする雑仕女《ぞうしめ》。名を、横笛《よこぶえ》。

斎藤滝口時頼はこの女を深く愛しました。父の以頼がこれを伝え聞き、ひどく叱責《しっせき》しました。「この父はだ、お前を世に時めいている人の女婿《むすめむこ》にして、宮仕えなども楽にさせようと思っていたのに――」と声を荒らげます。「雑仕女だと。そのような卑しい女官を！　そんな者を思い初《そ》めて！」と一喝します。

滝口時頼は、こうして諫《いさ》められてから、自らに、また周りに言います。

「西王母《せいおうぼ》と言われた仙女《せんにょ》は、不老長寿であったはずなのに今はいない。昔はいたとしても、今はいない。東方朔《とうぼうさく》もそうだ。漢の武帝《ぶてい》に仕えて長寿を保ったというが、やはり名を聞くだけで目で見ることはない。神仙たちはいないのだ。そのうえ老いた者が先に世を去り若い者が後に残るとも限らないのが、人の境涯《きょうがい》。そうした世の中は燧石《ひうちいし》を打ったときに出る火花と同じだ。所詮は一瞬なのだ。たとえ長生きしたとしても七十歳、八十歳を過ぎることはないし、その間、まともに元気な盛りでいられるのはわずかに二十余年。夢幻《ゆめまぼろし》の世の中だ、これは。儚《はかな》い。儚い。だとしたら、意に添わない女を妻としてなんになる。醜い女とほんの少しの間でも所帯を構え、いったいなんになる。だからといって恋しい女と連れ添えば、父の命《めい》に背《そむ》き、すなわち親を苦しめる。そうだ、これは善知識《ぜんちしき》だ。仏道に入る機縁としてのあれ、善知識なのだ。決めたぞ。俗世を捨てよう。まことの道に入ろう。それに越したことはない。ないぞ」

そして十九の年に髻《もとどり》を切ります。

出家をします。

嵯峨《さが》の往生院《おうじょういん》に入り、ひたすら仏道修行をするのです。

しかし、それでは女は。女は――。

それからが、ここからが女の物語です。

またもそうなのです。女の哀話《あいわ》。横笛の。

横笛は、滝口時頼のその出家を伝え聞き、私を捨てるのはともかくとして剃髪《ていはつ》して仏門にひそかに入られたとは、恨めしい、恨めしいと思い、たとえ遁世《とんせい》するとしても前もって『そうするよ』と知らせてもくださらないのは、なぜ、なぜと歯噛《はが》みし、時頼様がどんなに情に絆《ほだ》されないお心を持たれているにしても、じかに、じかに尋ねて恨み言を申そう、と思い定め、ある日の夕暮れに都を出、嵯峨のほうへさまよい出た。

あてもないのに、さまよい出た。

女は。

時節はちょうど二月中旬、梅津《うめづ》の里にはもう春風が吹いていて、どこからともなく梅の花が香り、それは心を惹《ひ》かれるもので、大井川《おおいがわ》に映る月の光も霞《かすみ》に籠《こ》められて朧《おぼ》ろに見え、一切があわれで、あわれで、誰のためにこんな物思いをするのかといえば、それは他ならぬ滝口への思慕のためで、女には、それが恨めしい。滝口が今いるところはどこなのか。人伝《ひとづ》てに往生院とは聞いている。では、どの僧房か。それはわからない。はっきりとは知らない。だからここに休む、あそこに立ち止まる、尋ねあぐねる。その様子は痛々しい。女のその様子は。女の——横笛の。

すると横笛の耳が、捉える。

とある住み荒らした僧房に念仏誦経《ずきょう》の声がするのを。

それは——滝口入道の声。違いない。

確信して、横笛はお供の女を通して言い伝えます。

「私がここまで尋ねて参りました。時頼様、あなたのご出家なさったお姿、一度、そう、もう一度見申しあげたいのです」

この言伝《ことづ》て。

女からの。

そして男は、胸騒ぎがする。襖《ふすま》の隙間から外を覗《のぞ》く。そっと、男は——滝口入道は。いる。横笛がいる。しかも自分を尋ねあぐんで今やっと辿《たど》りついたのだという気配もありありとしていて、かわいそうでならない。あまりにもいたわしい。これではどんなに仏道修行の志《こころざ》しが堅固な者でも、揺らいでしまう。心が弱まる。だから滝口はすぐに人を出して、こう言わせる。

「ここにはそのような人はおりませんよ。あなたがお尋ねになっているような人は、まったく。お門違《かどちが》いでありましょう」

言わせて、とうとう会わずに帰してしまったのです。女を——横笛を、男が——滝口入道が。横笛は、ほんとうに恨めしい。情けない。それでも致し方なく涙をこらえて、帰ります。

女ですから。

男のほうは、同宿の僧に向かって言います。

「この往生院はまことに静かで、念仏修行の妨げはありません。ですが恋心を持ったままに別れざるをえなかった女にここなる住居《すまい》を見られてしまいました。今回は、どうにか気丈に拒むことはできました。しかし次回はどうか。また女が慕ってくることがあれば、私の心は動揺してしまうのではないか。ええ、そうなってしまうに違いありません。失礼をして」

こう言い、滝口入道は嵯峨を出て、高野山に登り、清浄心院《しょうじょうしんいん》に入りました。すると横笛も出家して尼になったという話を耳にして、一首の歌を贈りました。

そるまでは　　この頭の髪を剃《そ》るまでは、私も
うらみしかども　　この世を恨んでおりましたよ、けれども
あづさ弓　　反《そ》り返る梓弓《あずさゆみ》を射たように、今あなたが
まことの道に　　仏道に
いるぞうれしき　　入られたと聞き、うれしい限りです

それに対して返事がありました。

そるとても　　あなたが、髪を剃り、出家なさったといっても
なにかうらみむ　　どうしてお恨み申しましょうか
あづさ弓　　反る、反る、反り返る梓弓を引かれたのですから
ひきとどむべき　　お引きとどめはできません、ですから
こころならねば　　そのお心に倣《なら》い、私も出家したのです

横笛の、それが返歌でした。横笛は、しかし男を——滝口を思慕する念が積もり重なったためか、奈良の法華寺《ほっけじ》にいたのですけれど、そう生き存《なが》えることはできませんでした。じき、世を去ったのです。女は死んでしまったのです。

どこかでするりと。

それもまた、女ですから。

滝口入道はそのようなことを伝え聞いて、いよいよ専心一意に修行し、すると父親の以頼も怒りをといて勘当を許し、親しい人々もみな滝口入道を信頼し、崇拝し、ついに高野の聖《ひじり》と呼ばれるようになったのでした。

この男が。

尊い、尊い、高野の聖。

寿永三年三月十五日に屋島を脱け出された三位中将維盛はこの滝口入道をお山に訪ね、会ってご覧になったのですが、その変わりように驚かれました。かつて都で仕えていたときは無紋の狩衣《かりぎぬ》に立烏帽子《たてえぼし》を着け、衣服の襟《えり》もとを整え、髪を撫《な》でつけ、つまり恰好《かっこう》を気にする美しい男であったのに、今はまるで違う。まだ三十にもならない身で、老僧めいた姿に痩せ衰え、濃い墨染《すみぞめ》の僧衣に同じ墨染の袈裟《けさ》を着けて、仏道修行に深く徹した求道者になっていました。三位中将は、それを実にうらやましく思われたことでしょう。晋《しん》の七賢《しちけん》や漢の四皓《しこう》が隠棲《いんせい》していたといわれる商山《しょうざん》や竹林のありさまも、これ以上ではあるまい、と、そう思われました。

七人の賢者以上。四人の隠士以上。

七以上。四以上。

そして六という数が指すのは、南無阿弥陀仏《なむあみだぶつ》。

高野巻《こうやのまき》――弥勒《みろく》を待つ

滝口《たきぐち》入道は三位《さんみ》中将維盛《これもり》をお見申しあげる。

「これは現実とも思われませぬ。あなた様がここにいらっしゃる。屋島《やしま》からここまで、どのようにお逃《のが》れなさったのでしょうか」

「それはだ」と三位中将がおっしゃる。「私は一門の人々とともに都を出て、西国《さいごく》へ落ち下《くだ》ったさ。しかし故郷に残していった幼い子供たちの恋しさがいつになっても忘れがたい。その物思いの様子が、悪かったのだろうさ。口に出しては言わないが余所目《よそめ》にもはっきりわかってか、大臣殿も二位殿《にいどの》も『この人は池《いけ》の大納言のように二心《ふたごころ》がある』などと言って、隔てを置かれたのさ」

大臣殿は、亡き父の弟、今の一門の棟梁《とうりょう》。

二位殿は、その大臣殿の母、しかし亡き父の母ではない。

池の大納言は、亡き祖父の弟、しかし祖父とは母が異なる。産んだ者、生まれた者。

「池の大納言頼盛《よりもり》殿のように、と言われてな」三位中将が繰り返される。「これでは私の身の上など、生きていてもしかたがない。そのことを思うといよいよ屋島に心を落ちつけることはできなかったさ。それで、さまよい出たさ。なんとかして山伝《づた》いに都へ上《のぼ》り、恋しい者たちにもう一度会いたい、そう思ったさ。しかし、同時に思ったさ。本三位《ほんざんみ》中将重衡《しげひら》殿のことを聞いていたから、ああした口惜しさはいやだ、と。それで都へも行けない。ならばいっそ、ここで出家して、火の中、水の底へも飛び込みたいと思うのだ。ただし、熊野にだけは参詣したいという宿願があるけれども」

言われて、滝口入道が申しあげる。

「夢幻《ゆめまぼろし》のように儚《はかな》いこの世の中は、どのように生きてもかまわないでしょう。けれども、後《のち》、来世を永く地獄に堕《お》ちられるのは、つらいことでございましょう」

そして、すぐに滝口入道を先導者にして、高野《こうや》の仏堂仏塔を巡礼し、奥の院に参られる。

奥の院——かの弘法大師《こうぼうだいし》の廟所《びょうしょ》に。

その廟所には弘法大師がいまだおわす。大師は、ただ入滅なさったのではない。入定《にゅうじょう》なさった。禅定《ぜんじょう》すなわち無我の境地に身を置いたまま入滅された。それは死ではない。生きているまま停まられた。顔色はそのままで、おわす。髪や髭《ひげ》は伸びて、おわす。

弘法大師空海《くうかい》は、そのようにおわす。おわす。おわす。

高野山上の蓮華《れんげ》谷《だに》の東、奥院谷のその奥のご廟に。

そして高野山とは。

そもそも高野山は都を去ること二百里、人里を離れて人の声もない、晴れた日にはその山気が樹々《きぎ》の梢《こずえ》を鳴らして、さらさらと、またざわざわと言わせ、夕日の光が静かに、静やかに映える。山そのものに。八葉《はちよう》の峰があり、八つの谷があり、まことに心も澄《す》みわたる。霧のたちこめた林の奥深くには、ほら、美しい花。山頂の雲のうえに響きわたるのは、ほら、修行者の振る金剛鈴《こんごうれい》の音。寺の瓦には、ほら、爪蓮華《つめれんげ》が生え、垣にはほら、産《む》した苔《こけ》。それらが長い、長い年月を経てきたことを思わしめる。

醍醐《だいご》天皇の御代《みよ》に、おん夢のお告げがあり、天皇が檜皮《ひわだ》色の御衣をさしあげられるということがあった。もちろん高野山に――弘法大師に。死なれていない、いるのではない大師に。勅使《ちょくし》は中納言資澄卿《すけずみきょう》で、般若寺《はんにゃじ》の僧正観賢《そうじょうかんげん》を連れてこのお山に参った。

そして、奥の院へ。

大師が入定せられた石窟の扉を開いた。ご廟のそれを。

御衣をお着せ申しあげようとした。

しかし、霧が――厚い霧が。厚い、深くたちこめる霧が間を隔てて、大師が――拝めない。

観賢はたまらなく悲しい。

観賢は涙を流す。

「私は慈悲深い母親の胎内から生まれ出て、師聖宝《しょうぼう》の弟子となって以来」と観賢は言う。「まだ仏の禁戒を犯したことはありません。だのに、拝みたてまつることができないのでしょうか。どうして、これはまたどうして」

観賢は五体を地に投げる。

観賢は懺悔《ざんげ》し、泣きながら祈られる。

しだいに霧が霽《は》れる。

雲間から月が出るように――大師のお姿が。

弘法大師のお姿が。

拝めた。

そのとき観賢は随喜の涙を流して御衣を大師にお着せ申しあげた。御髪《みぐし》が長く伸びておられた。お剃《そ》り申しあげた。そのありがたさ。その、観賢にとっての名誉。

このようにして勅使と僧正とは大師を拝みたてまつった。

しかし僧正の弟子の石山《いしやま》の内供淳祐《ないくしゅんゆう》は、当時はまだ稚児《ちご》姿でお供をしておられたが、大師を拝みたてまつることができない。霽れない――霽れない――どうしても目路《めじ》が。淳祐は歎《なげ》きに沈む。だが、僧正がその淳祐の手をとり、大師のお膝《ひざ》に押しあてられる。

手が、お膝に。

その手は一生香《こう》ばしかったという。その移《うつ》り香《が》は、石山寺の尊い経典に今に残って薫ると聞いている。そしてこの話には続きがある。大師が、醍醐天皇に申されたお返事というのがある。

「私は昔、金剛薩埵《こんごうさった》に会って」と申された。

「手に結ぶ印、口に唱える真言《しんごん》、そのすべての伝授をうけました。じきじきに」と申された。

「比類のない大願《たいがん》を起こしました。世に、これを弘《ひろ》めようとの」と申された。

「そして天竺《てんじく》より遥《はる》かに離れた辺地、日本国《にっぽんこく》の高野山におります」と申された。

「昼も夜も万民を憐《あわ》れみ」と申された。

「普賢菩薩《ふげんぼさつ》の慈悲に充ち満ちた誓願を践《ふ》み行なわんとしております」と申された。

「今もなお、生前の肉身《にくしん》のままに入定し」と申された。

「弥勒菩薩《みろくぼさつ》の出現の日を待っております」と申された。

弥勒は、釈尊《しゃくそん》の入滅後、五十六億七千万年にこの世に顕《あら》われる。その釈尊十大弟子の一人、摩訶迦葉《まかかしょう》は鶏足山《けいそくせん》の洞窟に籠って、翅頭《しず》の都城に弥勒がお出《い》でになるのを待っておられると伝えられているが、それもこのようであろうかと思われる。弘法大師のご入定は、承和《じょうわ》二年三月二十一日の寅《とら》の刻《こく》の、それを四分した最初の一点め。そのときから寿永《じゅえい》三年までには三百余年が経《た》っている。詳《つまび》らかに語れば、寿永三年の三月までには三百四十九年が。これに加えて今後もなお五十六億七千万年の後に弥勒菩薩が出現し、竜華樹《りゅうげじゅ》の下で三度開かれる法会《ほうえ》をお待ちになるとは、一切衆生《いっさいしゅじょう》を救われるのをお待ちになるとは、思えば遥かに長い。

その長さが尊い。

維盛出家《これもりのしゅっけ》——遺言を託す

奥の院詣《もう》では終わる。

ところで三位中将《さんみ》維盛《これもり》は美しかった。かつて。ふるまいは典雅で、あの作り物語の主人公の源氏《げんじ》の君《きみ》にもなぞらえられた。光源氏《ひかる》に。かつて。しかし今、言われる。「この維盛の命は、雪山《せっせん》の鳥が『今日死なむ事を知らず』と鳴くように、せいぜい『今日にも終わるのか、明日に終わるのか』とその儚《はかな》さを歎《なげ》かずにはおられない程度のもの。その程度のものなのだ。ああ、大師《だいし》のあのような様《さま》に比すれば」と涙ぐまれる。あわれであり、しかも潮風に肌も黒ずまれてしまっている。尽きることのない物思いに身も痩《や》せ衰えられてしまっている。優美さは失《う》せ、維盛その人とは思われない。かつてのその人とは。それでもなお、やはり他の人よりは優《すぐ》れておられる。

そんな三位中将維盛が、その夜は滝口《たきぐち》入道の庵室《あんしつ》に帰って、夜もすがら昔の、今の物語をなさる。滝口入道の修行の生活をご覧になる。信仰は深い、徹底している、仏道の奥深い理《ことわり》を究めようとしているのが感じられる、後夜《ごや》および晨朝《じんじょう》の鐘《かね》の音《ね》を聞いては生死に関する迷いの夢を醒《さ》ますと思われる。三位中将は、もしも今の運命から遁《のが》れることができるのならば、と思ったに違いない。私もまた、このように暮らしたい

——と。

そして、夜が明ける。

三位中将は東禅院《とうぜんいん》の智覚上人《ちかくしょうにん》という聖《ひじり》をお招き申しあげて、出家しようとなさる。これに先立って、与三兵衛重景《よそうびょうえしげかげ》と石童丸《いしどうまる》の二人を呼んで、言われる。

「いいか。維盛は、他人《ひと》にはわかってもらえぬ思いをこの胸に秘めながらこのまま死ぬであろう。世間は狭く、逃《のが》れることはできそうもないからな。しかしだ、重景よ、石童丸よ。聞け。このごろは平家に関わりのあった侍などのうちにも新しく官途に就《つ》き、栄えている者が多い。だとしたらお前たちは、どんな暮らしであれ世を過ごせないことはない。維盛の最期《さいご》を見届けて急いで都へ上《のぼ》り、それぞれの生計を立てて、まずは妻子を養ってほしい。それから、私の後生菩提《ごしょうぼだい》を弔ってほしい」

言われて、二人の者は、さめざめと泣く。しばらくはお返事もできない。

しばらくは。

それから、涙を抑えて与三兵衛が申す。

「私の父、与三左衛門景康《よそうざえもんかげやす》は平治《へいじ》の乱の折り、維盛様のおん父上であられます今は亡き小松《こまつ》殿のお供をしておりまして、悪源太《あくげんた》に首を取られたのです。そして父は二条堀河《にじょうほりかわ》の辺りで鎌田兵衛《かまたびょうえ》と組み討ちになりまして、悪源太に首を取られたのです。この重景、どうして、どうして亡父に負けていられましょうか。当時はわずかに二歳でございましたので、もちろん父のことは少しも憶《おぼ》えておりません。母には七歳で死に別れました。情けをかけてくれるような近親の者も私には一人もありませんでした。しかし今は亡き小松の内大臣殿がいらっしゃり、『この子は私の身代わりとなって討たれた者の子であるから』と言われて、お側《そば》近くで育ててくださり、さらに九歳になりましたとき、これはあなた様のご元服の夜ですが、私もいっしょに髻《もとどり》を結んで元服させていただき、さらに勿体《もったい》なくも『重盛の盛の字は当家に代々伝える名乗りの字であるから、父祖の正盛《まさもり》から数えて五代めにあたる我が子の五代《ごだい》のほうに付ける。幼名の五代を改め、維盛と。この松王《まつおう》には重の字を与えよう』とおっしゃって、重景とお付けくださったのです。そのうえ、私が童名《わらわな》を松王と申したことにつきましても、生まれて五十日というときに父が抱いて参上いたしましたところ、重盛《しげもり》公は『この家を小松というので、それで祝って付けるのだ』とおっしゃられて、松王とお付けいただいたのです。父が立派な死に方をしましたことも私自身にとっての幸せだったと思っております。ずいぶんと同僚たちからも親切にされてまいりました。ですから重盛公のご臨終のおん時も、すでに現世へのご執着を断たれて家門に関してのことなどはひと言も言い残されませんでしたけれども、重景をお側近くに召されて、『かわいそうに。お前はこの重盛を父の形見と思い、重盛もまたお前を景康の形見と思って過ごしてきた。次の除目《じもく》においてはお前を靫負《ゆげい》の尉《じょう》に任じて、父親の景康を呼んだのと同じように左衛門の尉と呼びたいと思っていた。なのに、果たせぬこととなるのか。悲しい』とおっしゃられて、あなた様がそのころ近衛《このえ》の少将であらせられましたから『よくよく心して、少将殿の心に背《そむ》かぬようにな』とも——。いったい、どうなのでございますか。維盛様、ああ、あなた様はおん身に万一のことがありました折りにはこの私がお見捨てして逃げ去るものとお考えでしたか。日ごろから、重景が、そのようにすると——。もしも、この重景のことをそうも思っていらっしゃったのでしたら、我が身の至らなさが恥ずかしいばかりです。また、先ほど『このごろは平家に関わりのあった侍などのうちにも新しく官途に就き、栄えている者が多い』とのお言葉をいただきましたが、当今のありさまからするに、それらは源氏の郎等《ろうどう》どものことでございましょう。あなた様が神にも仏にもおなりになった後で、たとえどんなに私が富み栄えたといたしましても、千年の齢《よわい》を保てるわけはございませんよ。いえ、たとえ万年のそれを保てたとしても終わりというものは必ず来ます。来るのでございます！　だとしたら、今こそがまたとない発心《ほっしん》の機縁、善知識《ぜんちしき》！　これに勝《まさ》る機会は、ございません」

こう申す。

そして与三兵衛重景は、自分の手で髻《もとどり》を切る。

泣く泣く滝口入道に頭を剃《そ》らせる。

これを見ていた石童丸も元結《もとゆい》の際《きわ》から髪を切る。この童《わらわ》は八歳のときから維盛卿《きょう》にお仕えし、重景にも劣らずに可愛がられていた。だからこそ、だった。石童丸も同じように滝口入道の手で剃髪《ていはつ》する。

二人は先立って出家した。従者のほうが主《あるじ》よりも先に。それをご覧になって、維盛卿はいよいよ心細い。が、いつまでもそうしてはいられない。「流転三界中《るてんさんがいちゅう》、恩愛不《おんあいふ》能断《のうだん》、棄恩入無為《きおんにゅうむい》、真実報恩者《しんじつほうおんじゃ》」と三遍唱えられ、ついに髪を剃り落とされる。

三界ノ中ヲ流転スル限リ。

恩愛ノ妄執《モウシュウ》ヲ断ツコトハデキヌ。

コノ恩愛ノ念ヲ捨テテ無為ノ道ニ入ッテコソ。

真実ニ父母妻子ヘノ恩愛ニ報イルコトガ叶《カナ》ウ。

この偈《げ》。

しかしながら維盛卿は、罪深いことにも「ああ、出家前の元の姿のままで恋しい家族にいま一度対面してから、ああ、こうなりたかった。そうすれば思い残すことは何もないのに」と言われた。

三位中将維盛卿と兵衛入道重景は同じ年、今年は二十七歳。

石童丸は十八になっていた。

維盛卿はあと一人の供の者、舎人《とねり》の武里《たけさと》を呼んで「お前は早々にここから屋島《やしま》へ帰れ。都へ上ってはならぬ。というのは——」と言われる。「いずれは知られてしまうことだが、お前の口からこの出家の経緯《いきさつ》を妻が聞いたならば、たちまちに髪を剃り尼になるであろうと思われるからだ。だから屋島なのだ。そして、そこに参って人々に申しあげることはだな、『前々からご存じでありましたように、私は世間のことがすべて厭《いと》わしくなっておりました。万事にあじけないことが次から次へと重なるように思われましたので、皆様にもお知らせしないでこのようなこととなりました。西国では弟の左中将清経《きよつね》が入水《じゅすい》いたしましたし、また、一《いち》の谷《たに》ではこれまた弟の備中《びっちゅう》の守師盛《かみもろもり》が討たれました。そのうえで私までもこうですから、皆様はどれほど小松の者たちを頼りなく思っておられるでしょう。それだけが心苦しくてなりません。そもそも唐皮《からかわ》という鎧《よろい》と小烏《こがらす》という太刀《たち》は平将軍貞盛《へいしょうぐんさだもり》から当家に伝わり、維盛までは嫡男《ちゃくなん》から嫡男へと代々受け継いで、九代めになっております。もしも万が一、幸運にして平家の世に復《かえ》るようなことがありましたら、我が子の六代《ろくだい》にお授けください』だ。以上のように申せ」

すると舎人の武里は申す。

「君《きみ》のご最期をお見届けした後で、屋島へ参りましょう」

「そうか。では」

維盛卿はお召し連れになる。のみならず滝口入道をも、善知識僧すなわち臨終時に仏道への結縁《けちえん》を取り計らう導師としてお連れになる。身なりはといえば山伏《やまぶし》修行者さながら。そうした姿で高野《こうや》を出て、同じ紀伊《きい》の国のうちの、山東《さんどう》へお出になられた。京都から熊野までの道筋には、熊野権現《ごんげん》を勧請《かんじょう》した祠《ほこら》が九十九ある。言わずと知れた九十九王子――王子の社《やしろ》。その王子王子を順々、藤代《ふじしろ》の王子を初めとして伏し拝みながら進まれた。と、千里の浜の北、岩代《いわしろ》の王子のおん前で狩装束《かりしょうぞく》をした七、八騎ほどの武者に出会われた。

武者どもから見れば、出会い申した。

維盛卿の一行は、てっきり捕らえられることになろうと覚悟し、それぞれに腰の刀に手をかけ、腹を切ろうとなさった。が――危害を加えそうな様子がない、近づいてきても。それどころか急ぎ馬から下りる――下馬の礼をとる。深く畏《かしこ》まって通り過ぎる。「こちらを見知っている者に違いない。誰だろう」と、維盛卿の一向は訝《いぶか》り、より足早になり、そこを過ぎて進まれる。

武者どものほうも、主人以外は怪しんでいる。「あれはどなた様ですか」と郎等が主《あるじ》に問う。その主とは、ここ紀伊の国の住人で平氏の家人《けにん》であったけれども都落ちには従っていなかった湯浅権守宗重《ゆあさごんのかみむねしげ》の子の、湯浅七郎兵衛宗光《ゆあさしちろうびょうえむねみつ》という者。宗光は涙をはらはらと流して、答える。

「勿体ないこと、勿体ないこと。あれこそは小松の内大臣殿のおん嫡子《ちゃくし》、三位中将であられる。屋島からここまで、どのようにして逃れてこられたものか。しかも、早《はや》ご出家のお姿になられていた。与三兵衛と石童丸も同様に出家し、お供申していた。近くに参ってお目通りしたくはあったが、お気遣いをなさるといけないと思い、素通りすることにしたのだ。ああ、なんと、なんとおいたわしいお姿」

袖を顔に押しあて、湯浅七郎宗光はさめざめと泣いた。郎等どもも、みな、涙を流した。

そして再び、三位中将維盛卿の一行。

熊野《くまの》参詣《さんけい》——三山を巡る

平維盛卿《たいらのこれもりきょう》は供の者たちとともに熊野をめざして、だんだんと、だんだんと進んでいかれ、日数重なり、岩田川《いわたがわ》にさしかかられ、「この川の流れを一度でも渡る者は、悪業《あくごう》、煩悩《ぼんのう》、前世からの罪業、そうした類いがいっさい消えると言われているのだ」と頼もしく思われ、とうとう本宮《ほんぐう》――熊野本宮大社にお着きになり、証誠殿《しょうじょうでん》のおん前にひざまずかれ、しばらく経文を読まれ、お山の様《さま》を拝まれる。

尊さは思いもよらぬほどで、言葉に言い尽くせない。

その尊さは。

霞《かすみ》は、衆生《しゅじょう》を助けたもう神仏の大慈悲心さながらに、熊野山《ゆやさん》に棚引いている。眼前の音無川《おとなしがわ》にご利益《りやく》並ぶもののない権現《ごんげん》が鎮座ましましている。法華経《ほけきょう》を修め行なわれる岸辺には、神仏の著《いちじる》しい感応《かんのう》の光が、冴《さ》える月のようにあり、余すところなく照らす。

人の目、耳、鼻、舌、そして身と心の六つから生じた罪障《ざいしょう》を懺悔《ざんげ》する神前の庭には、妄想の露《つゆ》が結ぶことはない。

何もかもが頼もしい。ただただ頼もしい。

維盛卿は、夜が深《ふ》け、人が寝静まってから神仏に祈願の言葉を申しあげる。ふと、思い出される。父の内大臣が、この神前にて「重盛《しげもり》の命を縮めて、来世の苦《く》の輪廻《りんね》をお救いください」と申されたことを。たちまち悲しみに沈まれる。続いて願われる。

「熊野本宮大社のその本地《ほんじ》は阿弥陀如来《あみだにょらい》であらせられます。念仏する衆生をみな救い、極楽にお迎えくださるという本願のとおり、なにとぞ、なにとぞ浄土へお導きください」と。しかし、「故郷に残しとどめました妻子がどうか安穏でありますように」とも祈られたことは傷《いた》ましい。憂《う》き世《よ》を厭《いと》い、仏道にお入りになってもなお、恩愛の妄《もう》執《しゅう》を断ち切れないと思われて哀切を極める。

夜が明ける。

維盛卿の一行は本宮から船に乗り、熊野川を下《くだ》り、その河口の新宮《しんぐう》――熊野速玉《はやたま》大社に参られ、神倉山《かんのくらやま》を礼拝なさる。松の生えた岩山が高く、高く聳《そび》え、吹きわたる風は迷いの夢を醒《さ》ます。川の水は清く流れ、その波が必ずや煩悩《ぼんのう》の垢《あか》を除くだろうと思われる。飛鳥《あすか》の社《やしろ》を参拝し、佐野の松原を通り過ぎ、那智《なち》のお山――熊野那智大社に参られると、一の滝、二の滝、三の滝と三重になって漲《みなぎ》り落ちる滝の水が数千丈もの高さに及んでいる。その頂きの岩の上には観音の霊像が現われて、さながら補陀落山《ふだらくせん》のよう。海上にあるといわれる観音菩薩《ぼさつ》の浄土の、あの霊山のよう。霞の底からは法《ほ》華経読誦《けきょうどくじゅ》の声が聞こえ、霊鷲山《りょうじゅせん》のよう。かの釈尊《しゃくそん》の説法の地の、聖のうちにも聖なる霊山のよう。そもそも那智の飛滝《ひりょう》権現がこの山に垂迹《すいじゃく》し鎮座なさってからこのかた、我が国の貴賤《きせん》上下の人々がここに足を運んでいる。はるばる参詣し、頭《こうべ》を垂れ、合掌祈願している。そのご利益に与《あず》からない者とても、ない。それゆえに僧侶は競って僧堂を作り、その屋根瓦を並べ、出家も俗人も連れ立って参詣した。寛和《かんわ》二年の夏のころ、花山《かざん》法皇が皇位をお譲りになり、九種の浄土へ往生するための修行をなされたというご庵室《あんしつ》の旧蹟《きゅうせき》には、昔を偲《しの》んでか、老木の桜が咲いている。

桜が。

そして九種の浄土とは、上品《じょうぼん》と中品《ちゅうぼん》と下品《げぼん》のそれぞれの、上生《じょうしょう》と中生《ちゅうしょう》と下生《げしょう》。

これらの九段階。

こんなにも、浄土が。

那智に籠って修行をしている僧のなかには、この三位《さんみ》中将維盛卿をよくよくお見知り申しあげているらしいのがいた。これが同じ仲間の僧に、次のように驚きつつ話した。

「ここにいる修行者をどういう方かと思ったら、なんと小松《こまつ》の内大臣殿のおん嫡子《ちゃくし》の三位中将殿でいらっしゃった。思い出すぞ、あの殿がまだ四位《しい》の少将と申された安元《あんげん》の春のころ、法住寺殿《ほうじゅうじどの》で後白河《ごしらかわ》法皇の五十のおん賀があったときのことだ。父の小松殿は内大臣の左大将であられた。叔父《おじ》の宗盛《むねもり》卿は大納言の右大将であられ、階《きざはし》の下に着座せられていた。そのほか三位中将知盛《とももり》、頭《とう》の中将重衡《しげひら》以下一門の人々が、今日を晴《はれ》と着飾られて垣代《かいしろ》に立っておられる中、この三位中将が桜の花を頭に挿《さ》して青海波《せいがいは》を舞って出られたのだ。その美しさたるや！　露に濡《ぬ》れて艶《あで》やかな花のようなお姿で、舞う袖は風にひるがえり、地を照らし、天もまた輝いた。それで建春門院《けんしゅんもんいん》から、関白藤原《ふじわらのもと》基房《ふさ》殿をお使いとしてご褒美《ほうび》に御衣《おんぞ》を贈られた。父の大臣が座を立ち、賜《たま》わり、これをおん嫡子の右の肩にかけ、後白河法皇に礼をなされた。類い稀《まれ》な名誉と見えたよ。同輩の殿上人《てんじょうびと》も、どれほど羨《うらや》ましく思われたことだろう。また、内裏《だいり》の女房たちの間では『あのお姿、あの舞いの様《さま》、これこそ深山木《みやまぎ》のなかの桜梅と思われますね』などと、この方はまさに作り物語のあの光源氏《ひかるげんじ》の例《ため》しを引いてお言われにもなった。それほど優美であられた。すぐにも大臣で大将を兼ねる任にお就《つ》きになるとお見受けしていたのに、今日ここで、あのように窶《やつ》れ果てられたお姿を拝むことになろうとは、なんと、ああなんと。かつては夢にも思わなかった、思うはずもない！　移れば変わる世の習いとは言いながら、これは悲しすぎるぞ」

話し終えると、袖を顔に押しあてさめざめと泣いた。そこにいた大勢の那智籠りの僧たちもみな涙で僧衣の袖を濡らした。

何もかも変わった、と知って。

変わり果てた。

維盛入水《これもりのじゅすい》——那智《なち》の沖へ

本宮《ほんぐう》、新宮《しんぐう》、那智《なち》。

熊野の三山の参詣をとどこおりなく済ませられたので、維盛卿《これもりきょう》の一行は浜の宮と申す王子の社《やしろ》のおん前から一艘《そう》の船に乗り、万里の蒼海《そうかい》に出られた。広い、広い、果てもないほどに広く青い海原《うなばら》へ。

海上へ。

海です。

遥《はる》か沖に山なりの島というところがある。

維盛卿はそこに船を漕《こ》ぎ寄せさせ、岸に上がられます。それから大きな松の木を削り、三位《さんみ》中将維盛卿は名籍《めいせき》を書きつけられます。

「祖父、太政大臣《だいじょうだいじん》平朝臣清盛《たいらのあそんきよもり》公、法名浄海《ほうみょうじょうかい》。親父《しんぷ》、内大臣左大将重盛《しげもり》公、法名浄蓮《じょうれん》。三位中将維盛、法名浄円《じょうえん》、生年《しょうねん》二十七歳。寿永《じゅえい》三年三月二十八日、那智の沖で入水《じゅすい》す」

清盛公からの三代であることを書きつけられます。清盛公の長子の長子、と証して、この平家嫡流《ちゃくりゅう》家の主《あるじ》とその一行はまた沖へ漕ぎ出されます。山なりの島から、海上へ。

海《わたつみ》です。

水。

かねて覚悟していた旅ではあるのに、いよいよ最期《さいご》というときになると、やはり心細い、悲しい、そうした気持ちが避けられない。

そして一面の、水。

時節は三月二十八日のことなので海路《うみじ》は遥かに霞《かす》みわたっています。催される情感といったら、あわれ。ただあわれ。想像するのは容易《たやす》いのですが、いつもの春であっても暮れゆく空は物憂《ものう》い。それが、今日が最後の空であったら、どう感じられるか。さぞかし心細かったのでしょう。そして沖の釣船《つりぶね》が波に消え入るように見えながら、さすがに沈みもしない、沈んではしまわないで漂っている、そうした情景をご覧になるにつけても自分の身の上をあれこれと思われたでしょう。雁《かり》がいます。列をなしている雁が、空に。わが仲間をひきつれている雁が、北国《ほっこく》をさして、今は限りと鳴きながら帰る。その声が、空に。維盛卿は故郷へ言伝《ことづ》てを託したいと願い、あの古《いにし》えの大陸の蘇武《そぶ》——胡国《ここく》に捕らわれた蘇武の怨《うら》みまでも思いやられて、あれを考えてしまう、これを考えてしまう、つぎつぎと思いが浮かび、「これはどうしたことだ。まだこの世への執念が尽きない」とお思い返しになり、西へ向かい、手を合わせ、念仏をなさる——南無阿弥陀仏《なむあみだぶつ》と。しかし六字を唱えられているのに、心中に「都ではもはや今が維盛の最期だとは知る由《よし》もない、そうであるからには風の便りの訪れを『今か、今か』と待っているのだろうなあ。待ち焦がれているのだろう。そして、それでも、この入水はついには知れる。夫であり父である私がこの世を去ったと聞いて、どれほど歎くことだろう。歎き暮らすことだろうなあ」と思いつづけられ、ついに念仏が止まり、合掌していた手が崩れ、それから聖《ひじり》に向かって言われます。聖に——おのれの善《ぜん》知識《ちしき》僧、滝口《たきぐち》入道に。

「人の身として持ってはならないものこそ、ああ、妻子でした。この世では物思いの種となり、それればかりか、後世《ごせ》の往生の妨げともなっていますよ。口惜しい、なんとも口惜しい、それなのに妻子のことが念頭を去らないのです。このような思いを心に抱《いだ》いたままで死ぬのは罪深いということですから、私は懺悔《ざんげ》します」

滝口入道もこのお言葉にご同情申し、しかし自分までも気が弱くなってはならないと思い、涙を拭《ぬぐ》い、同情などはしていないぞという態度を装って、船上でおっしゃります。

「そのご心中、もっともですよ。身分の上下によらず、恩愛の道はどうにもならないものです。なかでも夫婦は、一夜の枕を並べるのもその前世に五百度も生まれ変わる前から定められた縁と申しますので、まさに浅からぬ生まれる以前からの契《ちぎ》りなのです。憂《う》き世《よ》の習いは、生者必滅《しょうじゃひつめつ》、会者定離《えしゃじょうり》——」

生命ある者は必ず死ぬ。

出会った者は必ず別離する。

これが人の世の無常。

「たとえば草木の葉末《はずえ》に溜《た》まる露《つゆ》と、根もとの雫《しずく》とを比べればわかります。どちらもいつかは消えますよ。あるのは遅いか早いかの違いだけ。後《おく》れるにせよ先立つにせよ、結局、お別れは必ずあるのです。逃《のが》れられはしないのです。かの驪山宮《りざんきゅう》で唐《とう》の玄宗《げんそう》皇帝と楊貴妃《ようきひ》とが秋の夕べに交わしあった比翼連理《ひよくれんり》の誓いも、ついには懊悩《おうのう》のもととなりました。また、漢の武帝《ぶてい》がかの李夫人《りふじん》を深く深く愛するあまり、死後にその姿を甘泉殿《かんせんでん》に描かせて追慕したのも、もとはといえば李夫人の命に終焉が訪れたがゆえです。そうなのです、漢代の仙人であった赤松子《せきしょうし》と梅福《ばいふく》にも、生命には限りがあるという悩みがあった。それどころか、等覚《とうがく》の悟りを開かれた釈尊《しゃくそん》も、等覚に次ぐ境地であるところの十地《じゅうじ》の悟りを得られた菩薩《ぼさつ》たちも、やはり生死の掟《おきて》には従わざるをえない。おわかりですか。等覚、十地――」

菩薩の五十二位の階位のうち、最上位の正覚《しょうがく》に等しい悟りの境地が、五十一位の等覚。

そして四十一位から五十位までが、十地。

「ですから、維盛様、たとえあなたがどれほど長生きの楽しみを誇られることになりましょうとも、このお歎き、死別のそれからは逃れることはできませぬ。たとえ、たとえまた百年の寿命を保たれたもうたとしても、このお恨みはまったく同じこと。そうお思いなさるべきです。さて有情《うじょう》すなわちあらゆる心ある生き物の住む欲界には六重の天がございます。その六番めが他化自在天《たけじざいてん》、この天の魔王という外道《げどう》は六つの天の全部をわがものとして支配し、とりわけ欲界にある衆生《しゅじょう》が生死の迷いを離れて仏の救いを得ることを残念がって、あるときは妻となり、あるときはまた夫となってこれを妨げようとしているのです。もちろん過去世《かこぜ》と現在世《げんざいせ》と未来世《みらいせ》の御仏《みほとけ》たちは一切の衆生をひとり子のようにお思いになって、極楽浄土という永遠の楽土に導き入れようとなされますよ。それでも妻子というものは、限りなく遠い昔からこれ、生死を繰り返す迷いの世界に人を縛りつける類いの絆《きずな》でございますから、仏は深く戒めておられるのです。しかし、だからといって心弱くお思いになってはいけませんよ。たとえば源氏の先祖、伊予《いよ》の入道頼義《よりよし》のことがあります。あれは勅命《ちょくめい》によって奥州《おうしゅう》の蝦夷《えみし》の安《あ》倍貞任《べのさだとう》、宗任《むねとう》を攻めようとして、十二年の間に人の首を斬ること、一万六千人――」

十二年で、一万六千人。

「山野の獣《けもの》、河川の魚の命を断つこと、幾千万とも知れぬ――」

幾千万という数を、超える数。計測不能の数。

「しかしながら臨終のときに仏をひたすら信じる心を発《おこ》したので、極楽往生の願いを遂げたと聞いております。特に申しておきたいこととして、出家の功徳《くどく》は莫大《ばくだい》なのですから、維盛様、あなたが前世に犯した罪障《ざいしょう》はすべて消滅することでしょう。仮にある人がその財力を傾けて、七宝《しっぽう》で飾った塔を作り、これを欲界の二番めの天である忉利天《とうりてん》にも達する高さに築きあげたとしても、一日出家した功徳には及ばないと経典にあります。また別の経典には、仮に百千年の間、聖《きよ》い百人の羅漢を供養したとしても、その功徳は一日の出家のそれには及ばないとあります。あれほど罪障が深かった頼義も、信仰を猛烈にまた強烈に、まさに勇猛に求めたからこそ往生を遂げました。さすれば大したご罪業もおありではないあなたが浄土へ参られないことなど、どうしてございましょうか。そのうえ、この熊野権現の本地《ほんじ》は、阿弥陀如来《あみだにょらい》——」

阿弥陀仏。

過去世において法蔵比丘《ほうぞうびく》という修行者であったときに、衆生《しゅじょう》救済のための四十八の誓願を立てられた阿弥陀仏。

極楽浄土という仏国土《ぶっこくど》を建てられた、南無、阿弥陀仏。

「阿弥陀如来であらせられます。その四十八願の第一願、地獄道と餓鬼道と畜生道の三悪趣をなくしたいとの願いから、最後の第四十八願、十方《じっぽう》の諸菩薩に三種のまことの悟りを得させたいという願いに至るまで、一々《いちいち》の誓願はすべて衆生済度の願いなのです。そうではないものなどない。なかでも第十八願には、こう説かれてあります。『設我得仏《せつがとくぶつ》、十方衆生《じっぽうしゅじょう》、至心信楽《ししんしんぎょう》、欲生我国《よくしょうがこく》、乃至十念《ないしじゅうねん》、若不生者《にゃくふしょうじゃ》、不取正覚《ふしゅしょうがく》』——」

たとえ私が仏になることができたとしても。

それでも、十方の衆生が。

真実の心をもって如来の誓願を信じ喜び、そして。
我が極楽浄土に生まれたいと思って、そして。
十度の念仏を唱え、それでもなお。
浄土に生まれることができないのならば、すなわち。
私は仏にはならない。
「大無量寿経《だいむりょうじゅきょう》にこうありますから、ただ一遍の念仏でも十遍の念仏でも往生できると
いう望みがあります。ひたすら深く信じて、ゆめゆめ疑ってはなりませぬ。要るのは
またとない真心を込めた念《おも》い、そして一遍の、また十遍の念仏をお唱えになるならば
──」
南無阿弥陀仏。一遍。
南無阿弥陀仏。二遍め。
南無阿弥陀仏。三遍め。
南無阿弥陀仏。四遍。
南無阿弥陀仏。五。
南無阿弥陀仏。これで六字が六遍め。
南無阿弥陀仏。七遍め。
南無阿弥陀仏。八遍。

南無阿弥陀仏。九。

南無阿弥陀仏。こうして、十念。

「阿弥陀如来はその六十万億那由多《なゆた》恒河沙《ごうがしゃ》の無限の大きさのお体を縮め、一丈六尺という常人《ひと》の身の丈に倍したお姿でご示現《じげん》なされ、観音菩薩と勢至《せいし》菩薩を左右に侍《はべ》らせるのみならず、他の諸菩薩、無数の化仏《けぶつ》菩薩が百重、千重と囲繞《いにょう》し、それらは音楽を奏で仏法を讃《たた》える歌を謡《うた》っておりますぞ、そして今すぐにも極楽の東の門を出、お迎えに来られる。来られますぞ。だから。維盛様、お体こそは青い青い海の底に沈むとお思いになっても、おん魂は、紫雲《しうん》の上にお上《のぼ》りになられます。阿弥陀如来の乗られている、その紫色の雲の上に。そうなりましょうぞ。あなたは成仏し、あなたは生死の苦界から脱《ぬ》け出、あなたは悟りを開かれ、後《のち》、あなたは娑婆《しゃば》の故郷に立ち帰り、あなたは妻子をお導きになる。経文に『還来穢国度人天《げんらいえこくどにんてん》』とある。浄土に往生すれば、再び穢土《えど》に還《かえ》る、還り来てそして人間や天人《てんにん》を済度する、こうあります。あるのですから、ゆめゆめお疑いあっては、なりませぬ」

　なりませぬ、なりませぬ、なりませぬと言い、鉦《かね》を打ち鳴らし、鳴らし、鳴らして、念仏をお勧め申しあげます。ならぬ、ならぬ、と鳴らし、鳴らして、南無、南無、阿弥陀仏と。三位中将はまことに尊い仏道へのお導き、まことに然《しか》るべき善知識僧と思われます。妄執《もうしゅう》をたちまち改め、西に向かい、手を合わせ、声高《こわだか》に念仏を百遍ほど唱えて、と、これぞ臨終正念《りんじゆうしようねん》、まさに徹されたその作法。
船上で、徹された作法。
「南無」
唱えながら、その声とともに海に身を投げられます。
続いて兵衛《ひようえ》入道重景《しげかげ》も。
石童丸《いしどうまる》も。
同じく阿弥陀仏の御名《みな》を唱えながら海に入るのです。入ってしまう。青さの底へ。
入水を果たした者たちは、底へ。
残るのは、海面。
一面の水。

三日平氏《みっかへいじ》——四月、五月、六月、七月

一面の水。
水。
水——。
そこに舎人《とねり》の武里《たけさと》も飛び込もうとします。同じように続こう、身を投げようと。

「武里、武里！」とひきとめるのは聖《ひじり》です。滝口《たきぐち》入道です。「ご主人のご遺言、忘れたか！」

武里は、余儀なく、思いとどまります。

「ああ、下郎《げろう》は情けない」と滝口入道は教え諭します。「ご遺言にお背《そむ》き申すなど！今はただ後世《ごせ》をお弔い申しあげよ！」

諭す聖は、泣いています。諭される武里は、なにしろ一人残された悲しさ、どうしても後のご供養のことにも気がつかなかった。だから船の底に伏し、転《まろ》び、泣くのです。喚《わめ》き、叫びます。そのありさまは昔の天竺《てんじく》の車匿舎人《しゃのくとねり》を想い起こさせます。釈尊《しゃくそん》がご出家のために王城を出られるとき、すなわち、いまだ悉達太子《しっだたいし》という名であられて、檀特山《だんどくせん》にお入りなされたとき、その馭者《ぎょしゃ》をしていた車匿です。牽《ひ》いていたのは犍《こん》陟《でい》という馬でした。この太子の乗られていた馬を賜《たま》わって王宮に帰ったときの車匿の悲しみといったらなかったのですが、今の武里の悲しみようは、それと同じどころか、それ以上。

そして、舎人の武里と、聖は。

しばらくは船をぐるぐる漕《こ》ぎまわします。

浮きあがりなさることもあるのではないか、と。海面を見ます。

しかし、三人ともに深く沈んで、お見えにならない。

ならば、と船をまわすのをやめ、聖はそれからは一心に経を読み、念仏を唱えます。「死んでいった人々の霊が極楽浄土へ往生いたしますように」と、ご冥福を祈り、祈り、維盛卿《これもりきょう》の、兵衛《ひょうえ》入道の、石童丸《いしどうまる》の後世の菩提《ぼだい》こそを弔います。それはもちろん、あわれなことです。あわれ――。

そして停《と》まる船を囲んで、一面に、水。

水――。

海《わたつみ》の水。鹹《しおから》い水。水は、夢を見ますか。それらの水は睡夢《すいむ》するものでしょうか。とりあえず、今はまだしていない。見ていない、夢を。たとえばその海原《うなばら》はいまだ琵琶《びわ》の夢を見ず、何面もの琵琶を咲かせようとはしていない。いない。いません。そして穢土《えど》の塩気ある海面《うなづら》には、蓮華《れんげ》も咲かない。この現世この娑婆《しゃば》世界にあっては。

蓮《はちす》は咲かない。

ならば、夢見られる必要がある。

水ではないものに、水も蓮華も孕《はら》まれる夢が。

海上に咲き乱れる幻の蓮華の、夢が。

でもそれは今ではない。いずれ。

そして夢を見ていない海上に目を向ければ、夕日がいつしか西に傾いたので、暗くなっている。滝口入道も舎人の武里も、名残《なご》りは尽きないように思いながらも、主《あるじ》のいらっしゃらない船を漕ぎ帰る。瀬戸を漕ぎわたる船のその櫂《かい》から、水滴がしたたり落ちる。滝口入道の袖から、涙が伝い落ちる。二つは混じる。どちらがどちらなのか、わからない。

ただ、どちらにも、塩気が。

塩が。

滝口入道はそれから高野《こうや》のお山へ帰り、武里は涙ながらに屋島《やしま》へ参りました。屋島へ。亡き維盛卿のおん弟、新三位《しんざんみ》中将資盛《すけもり》殿にお手紙をとりだしてお渡ししました。「ああ、歎《なげ》かずにはいられない。維盛卿よ、兄よ！」と新三位中将は言われました。「私がお頼りしていたほどには維盛卿はこちらのことを思ってくださってはいなかった。無念な。無念な！　ここ屋島から失《う》せられたので、大臣殿も二位殿《にいどの》も『あれは池《いけ》の大納言頼盛《よりもり》卿と同じように鎌倉の頼朝《よりとも》に心を通じて、きっと都へ行かれたぞ』と疑われ、私たちにまで用心なさっておられた。それが、都へお出《い》でになったのではなかったとは。那智《なち》の沖で身をお投げになったのだとは！　しかし、それならばこの弟、資盛なども引き連れて、いっしょに入水《じゅすい》なさればよいものを。別々に死ぬことはひたすら悲しい。別の場所とは！　武里よ、お手紙ではなく、兄の維盛卿が何かお言葉で遺されたことはなかったか」

「それは、ございました」尋ねられて、武里はお答えします。「申せと言われましたのは、こうでございます。西国《さいごく》では殿のおん弟、左中将清経《きよつね》様が入水なされましたし、それまた、一《いち》の谷《たに》ではこれまたおん弟、備中《びっちゅう》の守殿師盛《こうのとのもろもり》様がお討たれになりました。それで、私、この私というのは殿のことでございますが、私までもこうですから、皆様はどれほど小松のおん方々を頼りなく思っておられるでしょう。それだけが心苦しくてなりません、私は、と、こういうことでございました」

武里はさらに、唐皮《からかわ》の鎧《よろい》、小烏《こがらす》の太刀《たち》のことまでもこまごまと申されたことをお伝えします。新三位中将は「ああ、今は私とても、生き存《なが》えようとは思われない」と言って、袖を顔に押しあててさめざめとお泣きになりましたが、それも道理だと思われて哀切を極めるばかりです。この新三位中将はそもそも亡き兄上、維盛卿にただならず似ていらっしゃったので、見る人はみな涙を流しました。侍どもは寄り集まって、ただ泣くばかり――そうする以外に、できません。そして誤解をとかれた大臣殿が、二位殿が、言われるのです。「この人は池の大納言のように頼朝に心を通じて都へ上《のぼ》ったのだとばかり思っていた。てっきりそうなのだと。だが、そうではあられなかったのだ」と、一門の棟梁《とうりょう》たる宗盛《むねもり》公もそのおん母上も、いまさらに歎き悲しまれました。

いまさらに。

そして、時代のその今は寿永《じゅえい》三年。

西国の屋島にこのような出来事があって、東国《とうごく》のほうはどうか。また都はどうか。源氏方の棟梁にはどんな慶事があり、法皇はどのようなご沙汰《さた》を下《くだ》されているのか。まずは四月。

この月の一日、鎌倉の前《さき》の兵衛《ひょうえ》の佐《すけ》頼朝は正四位《しょうしい》の下《げ》に昇られる。もとは従《じゅ》五位の下、よって五階位を一度に越えられた。すなわち従五位の上《じょう》、正五位の下、正五位の上、従四位の下、従四位の上を飛び越えられた。すばらしいことであって、これは木《き》曾《そ》左《さ》馬《ま》の頭義仲《かみよしなか》を追討した賞であるとのことだった。

同月三日、都では御霊鎮撫《ごりょうちんぶ》のためのご遷宮がある。崇《す》徳《とく》院を神として崇《あが》めたてまつるためのそれが。保元《ほうげん》の昔にご合戦のあった大炊《おおい》御《み》門大路《かどおおじ》の末、春日《かすが》河原に社《やしろ》が建てられて、綾小路《あやのこうじ》河原からのご遷宮が成る。これは後《ご》白河《しらかわ》法皇のお計らいで、内裏《だいり》ではご存じなかったということだった。

同月十六日には寿永三年が失せる。元暦《げんりゃく》と改元された。よって同月十六日は、元暦元年の四月十六日。それから五月。

この月の四日、池の大納言頼盛卿が関東へ下られる。頼盛卿は、兵衛の佐頼朝がたびたびの誓約の書状をもって「あなた様を決して疎《おろそ》かに思い申してはおりませんよ。ただただ今は亡き池《いけ》の禅尼《ぜんに》殿《どの》のご再来と思っておりますよ。あなた様のおん母上の、あの今は亡き尼御前《あまごぜん》こそ、頼朝のために相国《しょうこく》入道清盛《きよもり》公に助命を請われた。そのご恩、大納言殿にお返しいたしたいと存じます。お子のあなた様に」と申されたので、平家一門の人々とも別れて都にとどまっておられた。しかし、内心には恐懼《きょうく》が、不安が、たっぷりとあり、怖《お》じておられた。佐殿《すけどの》はこう思われているにしても、それでは佐殿以外の源氏の人々はいかがであろうか、と。しかし鎌倉からは、「今は亡き尼御前をお迎えする気持ちでおりますよ。早々にお会いしたいものです。あなた様と、こちらで」と申してこられたので、大納言頼盛卿は東国への下向を決められた。

都から東国へ。

ここに弥平兵衛宗清《やへいびょうえむねきよ》という者がいた。池の大納言の侍で、しかも先祖代々この一家に仕えてきた随一の家来だったが、このたびはお供をして下ろうとはしなかった。頼盛卿は「どうしたのだ、宗清。なぜ拒む」と問われた。すると、弥平兵衛は言った。「今度のお供はいたすまいと思っております由《よし》は、やはり、ひとえに心苦しさにございます。殿はこうして無事に暮らしておられますけれども、他の平家ご一門の公達《きんだち》は西海《さいかい》の波の上におられます。波頭に漂っておられます。それが宗清には心苦しく、まだ安堵《あんど》の気持ちになれないのです。ですから、もう少し心を落ちつけて、後《のち》、追いかけてまいりましょう」

頼盛卿は苦々しく思われた。

また、恥ずかしくも思われた。

そこで釈明などをされた。

「一門の人々と別れて都にとどまったことは、我ながら立派なことだったなどとは思わない。だがな、やはり身は捨てがたいし、命も惜しい、それで、よせばいいのに都にとどまってしまったのだ。そうした以上は、また鎌倉へ下らないわけにもゆかぬ。そうだろうが。どうして主《あるじ》の私が遠い旅路へ出るのに見送らないのだ。お供をしないなど、あるか。私のしたこと、することをお前が承服しかねるというのならば、去年の秋に都落ちをせずに私が残りとどまったときになぜそうと言わなかった。宗清よ、私は大事も小事もお前にはすべて相談してきたではないか」

弥平兵衛は、すると居ずまいを正した。畏《かしこ》まって、申した。

「人であれば、その身分の上下というのを問わず、いちばん惜しいものは命です。他にはございません。また『世間を捨てることはできても、自分の命を捨てることはできない』とも言われているようです。ですから、この宗清は決して殿が都におとどまりになったことを悪いと申しているのではありません。なにしろ兵衛の佐の例《ため》しがございましょう。あの方も生きる甲斐《かい》もない命を殿のおん母君に助けられましたからこそ、今日《こんにち》このような幸いにもあったのです。流罪となられました折りは、その殿のおん母君、亡き尼御前のおおせで私が近江《おうみ》の国の篠原《しのはら》の宿《しゅく》まで送ってまいりました。そのこと、今でも忘れたもうていないとあの方はおっしゃっているとか。さすれば、殿のお供をして私が鎌倉へ下りましたら、きっと引出物《ひきでもの》や饗応《きょうおう》などをしてくれるでしょう。そのことと関連しても私はつらいのです。西国におられる平家の公達やあるいは侍どもが、このことを回りまわって耳に入れるだろうことを思うと、かえすがえすも恥ずかしいのでございます。ですからこの宗清、今度ばかりはどうあっても残りたく存じます。殿は、このように都におられます以上、なんとしても鎌倉に下らぬわけにはゆきませぬ。遠い旅路に出られること、まこと気がかりに存じます。けれども、けれども。もしも敵軍を攻めるために下られるというのでしたら、宗清はその先陣に立ちましょう。しかし、このたびは宗清が参らずとも少しも不足とはなりますまい。兵衛の佐からお尋ねがございましたら、『あれは病気中で』とおっしゃってくださいませ」

これを聞き、列座していた心ある侍たちはみな涙を流した。池の大納言もさすがに恥ずかしくは思われたけれども、だからといって取りやめるわけにもいかない。そのまま出発なさった。それが五月の四日。

同月十六日、池の大納言は鎌倉にお着きになる。兵衛の佐が急ぎ対面し、こう訊《き》かれる。

「宗清はお供をして参りましたか」

「ちょうど病気でして」と大納言頼盛卿は言われる。「ちょうど折悪《おりあ》しく罹《かか》ってしまいまして、下ってまいりません」

「どうして、何の病《やま》いを患《わずら》ったのです。あれでしょう、心積もりがあるのでしょう。昔、私が宗清のもとに預けられておりましたとき、あれは事あるごとに気を配ってくれました。その慮《おもんばか》りが今も忘れられない。だからこそ、この頼朝は『宗清はきっとお供して下ってくるだろう。早く会いたいぞ』と恋しく思っておりましたのに。それがなにやら意地を立てて、下向してこぬとは、どうにも恨めしい」

　兵衛の佐は実際、所領を下賜することを記した文書を数々用意し、また、馬、鞍《くら》、武具以下さまざまな物を授けようとせられていた。これに倣《なら》って主《おも》だった大名たちもまた我も我もと引出物を用意していた。それなのに弥平兵衛が下ってこなかったので、上下ともに不本意なことだと思った。

　これが五月の十六日。

　六月九日、池の大納言が関東から都にお上《のぼ》りになる。兵衛の佐は「当分は逗留《とうりゅう》なさい」と言われたけれども、「きっと京のほうでは心配しているでしょう」と答え、急ぎ上られる。このとき兵衛の佐は、池の大納言の荘園《しょうえん》や私領地が一カ所も以前と違ってはならないことと、去年の八月に平家一門揃《そろ》って剝奪《はくだつ》されていた官位を頼盛卿に限って戻すこと、すなわち大納言への還任《げんにん》を後白河法皇に申し送られた。そして鞍を置いた馬三十頭、それから裸馬《はだかうま》三十頭、さらに鷹《たか》や鷲《わし》などの羽毛と黄金と染物と巻絹のような物を入れた長持《ながもち》三十個を贈られた。この兵衛の佐の厚遇に倣い、大名たち小名たちもまた我も我もと引出物を贈られた。馬だけでも三百頭に及んだ。こうして池の大納言は命が助かったばかりでなく、たいへん富裕になって帰京なされた。同月十八日、平家重代の家人《けにん》である肥後《ひご》の守貞能《かみさだよし》の伯父《おじ》、平田《ひらた》の入道定次《さだつぐ》が大将となって、伊賀《いが》、伊勢《いせ》両国の住人たちが近江の国へ攻め入った。すると源氏の末流である者たちが出陣して戦《いく》さとなった。その合戦の結果いかにといえば、平家方である伊賀、伊勢両国の住人たちは一人も残らず討たれるか追い払われるかした。重代の家人の身だからと平家への恩義を忘れないことは同情できる。昔からの恩義を忘れないことは健気《けなげ》である。しかし、今、こうして謀叛《むほん》するのはあまりに分不相応。諺《ことわざ》にいう「三日平氏《みっかへいじ》」とはこれを指す。

さて四月から五月、六月、七月。寿永三年から元暦元年。都で女が憂苦している。京の都にて、女が。女が、子供たちを抱えて。女なのです。それは小松の三位中将維盛卿の、北《きた》の方《かた》なのです。

女性《にょしょう》です。

そして女が登場するのであれば、やはり——また哀話。

北の方は、風が吹き送る便りのようなもともと儚《はかな》い伝言がどうしてだか久しく絶えてしまっているので、維盛卿はどうなされたのであろうか、どうなされたのかと気がかりに思われてならない。

月に一度は必ず音信があったものを、と心待ちに待たれている。

四月どころか三月以前から待たれ、待たれて、春も過ぎ、夏も闌《た》けました。

そして「三位中将はもう屋島にはいらっしゃらないのに」と申す人があると聞かれて、あまりの心細さに、あれこれと手配し、人を遣《つか》わされるのです。

屋島に。

しかし、すぐには使いは戻らない。

そして夏が過ぎます。秋になります。

立秋とは七月。その月の末に、やっと使いは帰ってきます。

「どうであったの。さてどうであったの」と北の方は尋ねられます。すると使いの者は、申しましたよ。

「お供をした舎人の武里が語りましたところでは、『去る三月十五日の夜明けに屋島をお出になって、高野のお山にご参詣なされましたが、この地で御髪《おぐし》を剃《そ》り落とされ、ご出家者として熊野へご参詣になって、後世のことをよくよく祈願なさって、それから那智の沖にて、おん身を投げられました』との由で」

「やっぱり」と北の方は言われます。「そうであったの。そうであったのね。そのようであったのね。音信がないので変だとは思っていました。そして、やっぱり。ええ、やっぱり――」

衣をひきかぶり、泣き崩れ、伏してしまわれます。

維盛卿の、若君も。

姫君も。

声々に泣き悲しまれます。

若君のおん乳母《めのと》の女房も泣いていますが、しかしながらどうにか気丈に申します。

「この報《しら》せ、今さら驚きなさるべきではありません。だって、前々から覚悟なさっていたことでございましょう。どうか、どうか、こうもお考えください。本三位《ほんざんみ》中将重衡《しげひら》卿のように生け捕りにされて都へお帰りになっていたとしたら、どんなにか歎かわしく、おつらいことであったか、と。けれどもそうではございませんでした。維盛様は、高野山でご出家あそばして、熊野へ参詣なさって、後世のことを神々によくよくお願いし、そのご臨終は安らかなお心でもって弥陀《みだ》の来迎《らいごう》を待たれました。これは、まさに、歎きのなかのお喜びでございますよ。ですからどうぞご安心を、ご安心を。そうお考えになりますよう。今はまず、どのような人里離れたところででも生きのびて、幼い方々をお育てしようとご決心なさってください。どうか、どうにか」

慰め申しました。さまざまに、さまざまにお慰めを。しかし北の方は、やはり、これほどの喪失の念《おも》いに耐え、生き存《なが》らえられそうには――お見えになりません。この女《にょ》性《しょう》は。

それで、そのまま尼となられます。

髪を剃り落とされて。

形のとおりに仏事をなさり、維盛卿の後世を弔われました。

ええ、ここに――。

また一つ、女の物語。

藤戸《ふじと》――七月、八月、九月

そして男は、男の物語として一切を耳にする。

鎌倉の兵衛《ひょうえ》の佐頼朝《すけよりとも》は、人伝《ひとづ》てにこの維盛卿《これもりきょう》の北《きた》の方《かた》の出家のことを聞かれて、言われる。

「悲しいことだ。もしも維盛卿が遠慮なさらずにこの頼朝を訪ねて来られ、身を寄せられていたならば、命だけはお助け申したであろうに。小松《こまつ》の内大臣重盛《しげもり》公のことは、今なお私は疎《おろそ》かに思い申してはいない。池《いけ》の禅尼《ぜんに》の使者として、頼朝を流罪に宥《なだ》められたのは、まったく重盛公のご恩による。あの小松殿が奔走なさったことによるのだ。その恩義、どうして忘れられよう。ゆえにご遺子たちのことも粗略にはいたさぬ。ましてや維盛卿はご出家もなさった。そうしたおん身であれば、障《さわ》りなどなかったものを」

ああ重盛公よ、維盛卿よ、平氏の嫡流《ちゃくりゅう》家の男らよ、と兵衛の佐は思いを走らせられる。

源氏の棟梁《とうりょう》は、そう思いやられる。鎌倉で。

こうして元暦《げんりゃく》元年の今に東国《とうごく》の鎌倉と都には以上のような種々の出来事があって、では西国《さいごく》のほうはどうか。平家は讃岐《さぬき》の国の屋島《やしま》に帰られて、しかし安んじられてなどいない。まず、噂《うわさ》がある。関東から新手の軍兵《ぐんぴょう》数万騎が都に着いて、そのまま西下するとの噂が。屋島を攻める、と。いっぽう九州からも臼杵《うすき》、戸次《へつぎ》、松浦《まつら》党が心を同じくして四国に押し寄せる、攻めるとの風聞もあって、そうなのか、それは本当なのか、いや本当なのだなどと人々は申しあわれている。これらの噂にただただ驚いて、肝を冷やすしかなかった。すでにあの二月の一《いち》の谷《たに》の合戦で平家一門の人々は残り少なくお討たれになった。主《おも》だった侍たちもその半数以上が死んだ。今はもう戦う力が尽きてしまっている。だからこそだが、阿波《あわ》の民部《みんぶ》の大夫《たいふ》重能《しげよし》兄弟が四国の者たちを味方につけて、「たしかに情勢不利ではございますけれども、さあさあ、まだ勝ちを収める望みというのは、さあさあさあ、ございますぞ！」と申したことを頼りに思われた。それこそ高い山も同様、深い海も同然の重能兄弟への信頼であられた。

そして女たちは、屋島の女房たちはといえば。

ただ集まって、泣くより他に術《すべ》はない。

ええ――ないのです。女ですから。

こうして、改元《かいげん》なった四月、五月から六月、秋は立ち、とうとう七月二十五日にもなり、この日付にはあまりにも意味がある。「去年の今日は」と言い、「今日こそが」と言い、「一門は都を出たのであった」と続け、「早くもその日が来た。来てしまった」とあっけなさに驚愕《きょうがく》し、この一年の、ただもう歎《なげ》かわしく慌《あわ》ただしかったことを互いに語りあい、泣いたり、笑ったりなさったのです。

これに関しては男も、女も。

屋島で。

平家一門の男女が。

それから、都。

都に種々の出来事がある。また。

同じ七月の二十八日、新帝のご即位がある。前年の八月に践祚《せんそ》された後鳥羽《ごとば》天皇が帝位に即《つ》かれましたことを天下に布告する式です。しかし、三種の神器は屋島にあって、都にはない。内侍所《ないしどころ》、神璽《しんじ》、宝剣もなくてのご即位の例は、神武《じんむ》天皇からこのかた八十二代めの今度が初めてだと、そういうことです。ただならぬ出来事。

八月六日、除目《じもく》が行なわれて、蒲《かば》の冠者範頼《かんじゃのりより》は三河《みかわ》の守《かみ》に任ぜられる。
九郎《くろう》冠者義経《よしつね》は左衛門《さえもん》の尉《じょう》に。
かつ、ただちに検非違使《けびいし》の尉の宣旨《せんじ》を賜《たま》わって九郎判官《ほうがん》と申すことになります。
佐殿《すけどの》頼朝のおん母君違いの弟、源氏の御曹司《おんぞうし》、九郎義経――九郎判官。

やがて秋は深まります。荻《おぎ》の葉を渡る風もしだいに身にしみる。萩《はぎ》から滴り落ちる露《つゆ》も、日増しに増す。虫たちは怨《うら》むように鳴いている、哀切に、哀切に。稲の葉が風にそよぎ、かさかさと言い、木の葉が一つずつ一つずつ、少しずつ少しずつ散る。その様子。誰であれ、たとえ物思いのない者であれ、秋の旅の空はあらゆる風物が悲しく感じられるはず。ましてや、平家の人々の心のうちはどれほどの寂《さび》しさ悲しさか。そのこと、やすやす推し量られて、あわれです。昔は、九重《ここのえ》と美称される宮中にて春の花を賞《め》でていた身が、今は、屋島の浦で秋の月を悲しんでいる。宮中、屋島の浦。都、屋島。

そして推し量るというのではない、真実の、その屋島の様《さま》。涙を流して日を送られています。どんなに澄《す》んだ月の光を歌に詠《よ》んでも、「だが都の今宵《こよい》は、あちらの今宵はどうであろうか」と思いやってしまい、だから心を澄まして涙を流して日夜を送られています。入道相国清盛《しょうこくきよもり》公の孫、左馬《さま》の頭行盛《かみゆきもり》は、思いをそのまま、こう一首に詠《うた》われた。

君《きみ》すめば　安徳《あんとく》天皇がいらっしゃるから
これも雲井《くもゐ》の　ここ屋島で見る月もまた、雲井すなわち宮中の
月なれど　月だと言えるのだけれども
なほこひしきは　それでも、やっぱり恋しいのは
みやこなりけり　京の都であることです

屋島、都。

都、屋島。

そして源氏それから平氏。出来事は一所《ひとところ》に重なりあう。重なりあわんとする。

同年九月十二日に三河の守範頼は平家追討のために西国へ出発し、その供となった人々は足利蔵人義兼《あしかがくろうどよしかぬ》、加賀美《かがみ》の小次郎長清《こじろうながきよ》、北条小四郎義時《ほうじょうのこしろうよしとき》、斎院《さいいん》の次官親能《ちかよし》、侍大将として土肥次郎実平《といのじろうさねひら》、その子息の弥太郎遠平《やたろうとおひら》、三浦《みうら》の介義澄《すけよしずみ》、その子息の平六義村《へいろくよしむら》、畠山《はたけやま》の荘司次郎重忠《しょうじじろうしげただ》、その弟の長野三郎重清《ながののさぶろうしげきよ》、稲毛《いなげ》の三郎重成《さぶろうしげなり》、榛谷《はんがい》の四郎重朝《しろうしげとも》、その弟の五郎行重《ごろうゆきしげ》、小山小四郎朝政《おやまのこしろうともまさ》、その弟の長沼五郎宗政《ながぬまのごろうむねまさ》、土屋《つちや》の三郎宗遠《さぶろうむねとお》、佐々木《ささき》三郎盛綱《さぶろうもりつな》、八田《はった》の四郎武者朝家《しろうむしゃともいえ》、安西《あんざい》の三郎秋益《さぶろうあきます》、大胡三郎実秀《おおごのさぶろうさねひで》、天野《あまの》の藤内遠景《とうないとおかげ》、比企藤内朝宗《ひきのとうないともむね》、同じく比企藤四郎能員《ひきのとうしろうよしかず》、中条藤次家長《ちゅうじょうのとうじいえなが》、一品房章玄《いっぽんぼうしょうげん》、土佐房昌俊《とさぼうしょうしゅん》、以上をはじめとして総勢三万余騎で、都を発《た》って播磨《はりま》の国の室《むろ》に到着した。

平家方では、大将軍に小松の新三位中将資盛《すけもり》、同じく少将有盛《ありもり》、丹後の侍従忠房《ただふさ》と

いう今は亡き内大臣重盛公のご遺子たち、侍大将には飛驒《ひだ》の三郎左衛門景経《さぶろうざえもんかげつね》、越中《えっちゅう》の次郎兵衛盛嗣《じろうびょうえもりつぎ》、上総《かずさ》の五郎兵衛忠光《ごろうびょうえただみつ》、悪七兵衛景清《あくしちびょうえかげきよ》をはじめとして、五百余艘《そう》の軍船に乗って備前《びぜん》の児島《こじま》に着くという情報があったので、源氏は室を発つ。そして同じ備前の国、西河尻《にしかわじり》の藤戸《ふじと》に陣を布《し》く。

児島という島を眼前にした、狭い海峡に。

源平は対陣した。

ここに——重なりあわんとしている。

二つの陣の隔たりは海面二十五町ばかり。しかし舟船《しゅうせん》がなければ容易に渡る手立てはない。源氏の大軍は児島のその対岸の山のほうに野宿して、手をこまねいて日数を送った。しかも平家の陣の側からは血気に逸《はや》る若者どもが小船に乗って海上に現われ出、軍扇を高く掲げて「ほら、こっちに渡ってこい、ほうら、やってこい」と招いた。挑発した。源氏は、糞《くそ》！　癪《しゃく》にさわる！　どうしてくれようと憤《いきどお》るけれども、当面やはり手立てがない。しかし、両軍は重なりあわんと欲しているのだし、真実、一所《ひとところ》に重ならなければ合戦はしえない。

そして同月二十五日の夜に、源氏方の侍が一人動き、翌《あく》る日にその先陣の武勲を讃《たた》えられる。

それは佐々木三郎盛綱。

二十五日の夜になって、佐々木はこの浦の男を一人手なずけ、白い小袖《こそで》や大口袴《おおくちばかま》、白鞘巻《しろざやまき》を与える。言葉巧みに丸めこんでから「なあ、おぬしに教わりたいのだがな。この海に馬で渡れそうなところは、どうかな、あるかな」と尋ねる。男は「さてはさては、海の様子をお訊《き》きかね。浦の様子をお知りになりたいのですかね」と言う。「ここいらに漁夫は大勢いますけれどもなぁ、しっかりと地形を把《つか》んでいる者なんぞは滅多におらず、そしてな、私がその滅多な一人でございましてなぁ。旦那は幸運極まりねえ。具《つぶ》さに説明いたしますとなぁ、この峡《かい》には川でいうところの浅瀬のようなのがありまして、これはな、月の初めごろには東にあってなぁ、月の末には西へ移るんですなぁ。この両方の浅瀬のひらきは、そうだな、さて海面十町ほどにもなるかね。さあ、この浅瀬ならばね、旦那がご所望のようにお馬でも楽にお渡りになれましょうよ」

佐々木は喜んだ。心底喜んだ。

家の子郎等《ろうどう》にも知らせず、佐々木はその籠絡《ろうらく》した男とこっそり夜陰に紛《まぎ》れ出た。佐々木三郎盛綱一人が、浦の男一人と。

そして試す。裸になって例の浅瀬のようなところを窺《うかが》う。さして深くない。水が膝《ひざ》、腰、肩までで立てる箇所もあった。鬢《びん》の、すなわち耳ぎわの毛まで濡《ぬ》れる箇所も。さらに試す。深瀬は泳ぎ、やはり浅瀬に泳ぎつける。浦の男は言う。

「ここから南は、北よりも遥《はる》かに浅くなっておりましてなぁ。けれどもな、敵が矢先を揃《そろ》えて待つところで素っ裸のままなんだからね、これ以上は止《よ》されたほうがおよろしいわね。旦那、尤《もっと》もと思い、よろしいでしょうよって。お戻りなさいませよ」

佐々木は、その忠言に感謝する。引き返す。

しかし、この漁夫はただの下賤《げせん》の者だな、とも思う。

下郎は、誰にでも靡《なび》くな、と思う。

節操がないからな。また誰かに頼まれれば案内をしてしまうだろう。この秘密、ぺらぺらと教えてしまうだろう。

それはいかんな。

秘密は、俺だけのものにしよう。

そこまで思い及んだ刹那、佐々木は、男を刺す。刺し殺す。首を斬る。その首を海中へ捨てる。

夜が明ける。二十六日になる。その辰《たつ》の刻《こく》、平家はまた児島の陣中から小船に乗って海上に現われ出、「こっちに渡ってこい。ほうら、やってこい」と挑発する。その挑発に、佐々木三郎盛綱が乗る。佐々木は、その海峡の地形を知っている。すでに把握している。佐々木は、滋目結《しげめゆい》の直垂《ひたたれ》に黒糸威《くろいとおどし》の鎧《よろい》を着て、白葦毛《しらあしげ》の馬に乗り、家の子郎等七騎とともに海に乗り入れる。

馬を。

その峡《かい》を渡らんとする。

大将軍三河の守範頼が叫ばれる。

「あの者らを制止せよ、制止をせい！」

侍大将の土肥次郎実平が、跨《また》がった馬の尻に鞭《むち》打ち同時に腹を鐙《あぶみ》で蹴って、急ぎ佐々木に追いつく。

「——佐々木殿、佐々木殿！　物にでも憑《つ》かれて狂われたか！」やはり叫ぶ。「大将軍のお許しもないのに、あまりに無法な。お止《とど》まりあれ！」

しかし佐々木は聞く耳を持たない。

渡る——渡る——土肥次郎が制し切れない。

土肥次郎が、そのまま連れ立ち、渡る。

渡れる。

馬の草脇《くさわき》や鞅尽《むながいづ》くし、太腹《ふとばら》まで水に浸るところがあるが、渡れる。鞍壺《くらつぼ》を越してしまう箇所もあったが、渡れる。その浅瀬は渡れる。深いところは馬を泳がせて、再び浅いところに打ちあがる。

「佐々木め、欺《あざむ》いたか！」と喚《わめ》かれたのはやはり大将軍の三河の守。佐々木三郎の主従と土肥次郎とが海峡を見事に渡るのを見て、「浅いのだ。あそこは浅い。渡せや渡せ！」と命じられる。

三万余騎の源氏の軍勢が、みな、海に馬を打ち入る。

渡る。

渡ってしまう。

平家方は、よもやの一大事とばかり船をいっせいに海上に浮かべる。矢先を揃え、射る。射る。まさに続々と速射する。しかし源氏の兵《つわもの》どもはこれを物ともしない。兜《かぶと》の錣《しころ》を傾けて、射られても大丈夫なように顔の左右と後ろ、首筋を護《まも》り、速射の矢を防ぎ、平家の船に乗り移り、喚《おめ》き、叫び、攻め立てる。源平は入り乱れている。両軍は重なっている。一所《ひとところ》に重なりあっている。男たちは、する、合戦をする。源氏であろうと平氏であろうと。男だ。

ある男は自分から小船を踏み沈めて死ぬ。

ある男は船を転覆させられて、狼狽《ろうばい》する。

合戦はそうして男たちの手によって終日行なわれ、朝、辰の刻より始まったそれも早《はや》、夜、平家の船は沖に浮かんでいる。源氏は児島にあがり、人馬の息を休めている。平家は、屋島へ漕ぎ退《しりぞ》くしかなかった――平家の男たちは。源氏の心はもちろん勇みたっている――源氏の男たちは、追撃したいと。しかし源氏方には船の用意がない。

追い討ちは不可能。

男たちはこうして、元暦元年九月二十六日の夜には、再び二所《ふたところ》に。

そして先陣の武勲をあの佐々木は称揚される。あの佐々木三郎盛綱が、源氏の棟梁より。

「昔から今に至るまで、馬で川を渡った武士というのはいたが、馬で海を渡ったという例は、天竺《てんじく》や震旦《しんたん》はいざ知らず、この日本国《にっぽんこく》では世にも稀《まれ》だ」

こうおっしゃり、備前の児島を佐々木にお与えになった。鎌倉の佐殿の御教書《みぎょうしょ》にも、その由《よし》、載せられている。

大嘗会之沙汰《だいじょうえのさた》——九月、十月、十一月、極月《ごくげつ》

佐殿《すけどの》のおん弟のお一人はこのように遠征軍の大将軍となり、西国《さいごく》におられる。いまお一人は都におられる。そのお一人、九郎判官義経《くろうほうがんよしつね》が同月二十七日、検非違使五位《けびいしごい》の尉《じょう》に任ぜられる。備前《びぜん》の国の藤戸《ふじと》に合戦のあったまさに翌日に。この叙任をもち、この源氏の御曹司《おんぞうし》は九郎大夫《たゆう》の判官と申される。そのうちに十月になる。十月にも、屋《や》島《しま》があり、都がある。対比される情景がある。屋島では海辺に吹く風が烈《はげ》しく、磯《いそ》に打ち寄せる波も高いので、敵軍は攻めてこない。しかし同時に商人を乗せた船の往来

も稀《まれ》になる。すなわち都の消息が知れない。便りを、便りをと思っても便りは途絶える。いつのまになのか、空がかき曇り、霰《あられ》が吹き散る。そうした時季となっている。平家一門の人々は、侘《わ》びしさに耐えかねていらっしゃる。いっぽうで都では大嘗会《だいじょうえ》が行なわれるというので御禊《ごけい》の行幸《ぎょうこう》がこの月の二十日過ぎにある。節下《せつげ》の大臣は徳大寺《とくだいじ》家の左大将藤原実定《ふじわらのさねさだ》公が、当時は内大臣であられたが務められる。一昨年の安徳《あんとく》天皇の御禊の行幸では、これを平家の内大臣宗盛《むねもり》公が務められた。そのことが比較される。宗盛公が節下の幄屋《あくや》に着き、前に竜の旗を立てて座におられた、そのご様子、冠のかぶり具合や袖の風情《ふぜい》、表袴《うえのはかま》の裾までもひときわ立派にお見えになった。その他の一門の人々では三位《さんみ》中将知盛《とももり》と頭《とう》の中将重衡《しげひら》以下、近衛府《このえふ》の官人が鳳輦《ほうれん》の御綱《みつな》をとる役として奉仕され、これに並び立つ人もなかった。一昨年はそうであり、比すれば、今日の御禊の行幸は九郎判官が先陣のお供をされている。もちろん九郎大夫の判官は木曾義仲《きそよしなか》などとは異なり、たいそう都に馴《な》れていらっしゃる。しかし、比すれば、引き較《くら》べれば、平家の中の残《のこ》り滓《かす》より劣っていらっしゃる。平家勢のもっともつまらぬ者よりも。この源氏の御曹司は。

引き較べれば、優美さなど一片も持ちあわせておられない。

そうであるよりも男——合戦のための男。

同年十一月十八日に大嘗会が遂げ行なわれる。天皇の一代一度の大礼が。三種の神器もないまま七月ご即位の後鳥羽《ごとば》天皇のそれが。去る治承《じしょう》や養和《ようわ》年間のころから諸国七道のあらゆる人民、百姓たちは源氏のために悩まされ、平家のために滅ぼされ、家や竈《かまど》を捨てて山林に逃《のが》れざるをえず、春は田畑を耕せず、秋は穫《と》り入れが望めずにいたというのに、しかし大礼は執《と》り行なわれる。これほどの乱世に、どうして執り行なわれねばならぬのか。しかし、行なわずにはすまされないのだからと、形どおり行なわれる。

それが十一月。

備前の国の藤戸にて佐々木三郎盛綱《ささきさぶろうもりつな》の先駆けたあの合戦があった九月、十月ときて、十一月。もしも三河《みかわ》の守範頼《かみのりより》がそのまま続いて平家を攻められたならば、相手は滅んでしまうはずだった。しかし三河の守は進軍を怠ってしまわれた。室《むろ》や高砂《たかさご》で休養して、これらの湊《みなと》の遊女どもを召し集め、遊び戯れるばかりの月日を送られた。東国《とうごく》の、勇猛果敢な大名たち小名たちはもちろん大勢いた。しかし、大将軍からの命《めい》が下されなければどうしようもない。勝手には出撃などできない。ただ、休んだ。

この年、ただ国費の空《むな》しい費《つい》えと人民の苦しみだけがあった。

そんな元暦《げんりゃく》元年が暮れる。今、暮れた。

（第4巻へ続く）

参考資料

桓武平氏系図　作成：佐伯真一

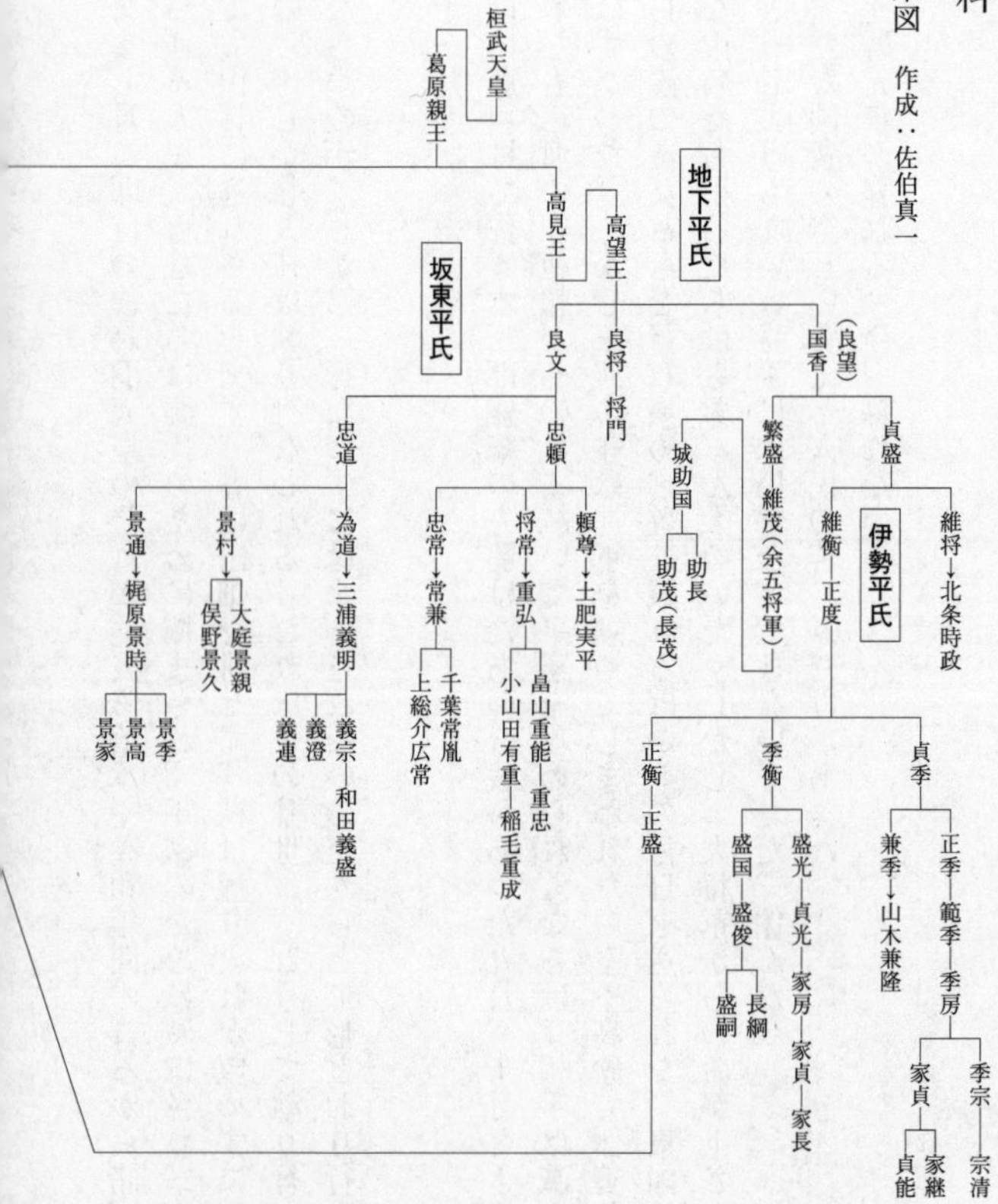

＊↓は途中略
＊左右は必ずしも兄弟姉妹の長幼を意味しない
＊『平家物語』の記述による部分がある

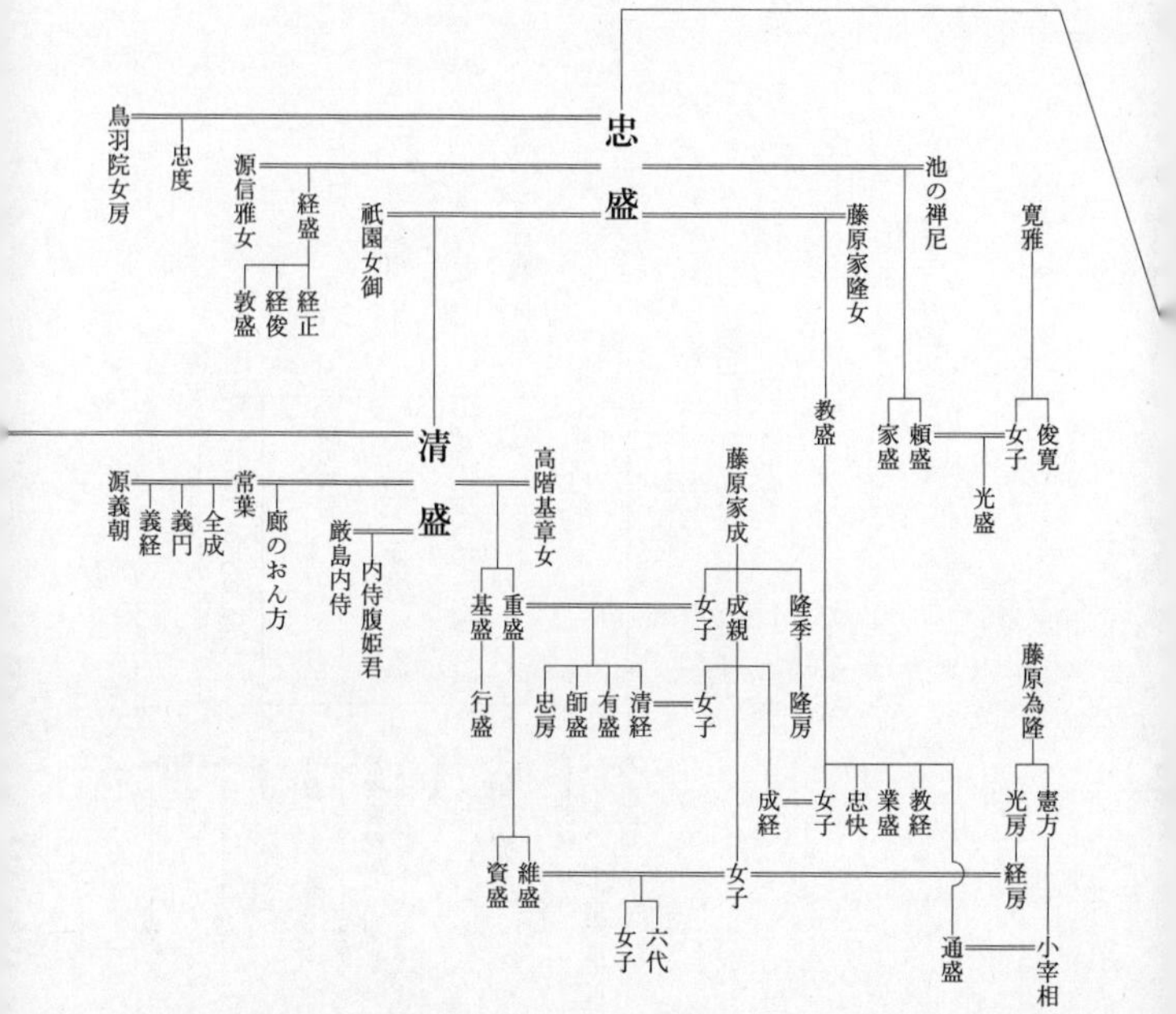

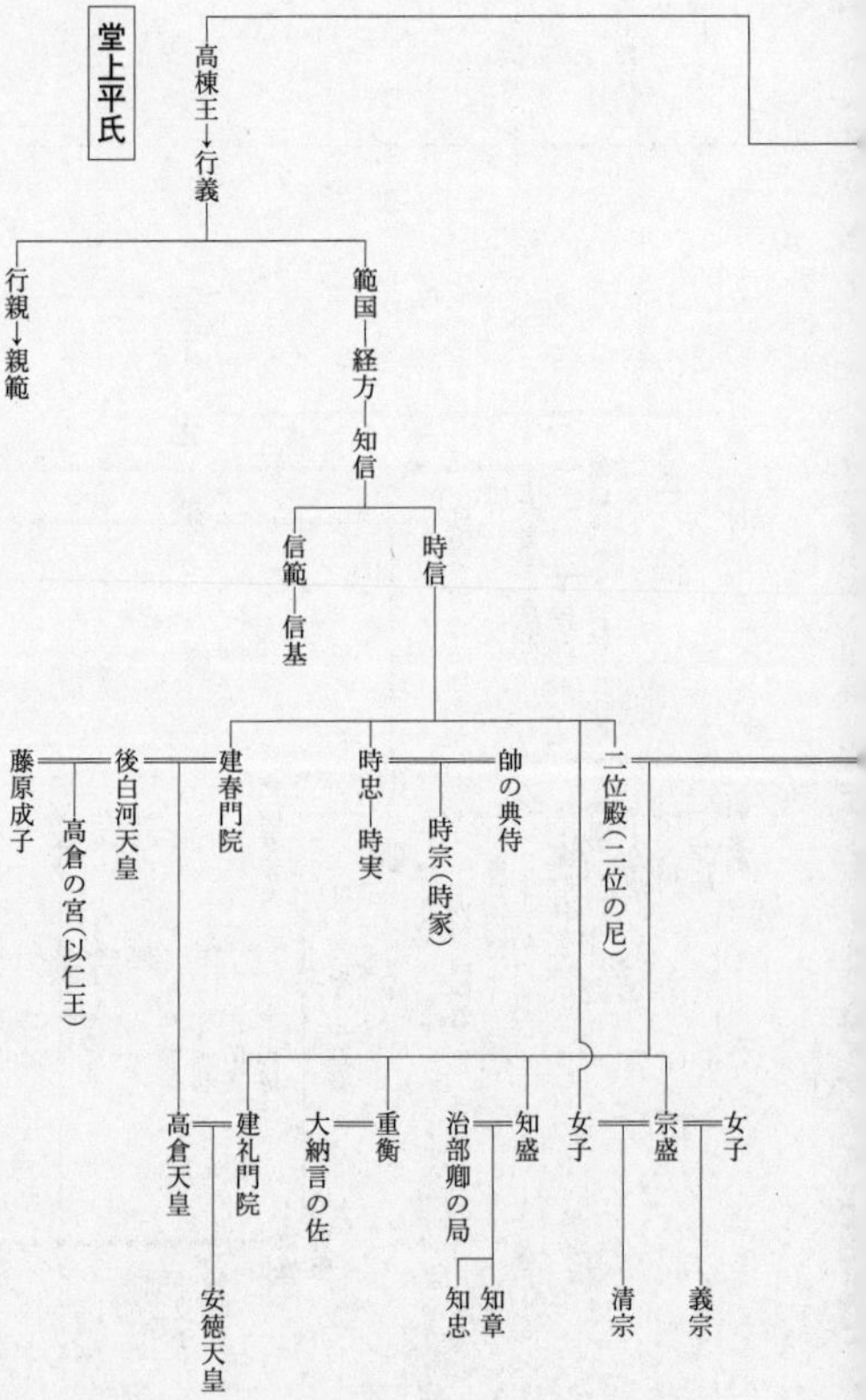

堂上平氏
高棟王→行義
行親→親範
範国
経方
知信
信範
信基
時信
二位殿（二位の尼）
帥の典侍
時宗（時家）
時忠
時実
建春門院
後白河天皇
高倉の宮（以仁王）
藤原成子
女子
宗盛
義宗
女子
清宗
知盛
治部卿の局
知章
知忠
重衡
大納言の佐
建礼門院
高倉天皇
安徳天皇

和暦と西暦の対応　作成：古川日出男

治承元年（安元三年）……一一七七年　延暦寺衆徒が蜂起して入京、鹿の谷の事件
治承二年……一一七八年　のちの安徳天皇が誕生
治承三年……一一七九年　平重盛死去
治承四年……一一八〇年　宇治橋の合戦、源頼朝挙兵、富士川の合戦
養和元年（治承五年）……一一八一年　木曾義仲が叛乱、平清盛死去
寿永元年（養和二年）……一一八二年　横田河原の合戦
寿永二年……一一八三年　平家一門の都落ち、義仲が入京
元暦元年（寿永三年）……一一八四年　義仲討たれる、一の谷の合戦
文治元年（元暦二年）……一一八五年　屋島の合戦、壇の浦の合戦、京都で大地震
文治二年……一一八六年　後白河法皇が大原に建礼門院を訪ねる

後白河抄《ごしらかわしょう》・三

自らを不滅にしたかった。

今様《いまよう》も不滅にしたかった。だから後白河法皇は『梁塵秘抄《りょうじんひしょう》』を編んだ。なんとなれば、文字に定着させて「作品」と化してしまえば、歌――の詞章《ししょう》――は残る。単なる流行歌も後世に伝わる。これを狙ったのだ。そういうことを自らの使命と確認したのだ。この、芸能精神にずさりと串《つらぬ》かれた、平安末期の日本の最高権力者は。かつ後白河という、誰よりも（源頼朝《みなもとのよりとも》よりも！）個性を有した人物は、ピラミッドのその頂《いただ》きとその最下層を串刺しにし、シャッフルする、との業《わざ》も見せた。貴賤《きせん》をさっさと越えてしまって、師匠の傀儡《くぐつ》・乙前《おとまえ》を局《つぼね》に住まわせる、その他の低い階層の人間たちと交わって、いっしょに声を合わせて歌う。すなわち頂点にある人物は、シャッフルされた下層の輩《やから》どもと唱和した。芸能の力を協《あわ》せて〝芸術〟を生んだのである。

そういう芸術家は、そういう政治家でもある。

で、どういう？

一例は（というかヒントは）平家の八の巻にある。そこに収められた「鼓判官《つづみほうがん》」は、なんともはや興味深いのだ。院の御所、法住寺殿《ほうじじゅうじどの》を木曾義仲《きそよしなか》が攻める。その直前、法皇のもとには悪僧たちが召集される。と同時に——「石投げを得意とする『向《む》かえ礫《つぶて》』やその同類の『印地《いんじ》』」らも集められたと書かれている。これは公卿《くぎょう》、殿上人《てんじょうびと》が駆《か》り集めた軍勢なのだと説明はされているのだけれども、要するに、そうした「下賤《げせん》の者たち、あぶれ者たちの軍勢」が結集した、後白河サイドにはである。

ちなみに『平家物語大事典』（東京書籍）に当たると、「印地」の項目は立っていて、

・「祭礼の際などに石を投げ合って示威《じい》・喧嘩《けんか》・合戦をする習俗」であり

・「また、それを得意とした無頼の徒の称」でもあり

・「鴨川《かもがわ》東岸、白河《しらかわ》の地が印地の徒の根拠地であった」らしい

と解説されている。この無頼の徒どもは、当然、階層社会のピラミッドの基部に在《あ》る。また、礫（小石）を敵に投げつけるのだから、弓矢・刀を持った階層——とは武士たちだ——とはそうした文脈に照らしても程遠い。かような存在が後白河サイドの

軍事力だった、軍勢の一部だったことを考えあわせると、この法皇は政治的にもまたシャッフルという行ないをしたのだと断じられる。あるいは、推測可能である。

私はどうしてだか「後白河には余談が似合う」と感じている。だからこそ個性的なのだと証したいのかもしれないが——無個性な人間に余談はそれほど似合わない——大胆な余談をいま、ここに挿《はさ》もう。パレスチナ人たちのことだ。インティファーダという抗議運動があった。「インティファーダ」というのはアラビア語で、民衆蜂起の意味で用いられている。イスラエルの占領に彼らは抗《あらが》った。一九八七年末から、抗った。しかし彼らは民衆だ、軍人ではない、だから武器を持たない。で、どうしたのか？

非武装のまま闘った。

つまり、投石ということをした。

礫を投げた。

子供も投げた。非武装のパレスチナ人の子供たちを、武装したイスラエル人の軍人たちは、まさか銃器を用いては倒せない。だから「腕を圧《へ》し折る」等の挙に出たが、これもまた暴挙で、この頃イスラエルの印象というのは世界的に落ちた、暴落した。私はこのインティファーダ（民衆蜂起）をする「持たざる人びと」が、平家に登場する印地や向かえ礫とどこか重なっているように感じられて、つまり、だから、もっとも持たない階層とピラミッドの頂点にいた後白河はやはり共闘したのだ。あの連帯というのをやったのだ。

これは驚異的なことだ。

さて今様修行の話題に戻ろう。後白河は自らを不滅にしたかった、今様も不滅にしたかったから『梁塵秘抄』を編集した。かつ『梁塵秘抄口伝集《くでんしゅう》』も著《あら》わして、自らが美声になるようにと精進《しょうじん》した日々、を回顧した。その芸道精進を綴った。そういう回想録を遺《のこ》した著者は、『梁塵秘抄口伝集』の結びに、いったい何を記したか?

声技《こえわざ》は悲しいよ、と記した。

朕《ちん》がお隠れになったら（＝死んだら）、消えてしまうんだものね、と書いた。

後には何も残らないんだものね、と著わした。

だからね、この『口伝集』を執筆してね、人の記憶にとどめようって、思われたんだよ（＝朕は考えたんだ）と記した。

政治とは、あるいは戦争とは、「後世に名を残したい」からするものだとも言える。官位をどんどん上《のぼ》りたいと欲望することがそうだし、戦場での名誉がそうだし、それこそ「皇位に即《つ》けるか、即けないか」も――もっとも上層の人びとの間で、これまたやはり――そうだ。いっぽう芸能者は、その美声は、そのオリジナルな歌唱の技法は、しかし自分が死ねば、消える……と重々《じゅうじゅう》承知している。残らないし、後世に伝わる

「はず」がない。声が録音される時代が到来するなど、彼らは夢想もしなかった。そして、この「彼ら」と名指される層に、想像された者どもの層（階層）に、見よ、後白河法皇は含まれるのだ。これほどの攪拌《こうはん》を私は知らない。

今回のお終《しま》いに、あの有名な今様を掲げてみようか。

遊びをせんとや　　遊びをしようと
生《うま》れけむ　　生まれてきたの？
戯《たはぶ》れせんとや　　戯れをしようと
生《むま》れけん　　生まれてきたの？
遊ぶ子供の声《こゑ》聞けば　　遊んでいる子供の声を、耳にすれば
我が身さへこそ　　私の体まで、ああ
動《ゆる》がるれ　　動いた、胸に響いた

そして後白河は、その生涯を遊び徹《とお》そうと望んで、ひたすら刻苦精励《こっくせいれい》した。今様に。

古川日出男

（「後白河抄・四」へ続く）

本書は、二〇一六年十月に小社から刊行された『平家物語』（池澤夏樹＝個人編集　日本文学全集09）より、「八の巻」「九の巻」「十の巻」を収録しました。文庫化にあたり、一部加筆修正し、書き下ろしの「後白河抄・三」を加えました。

平家物語《へいけものがたり》 3

二〇二三年一二月一〇日　初版印刷
二〇二三年一二月二〇日　初版発行

訳　者　古川日出男《ふるかわひでお》
発行者　小野寺優
発行所　株式会社河出書房新社
〒一五一-〇〇五一
東京都渋谷区千駄ヶ谷二-三二-二
電話〇三-三四〇四-八六一一（編集）
〇三-三四〇四-一二〇一（営業）
https://www.kawade.co.jp/

ロゴ・表紙デザイン　粟津潔
本文フォーマット　佐々木暁
本文組版　株式会社キャップス
印刷・製本　中央精版印刷株式会社

Printed in Japan ISBN978-4-309-42068-4

河出文庫 古典新訳コレクション

古事記 池澤夏樹［訳］
百人一首 小池昌代［訳］
竹取物語 森見登美彦［訳］
伊勢物語 川上弘美［訳］
源氏物語1～8 角田光代［訳］
堤中納言物語 中島京子［訳］
土左日記 堀江敏幸［訳］
枕草子1・2 酒井順子［訳］
更級日記 江國香織［訳］
平家物語1～4 古川日出男［訳］
日本霊異記・発心集 伊藤比呂美［訳］
宇治拾遺物語 町田康［訳］
方丈記・徒然草 高橋源一郎・内田樹［訳］
能・狂言 岡田利規［訳］
好色一代男 島田雅彦［訳］
雨月物語 円城塔［訳］
通言総籬 いとうせいこう［訳］
春色梅児誉美 島本理生［訳］
曾根崎心中 いとうせいこう［訳］
女殺油地獄 桜庭一樹［訳］
菅原伝授手習鑑 三浦しをん［訳］
義経千本桜 いしいしんじ［訳］
仮名手本忠臣蔵 松井今朝子［訳］
松尾芭蕉 おくのほそ道 松浦寿輝［選・訳］
与謝蕪村 辻原登［選］
小林一茶 長谷川櫂［選］
近現代詩 池澤夏樹［選］
近現代短歌 穂村弘［選］
近現代俳句 小澤實［選］

＊以後続巻
＊内容は変更する場合もあります

ハル、ハル、ハル

古川日出男　41030-2

「この物語は全ての物語の続篇だ」——暴走する世界、疾走する少年と少女。三人のハルよ、世界を乗っ取れ！　乱暴で純粋な人間たちの圧倒的な“いま”を描き、話題沸騰となった著者代表作。成海璃子推薦！

平家物語　犬王の巻

古川日出男　41855-1

室町時代、京で世阿弥と人気を二分した能楽師・犬王。盲目の琵琶法師・友魚（ともな）と育まれた少年たちの友情は、新時代に最高のエンタメを作り出す！　「犬王」として湯浅政明監督により映画化。

ギケイキ

町田康　41612-0

はは、生まれた瞬間からの逃亡、流浪——千年の時を超え、現代に生きる源義経が、自らの物語を語り出す。古典『義経記』が超絶文体で甦る、激烈に滑稽で悲痛な超娯楽大作小説、ここに開幕。

ギケイキ②

町田康　41832-2

日本史上屈指のヒーロー源義経が、千年の時を超え自らの物語を語る！　兄頼朝との再会と対立、恋人静との別れ…古典『義経記』が超絶文体で現代に甦る、抱腹絶倒の超大作小説、第２巻。解説＝高野秀行

現代語訳 義経記

高木卓〔訳〕　40727-2

源義経の生涯を描いた室町時代の軍記物語を、独文学者にして芥川賞を辞退した作家・高木卓の名訳で読む。武人の義経ではなく、落武者として平泉で落命する判官説話が軸になった特異な作品。

現代語訳 古事記

福永武彦〔訳〕　40699-2

日本人なら誰もが知っている古典中の古典「古事記」を、実際に読んだ読者は少ない。名訳としても名高く、もっとも分かりやすい現代語訳として親しまれてきた名著をさらに読みやすい形で文庫化した決定版。

現代語訳 日本書紀

福永武彦〔訳〕 40764-7

日本人なら誰もが知っている「古事記」と「日本書紀」。好評の『古事記』に続いて待望の文庫化。最も分かりやすい現代語訳として親しまれてきた福永武彦訳の名著。『古事記』と比較しながら読む楽しみ。

現代語訳 竹取物語

川端康成〔訳〕 41261-0

光る竹から生まれた美しきかぐや姫をめぐり、五人のやんごとない貴公子たちが恋の駆け引きを繰り広げる。日本最古の物語をノーベル賞作家による美しい現代語訳で。川端自身による解説も併録。

桃尻語訳 枕草子 上

橋本治 40531-5

むずかしいといわれている古典を、古くさい衣を脱がせて、現代の若者言葉で表現した驚異の名訳ベストセラー。全部わかるこの感動！ 詳細目次と全巻の用語索引をつけて、学校のサブテキストにも最適。

桃尻語訳 枕草子 中

橋本治 40532-2

驚異の名訳ベストセラー、その中巻は——第八十三段「カッコいいもの。本場の錦。飾り太刀。」から第百八十六段「宮仕え女（キャリアウーマン）のとこに来たりなんかする男が、そこでさ……」まで。

桃尻語訳 枕草子 下

橋本治 40533-9

驚異の名訳ベストセラー、その下巻は——第百八十七段「風は——」から第二九八段「『本当なの？ もうすぐ都から下るの？』って言った男に対して」まで。「本編あとがき」「別ヴァージョン」併録。

現代語訳 歎異抄

親鸞 野間宏〔訳〕 40808-8

悩める者や罪深き者を救う念仏とは何か、他力本願の根本思想とは何か。浄土真宗の開祖である親鸞の著名な法話「歎異抄」と、手紙をまとめた「末燈鈔」を併録。野間宏の名訳で読む分かりやすい現代語の名著。